英美文学与文化研究

任静 胡乃斌 ◎著

中国戏剧出版社
CHINA THEATRE PRESS

图书在版编目（CIP）数据

英美文学与文化研究 / 任静，胡乃斌著. -- 北京：
中国戏剧出版社，2023.6
ISBN 978-7-104-05364-4

Ⅰ．①英… Ⅱ．①任… ②胡… Ⅲ．①英国文学－文
学欣赏②文学欣赏－美国 Ⅳ．① I561.06 ② I712.06

中国国家版本馆 CIP 数据核字（2023）第 113185 号

英美文学与文化研究

责任编辑： 高　峰
项目统筹： 杨秋伟
责任印制： 冯志强

出版发行：	中国戏剧出版社
出 版 人：	樊国宾
社　　址：	北京市西城区天宁寺前街 2 号国家音乐产业基地 L 座
邮　　编：	100055
网　　址：	www.theatrebook.cn
电　　话：	010-63385980（总编室）　　010-63381560（发行部）
传　　真：	010-63381560

读者服务：010-63381560
邮购地址：北京市西城区天宁寺前街 2 号国家音乐产业基地 L 座

印　　刷：	天津和萱印刷有限公司
开　　本：	787mm×1092mm　1/16
印　　张：	12.25
字　　数：	219 千字
版　　次：	2023 年 6 月　北京第 1 版第 1 次印刷
书　　号：	ISBN 978-7-104-05364-4
定　　价：	72.00 元

版权专有，违者必究；如有质量问题，请与出版社联系调换。

前　言

　　文学的学习是语言教学中十分重要的一部分，它不仅可以帮助读者拓宽视野，提高分析鉴赏能力，还可以熏陶读者的思想情操，从而加强读者对人类社会的认识与了解。也就是说，语言和文学就像一对孪生兄弟，不可分离。

　　随着全球经济一体化的加深，英语的关键地位日益凸显，对于每个学生而言，掌握英语至关重要。语言是文化的表达方式，是人们交流沟通的重要工具，需要通过阅读和欣赏语言文字来进行学习。学习英美文学可以为学生打下坚实的英语语言基础。英美文学作品中的语言用词丰富、生动、精准，这不仅能够扩大学生的词汇量，还能通过独特的语境增强学生的英语语感和应用水平。同时，优美流畅的语言也能够进一步提升学生的英语表达能力。学生通过阅读大量的书籍，领悟词句之间的联系，掌握语法的运用和新的词汇，因此在阅读能力方面会有显著的提升。文学是对现实社会生活和人际关系的表达和描绘。通常，文学作品会借助人物的生活和遭遇、思想和情感的描绘，来呈现一些典型事件所带来的社会褒扬或批判。这些作品包含丰富的情感元素，传递了人类普遍的、永恒的心灵体验，并且能够深深地打动读者。高质量的文学作品往往具有丰富的情感元素，可以在某种程度上满足大学生多样化的情感需求。通过讲解文学作品的美学价值和愉悦功能，英美文学课程的课堂可以变得生动有趣。

　　英美文学是最具有全球影响力的文学之一，对于全球文学的发展和潮流影响深远。英美文学一般指涵盖英国文学和美国文学的范畴。英国文学历经盎格鲁-撒克逊、文艺复兴、新古典主义、浪漫主义、维多利亚时代和现代主义等多个文化发展阶段，每个时期都有其独特的规律和特色。在19世纪末，美国文学开始逐渐超越英国文学的影响，逐步成熟并稳定发展。此后，美国文学逐渐成为一种具备强大生命力和影响力的独立美国民族文学。

　　作为高校英语专业的必修课，英美文学教学在当前英语专业人才培养中占有重要地位，肩负着培养学生外语技能和提高人文素养的重任。

跨文化交流是中国主流文化和西方主流文化之间的交往、传播和互动。一个民族最主要的文化来自经典文化作品的传承、发展和传播。在跨文化交流中，文学作品的翻译和文化的学习至关重要。英美文学文化的学习和语言的翻译是中西文化交流和融合的主要动力，中国与其他国家的文化交流是中国文化发展的重要动力。

本书撰写的主旨就是厘清英美文学和文化的关系，让读者了解文化在英美文学乃至其他语言的文学中交流和学习的重要性，并通过文化视角的翻译和教学对英美文学的不同方面有一定的了解。通过学习和了解英美文学中的典型文学类型，如女性文学和生态文学，从更加具体的文学作品例子来品读英美文学中文化的内涵和思想，加深对英美文学文化方面的理解和认知。

在撰写本书的过程中，笔者得到了许多专家学者的帮助和指导，参考了诸多学术文献等，这些著作给予笔者很大的启发，其思想渗透进本书的内容之中，作为支撑本书的写作基础，在此表示真诚的感谢。但由于笔者水平有限，书中难免会有疏漏之处，希望广大同行及时指正。

任 静　胡乃斌

2023 年 3 月

目 录

前言 1

第一章　英美文学概述 1
　　第一节　英美文学发展 1
　　第二节　英美文学思潮 19
　　第三节　英美文学价值与意义 30

第二章　文化视角下的英美文学翻译 44
　　第一节　英美文学翻译理论 44
　　第二节　文化视角下的英美文学翻译关系 55

第三章　文化视角下的英美文学教学 71
　　第一节　英美文学教学理论 71
　　第二节　英美文学教学现状与改革 87
　　第三节　英美文学教学中的文化问题 97

第四章　文化视角下的英美文学——女性文学 104
　　第一节　英美女性文学概述 104
　　第二节　英美小知女性形象分析 115
　　第三节　英美女性主义类型小说分析 124

第五章　文化视角下的英美文学——生态文学 ……………………… 141
　　第一节　英美生态文学理论 …………………………………… 141
　　第二节　英美生态文学意象 …………………………………… 147
　　第三节　英美生态文学作品研究 ……………………………… 164

参考文献 …………………………………………………………… 183

第一章　英美文学概述

英美文学是英语专业学生学习语言的重要内容。本章对英美文学进行了概括描述，包括英美文学发展、英美文学思潮、英美文学价值与意义，从总体上进行了英美文学的阐释。

第一节　英美文学发展

一、英国文学的历史演变

（一）近代英国文学

1. 伊丽莎白时代和文艺复兴时期

伊丽莎白（Elizabeth）时代正值文艺复兴。文艺复兴的文化和学术开创了现代的自然研究和自然科学，也开启了文学创作的新气象。此时的英国是一个文学高峰的时代，文学创作可谓百花争艳、万紫千红，而最突出的是诗歌和戏剧。同时文学新人辈出，诞生了一批文学巨匠。首先是揭开伊丽莎白时代文学序幕的托马斯·怀特（Thomas White）爵士和亨利·霍华德（Henry Howard，萨里伯爵），二人从意大利为英语带来了一种新鲜的形式。怀特翻译并模仿弗朗西斯科·彼特拉克（Francesco Petrarca）的短诗，为英国的诗歌开辟了一个优良的传统，他还尝试着用其他韵律方式创作。他的爱情抒情短歌，以感情真挚、语言自然见称。霍华德以其《埃涅阿斯纪》（又译《伊尼特》）译本将最初的无韵诗（后来莎士比亚和弥尔顿的十四行诗）带进了英国文学。16世纪的英国兴起一股爱好诗歌的风尚，这首先是在贵族阶层内酿成的，因为平民难得有受教育的机会。此外，托特尔（Tottel）的《杂录》在英国文学史上也是一部里程碑式的作品。约翰·海伍德（John Heywood）的杰作《仁慈杀了她》，作品充满了真正的哀伤与真诚的感情。从语言上来看，这部剧作是伊丽莎白时代最朴实、最不加雕琢的作品。海伍德笔下的人物是自然而贴近生活的，正如兰姆（Lamb）评价海伍德所说的"一种散文体的莎士比亚"。诗人埃德蒙·斯宾塞（Edmund Spenser）翻译和创作了许多歌颂爱情和女王的诗歌。1579年，斯宾塞发表了他的《牧人月历》，这是英国诗歌史上具有重大意义的事件。它宣告了一流诗人的诞生，紧接着问世了《短诗集》和精品寓言长诗《仙后》。《仙后》既有人文主义关怀，也有新柏拉图主义的神秘思想，还带有清教伦理和资产阶级爱国情绪，情节结构和人物塑造模仿古罗马史诗和骑士传奇文学。斯宾塞是继杰弗雷·乔叟（Geoffrey Chaucer）之后第一个运用绝妙的概念和技巧处理艺术主题的英国诗人，被兰姆称为"诗人中的诗人"。原因之一在于诗人们欣赏他的多产和诗中所蕴含的力量。这部长诗中的押韵方式是斯宾塞发明的，格律形式则创每节9行，前8行10个音节，第9行12个音节，按ababbcbcc押韵，韵律复杂，具有柔和动听、萦绕耳际的音乐性，被后人称作"斯宾塞体"。这种形式能够弥补内容的沉闷和乏味。另一个原因在于斯宾塞对韵律、节奏和形象具有无可企及的天赋。即使不能通读《仙后》（除了诗人、学者和考据者外，没有人能够通读），只要随意翻开任何一章，都能够遇到像古代挂毯般璀璨的诗句。那些"陈旧的语调和过时的言辞"曾被同时代的人所诟病，却为他的辞章平添了许多色彩。另有作品《婚曲》《牧人月历》等。

16世纪后半叶的戏剧发展十分迅速，是当时的文学界中最为繁荣的艺术形式。英国的戏剧起源于中世纪英国教堂的仪式，以古老的神秘剧和奇迹剧故事情节为素材，14—15世纪广泛出现在英国舞台上，此后还出现了以抽象人物作为戏剧主角的道德剧。英国的戏剧在16世纪末达到最为繁盛的时期，在此期间，剧作家克里斯托弗·马洛（Christopher Marlowe）打破了传统的旧戏剧形式，成为新戏剧的先锋人物。

马洛也是英国文艺复兴时期"大学才子"之一，留下了极为可观的戏剧遗产。他的剧作歌颂知识、财富和无限的个人权利，反映了新兴资产阶级力图摆脱封建束缚以求发展的强烈愿望。马洛的代表作是描写巨人式学者的《浮士德博士的悲剧》，取材于一个古代传说，传说中的主人公是一个魔法师，他将自己的灵魂出卖给魔鬼以换取无穷无尽的权力。这个故事曾经被约翰·歌德（Johann Goethe）写进他深奥的哲学诗中，成为《浮士德》永远流行的歌剧主题。在马洛的剧本里，悲剧的英雄人物是诗人自己，他力图冲破人间的一切藩篱，寻求无限的真理。剧本中有许多夸张之处，同时也不乏令人艳羡的精彩部分——它们是英语中最精美、最壮丽的诗篇。

欧洲文艺复兴时期，英国的威廉·莎士比亚（William Shakespeare）无疑是最伟大的剧作家，他也是该时期人文主义思想的代表，他的作品形象、深入地刻画了当时英国社会封建制度逐渐衰落而资本主义萌芽发展的历史转折时期。莎士比亚一生中创作了37部戏剧、154首十四行诗和两首长诗，按思想和艺术的发展，其作品可分为三个时期：1590—1600年为历史剧和喜剧时期，1601—1608年为悲剧时期，1609—1613年为传奇剧时期。他的作品主要有《仲夏夜之梦》《终成眷属》《皆大欢喜》《哈姆雷特》《爱的徒劳》《无事生非》《奥赛罗》《罗密欧与朱丽叶》《威尼斯商人》《温莎的风流娘儿们》《暴风雨》《雅典的泰门》等。

当时的诗人们在剧本中使用了重韵体诗的文体，这使得戏剧和诗歌两个方面都得到了前所未有的发展。莎士比亚在这种诗剧的基础上进行了进一步的创新和发展，使得诗剧的发展达到了顶峰。莎士比亚的戏剧作品在西方戏剧艺术史上无疑已经达到登峰造极的地步，他的戏剧刻画了丰富多彩的生活场景，并为每个角色赋予了独特鲜明的个性特点。莎士比亚是一位独具慧眼的戏剧大师，在创作中他不拘泥于传统的悲剧和喜剧范畴，而是跳脱出这些限制，创造了更加复杂和丰富的人性和角色。他擅长巧妙地编织多条相互关联的线索，使故事情节复杂生动，从而使得剧本的核心特征成为优美的情节和感人肺腑的故事情感。他随处收集自己剧本所需的素材为他所用，意大利的故事、英国的编年史、普鲁塔克的《传记》等，都能被他以优美鲜活的语言化作故事的"血肉之躯"，他有驾驭故事的非凡才能，人物形象的塑造，词汇的运用，语言和诗的幽默感，这些都是莎士比亚的天才表现。事实是，在伊丽莎白时代，剧作家们大多以抒情诗人的身份出现，他们的作品中不乏歌曲的旋律。他们的戏剧作品中镶嵌着绚丽的珠宝般的优美诗句。莎士比亚是一位语言大师，他熟练地运用英语，将英语的丰富表现能力发挥得淋漓尽致。他的剧作语言具有抒情的特质，许多目前都成为经典成语和典故，丰富了英语的词汇。此外，他以无韵诗为主，也穿插了丰富多彩的古体诗、民谣体、俚语及幽默轻快的散文体对话形式。这些语言形式的巧妙运用为莎士比亚的戏剧创作提供了基础素材，构建了艺术大厦的坚实基础。

17世纪英国抒情诗被划分为三个发展阶段。第一个阶段以本·琼森（Ben Jonson）为代表。琼森生前在英国文学史上享有的威望是无人可比的，他是稍晚于莎士比亚被同时代的其他诗人誉为"歌之王"的大诗人。他擅长写社会讽刺诗剧，是当时最遵守古典观念的剧作家，经常指责其他剧作家只懂迎合"低俗客"的鄙陋趣味。琼森擅长使用喜剧来谴责罪恶与愚行，使得许多人称他的剧本为"纠正喜剧"。他的诗歌不仅有优美的形式和精当的遣词，而且蕴含着优雅的感情和压制的热情。或许因为琼森的博学多识，他的悲剧略显沉重迟缓，但是在他的歌谣中，他的博学犹如被优雅有力的翅膀载着自由飞翔，他的声音如云雀般清脆动听。琼森对于古典诗歌所做的贡献，对他自己的诗歌以及追随者的诗歌产生了全面的影响，这些皆因为琼森从不盲目因袭古人，他学习古人并能取其精华为己所用。昆图斯·贺拉斯（Quintus Horatius）、卡特拉斯（Cutlass）、马西阿尔（Makimal）深深地影响了琼森，被他视为自己的楷模。像阿诺德（Arnold）、丁尼生（Tennyson）这些后世诗人一样，琼森也敬佩罗马的诗人，相信他们对艺术对称美的要求，让英国诗歌具有重要意义。伊丽莎白时代的诗歌有流于怪诞的危险，琼森则借助自身的权威使诗歌虽然有规则却不生硬，考究却不因袭传统，清晰却不流于俗套。琼森的成就接近于"戏剧之王"莎士比亚。在整个17世纪，琼森的名声和威望都在莎士比亚之上。他的剧作《人人高兴》嘲弄了那个时代的弊端，是一部非常有力度的"风俗喜剧"。他的学者风范在悲剧《西亚努斯的覆灭》和《卡塔林的阴谋》中有所体现。在这两个剧本中，琼森没有卖弄文学，但剧中的悲剧感是深刻的。琼森的罗马剧在人物的塑造和语言的运用上丝毫不逊色于莎士比亚。他的罗马剧《冒牌诗人》是莎士比亚和其他诗人都无法写出的。这部剧作的内容主要由那个时代的诗人维吉尔（Virgil）、贺拉斯、奥维德（Ovid）、提巴拉斯（Tibaras）之间的对话组成，看起来每个对话者的语言像是取之于他们各自的著述，但实际上却是琼森自己的创造。剧作实际上具有双重含义，琼森以罗马剧为掩饰讽刺与他同时代的人——德克（Dirk）和马斯顿（Marston）。约翰·弥尔顿（John Milton）说琼森是"博学的袜子"下面隐藏着一双踢人的脚。

琼森喜剧的特点在于塑造具有单一气质的人物形象，如具有幽默、贪婪、狡诈和傲慢的气质等。琼森所有的喜剧中塑造得最好的一个人物形象是伊壁鸠·马蒙（Epicure Mammon），这是《炼金术士》中的一个人物，正如他的名字那样，他是一个具有幽默气质的人，言谈举止同福斯塔夫（Falstaff）一样是一个吹牛大王。

16世纪末至17世纪初，文艺复兴渐趋尾声，有所谓"骑士派"的贵族有闲者的爱情诗流行一时，同时出现了以约翰·邓恩（John Donne）、霍桑登的威廉·德拉蒙德（William Drummond of Hawthornden）和安德鲁·马韦尔（Andrew Marvell）为代表的"玄学派"诗人。这便是17世纪英国抒情诗的第二个阶段。"玄学派"诗歌的特点是采用奇特的意象和别具匠心的比喻，集细腻的感情与深邃的思辨于一体，以善于表达活跃躁动的思绪和蕴含哲理而独树一帜，但其语言质朴而且口语化。"玄学派"在诗歌艺术上独辟蹊径，对现代主义诗风产生过很大影响。邓恩作为权威人物与琼森的风格迥然不同，他是一个含糊、注重内省、不遵守诗歌韵律的人，而琼森在言谈举止上是一个古典主义者，虽然很少受到约束，却仍然注重诗歌的形式。随着历史的发展，出现了一群被称为"琼森之子"的诗人，他们同时也间接地、无意识地受到了邓恩的影响，实际上算是"邓恩之子"。他们徒具琼森学识的外表，其实没有真正抓住琼森学识的实质。他们无法企及邓恩微妙、奇特的风格，却热衷于邓恩那些隐晦的比喻、歪曲的措辞，最终流于空洞、自负中。邓恩是最具原创性的英国抒情诗人之一，其诗歌代表了英国17世纪"玄学派"诗歌的巅峰成就，他的代表作有《挽歌》《讽刺诗》《歌与十四行诗》。由于他的模糊性和神秘性，人们很难更好地了解他。他在青年时代写过许多恋歌和讽刺诗，后来他成为一名著名的传教士，并把写诗的热情转移到宗教诗的创作上。邓恩诗作的音律往往参差不齐，格律不严，在多数情况下，他的诗篇之所以美妙是因为他的热情。但他也能够写出和塞缪尔·约翰逊（Samuel Johnson）一样格律整齐的诗篇。他还有一首写于1611年出使法国告别妻子时的《告别辞：悲伤》，劝告妻子在离别时不要表露悲伤，诗人相信爱情与灵魂的结合是具有道德情操和宗教意味的爱，爱情越真挚，表现得越深沉，不因彼此离别而影响爱心。

2. 詹姆斯王朝（斯图亚特王朝）时期

詹姆斯王朝时期也称王政复辟时期。王政复辟时期的文学指共和时期后1660年王政复辟后的文学。许多现代的典型文学形式包括小说、传记、历史、游记、新闻报道等在这一时期开始成熟。当时，新的科学发现和哲学观念以及新的社会和经济条件开始发挥作用，还出现了大量以政治为内容的小册子文学。约翰·班扬（John Bunyan）的伟大讽喻小说《天路历程》就出现于这一时期。大量的优秀诗歌，特别是约翰·德莱顿（John Dryden）、罗彻斯特（Rochester）等的讽刺性优秀作品，与以后奥古斯都时期的蒲柏（Pope）、斯威夫特（Swift）和盖依（Gay）的成就有着直接的联系。

王政复辟时期之后，文学风气受到了新古典主义的影响而发生巨大变化。在这一时期，英国文学界最受推崇的是约翰·班扬，他的《天路历程》被看作英国近代小说的开端。小说以梦幻的方式来叙述这个故事，在这种梦幻的形式之下，向读者展示的是反映了17世纪英国社会现状的画面。小说以平实、形象的语言，以寓言的方式，讲述了虔诚信徒在充满罪恶的社会中的遭遇，并对所谓的"名利场中的上流社会"发出了严厉的谴责。在这本书中，我们可以听到清教思想的回声，同时，这本书非凡的叙述技巧也为近代小说开辟了先河。19世纪中期，英国小说家威廉·萨克雷（William Thackeray）的名著《名利场》的书名便来源于此。班扬在布道方面的才华独一无二，能巧妙地抓住听众的心，在写作上也是如此。他的《天路历程》以可读的故事形式完成了自己传教的使命，在高雅文学中开辟了一个平民世界，即便是那些对信仰的精神丝毫不感兴趣的读者也能够非常愉快地接受这部作品。他的文体来源于日常生活的语言，口语化的表现形式，平铺直叙的结构布局加以修饰，这种文体有助于作者达到自己的写作目的。他的作品还有《罪人受恩记》《贝德曼先生的一生》等。他的《天路历程》写一些人来到名利场里，他们的衣服、语言引起当地人的嘲笑，文字在精神上崇尚追求真理的虔诚信徒，谴责压迫者、欺骗者、享乐者；在语言上用纯朴的民间口语，在技巧上采取寓言形式，然而叙事又写得十分真实，这是一种新散文，是班扬作为本时期重要的散文家所做的贡献。这种新散文，其实也是写实小说这一新的文学样式的先驱。18世纪写实小说兴起，不能不说班扬有很大的文学贡献。

在17世纪英国抒情诗的第三个阶段中，诗人们继续追求诗歌的至真、至善和至美。约翰·德莱顿、蒲柏是这一阶段的代表人物。德莱顿的诗作使戏剧的力量、抒情诗的美妙等昔日的辉煌一并保留下来，同时又为新时代诗歌的诞生披荆斩棘。德莱顿驰骋文坛，集桂冠诗人、散文家、剧作家于一身，曾一度左右伦敦文坛，成为叱咤风云的人物。德莱顿在英国文学史上杰出非凡，以至于他的名字成为他所处文学时代的代名词。由于他对押韵、对句定型的贡献而成为18世纪英国诗坛的鼻祖，成为诗歌和散文真正的革新家。德莱顿是一个具有广泛才能的天才文人，尤其擅长创作抒情诗、戏剧、讽刺及批评散文。他的抒情诗、英雄悲剧以及其他各类体裁的作品，时代感强，措辞考究，文句机警，清新灵活，富有乐感、壮丽的品格。德莱顿是英国最早的散文批评家。关于戏剧，他所写的评论比戏剧本身更有趣。他的《戏剧论》以及其他论文是英国文学批评史上和英文诗体著作中划时代的作品。德莱顿之后的世纪是散文的时代，而他则是开山鼻祖。他的重要作品是《一切为了爱情》。蒲柏是继德莱顿之后又一位古典主义大师，发展和完善了英雄双韵体诗，他的成名作《批评论》即以此种诗体写成。蒲柏是一位以讽刺诗见长的伟大诗人，善于用庄重华贵的语言形式表现滑稽可笑的生活内容，如《夺发记》和《群愚史诗》，制造了令人捧腹的喜剧效果和恶意的机警。在书信和讽刺中闪现出智慧之光，这些都代表了他创作的最高境界。蒲柏的诗以精雕细琢、优美动听悦耳、诗体变化纷繁著称，特别是英雄双韵体诗，成为当时人们学习的样板。他的诗虽然极为机敏和优雅，却缺乏深刻的思想，且过多地以议论和哲理入诗而缺少抒情性，特别是运用太多而不免让人感到单调和乏味，因而在浪漫主义兴起后日益遭到批评攻击。在他创作的诗歌短章中，诗人受形式所限，华丽的辞章表达的知识只是作者狭隘的思想观念。

3. 启蒙时期

18世纪，英国社会相对和平稳定，启蒙主义思想的广泛传播使得英国文学快速发展，这个时期涌现了一大批写实小说的作家和作品。启蒙时期的重要作家有丹尼尔·笛福（Daniel Defoe）、乔纳森·斯威夫特（Jonathan Swift）、亨利·菲尔丁（Henry Fielding）等，他们既是启蒙运动的思想家，也是启蒙文学家。他们把文学创作看成宣传教育的有力工具，致力于反映人民大众的日常生活，描写普通人的英雄行为和崇高精神，深刻揭露封建社会的腐朽与黑暗，甚至暴露资产阶级的缺点。

作为英国的"小说之父"，笛福直到60多岁，才真正涉足文学。他创办过报纸，也参与过党派斗争，是第一个提出"自由贸易"理论的人，也是第一个向政府建议对殖民地进行掠夺和开拓的人。笛福是18世纪英国写实文学的鼻祖，他的处女作《鲁滨孙漂流记》是英文小说中传播最广的一本，同时也是英国现实主义小说的开山之作和近代小说的开端。小说以现实主义的笔触，对孤岛上的生活进行了描写，刻画出一个富有时代精神的资产阶级先锋派和殖民主义者的形象。作品技巧卓越，凭着一种新鲜的现实主义想象力，写得引人入胜。笛福小说中的主人公大都是现实生活中的中下层人物，这是英国小说创作中的新因素，后来到了19世纪，这些人物的命运就成了英国批判现实主义文学描写的主要对象。《鲁滨孙漂流记》写得富有同情心和艺术性，又给人以富有启发性的重大社会意义。无论是严肃的思想家卢梭还是文学家柯勒律治，或是政治经济学家马克思，甚至一般读者，都能从中受到这种启发。笛福的另一部长篇小说《摩尔·弗兰德斯》叙述女主人公摩尔在英国因生活所迫沦为娼妓和小偷的经历。作品以情节生动的笔触，写得真实又有深度，具体又有艺术性，语言平静而讽刺尖刻，被称为"偷窃者大全"，已经表明作品的吸引力。

现实主义小说家菲尔丁早年从事戏剧写作，对当时英国上层社会进行了深刻讽刺，而菲尔丁的小说也代表了18世纪英国现实主义小说的最高成就，是现实主义小说的进一步发展，并且是英国文学史上第一个比较系统提出现实主义小说理论的作家。菲尔丁以其在书信体小说、散文体史诗和第三人称叙事等方面的突破性成就而被称为"英国小说的鼻祖"。菲尔丁擅长描绘宏观的社会景象，并善于使用反讽手法。菲尔丁曾经把塞缪尔·理查逊（Samuel Richardson）看作庸俗哲学的代表，并以模仿他的作品的方式去讽刺他，但他最终却阴差阳错学会了小说写作，他的小说《弃儿汤姆·琼斯的历史》广受称赞，这本书的人物、风景和场景都具有英国特色。故事从乡村、路途和伦敦三个不同的环境中展开，为读者呈现出英国社会的全貌。小说最后以代表天性的汤姆和代表智慧的索菲亚的爱情为结局，表现出情感要被理智所约束的观念。这本书一共有十八册，每一册的开头都是作者对小说艺术的探讨，显示了菲尔丁对于英国小说的一种理论上的自觉性。在故事的发展中，作者巧妙地使用了不同的手法，让文中的伪君子角色卸下了伪装，以滑稽可笑的文字和高涨的兴致来描写这些虚伪的人。作者赞扬了那些不为世俗所拘束的纯朴、热情、忠诚的年轻人，使这部作品既有清新的气息，又有清晰完整的结构，将现实主义小说推向了一个新的高度。这部小说是英国文学史上的一份宝贵遗产。他的重要作品还有《阿米丽亚》《咖啡屋政客》《堂吉诃德在英国》《历史纪事》以及《大伟人江奈生·魏尔德传》。他的《约瑟夫·安德鲁斯》在客观的叙事中，插进讽刺的笔触，批评上层人士的自私和缺乏同情心，而只有车夫助手，一个下层青年，才有同情心，两者形成鲜明的对照。这种夹叙夹议，随时插入议论的成分，不只写当时每人的姿态，还提供背景和前景，使句子中所含的信息量更加丰富。

18世纪的诗歌创作也是一派繁荣景象，不仅有世纪初的蒲柏和汤姆逊（Thomson）在创作，还有一些散文名家，如斯威夫特、约翰逊等也善于写诗。托马斯·格雷（Thomas Gray）也是这一时期重要的诗人。格雷是一位学者和历史学教授，精通艺术、建筑和音乐，他所处的那个时代喜爱自然风光，对浪漫主义的复兴怀有热情。他是对古英格兰民谣、爱尔兰以及威尔士的古代吉特勒文学再度感兴趣的为数不多的几人之一。格雷的作品字斟句酌，决不苟且，他一生诗作不多，仅十余首诗传世，而且那为数不多的诗作多半是用来自娱自乐和供友人消遣的。正如狄更斯所说的，他是唯一一位写小卷诗作而跨入不朽的诗人行列的。在格雷的《巴德》中，浪漫主义和古典主义得到了很好的结合，威尔士擅用颂歌形式的传统得到了再现。他创作有《逆境颂》与《春之颂》等。其中《墓园挽歌》（1750年，又译《墓畔哀歌》）最为著名，这首诗写了十四年，诗中描述了诗人在黄昏时刻凭吊乡村一处寂静墓地的悲悼心情。那贯穿全诗的凄楚悲切的气氛，往往令读者唏嘘感叹，表达了诗人对时代纷乱状态的厌恶和对"自然简朴安逸"的向往，吐露了他们的内心感受。他的诗作表明英国诗歌开始逐渐摆脱新古典主义的束缚，理性的优势地位为感情或感受所代替。诗作发表后引来诸多仿作，一时形成所谓"墓园诗派"。诗中的那些熟悉的章节和段落总是让读者熟记于心，不仅诗中的每一节、每一句都是完美的，而且整首诗的结构布局也非常出色。诗中弥漫着淡淡的忧伤，是早期浪漫主义诗歌的标志，也是那个时代最完美的诗。与读弥尔顿的《沉思的人》一样，就等于看到了占据英国诗人思想一个多世纪的"忧伤文学"的开端和完美阶段。这种非凡的艺术手段善于选择那些自然的场景，再于场景中蒙上一层特别忧郁的气氛，创造出美丽而幽深的意境。《墓园挽歌》因为凝集了一个时期的某种社会情绪，加上以完美的形式表达了这种情绪，在一定程度上解决了如何革新旧传统的问题而具有较高的艺术价值，因而被誉为英国18世纪甚至英国历来诗歌中最好的诗。

(二)现代英国文学

关于世界现代史问题,原本只存在于中国的史学界,在西方是不存在的,因为西方是资本主义社会,资产阶级的意识形态占据主导地位,因而资本主义制度被认为是最好的社会制度,将长久存在。所以在西方的书籍中,只有 Modern History(现代史)一词,其含义包括我国的近代史和现代史。例如,西方著名的一套世界近代史著作《新编剑桥世界近代史》,它的第一卷为"文艺复兴",第十二卷为"世界力量对比的变化",它包含我们中国的世界现代史阶段。但是,随着西方史学的发展,西方史学界的研究也在注意现代史的问题,如杰弗里·巴勒克拉夫(Geoffrey Barraclough)在其《当代史导论》中的划分,将1890年作为现代史的起点。他说:"能说明当代史不是现代史的延续,而是一个新时代的开始的史料是大量的,通过这些众多的史料我们不难得出紧接着1890年前后的年代是一个重要的转折点。"[①] 又说:"正是在这一年代,即1890年前后,大多数区别当代史与现代史的各种进展初露端倪,1890年至1960年期间,我们面临着联结两头的历史过程:一个时代的终结和另一个时代的开始。""到1960年底,我们完全可以说,这一漫长的转变时期已经过去了。"[②] 这一论断是有其历史依据的。早在17—18世纪,西方的文艺复兴和启蒙运动就已发起西方文化的现代化。同时,这一研究也表明,西方历史发展也是可以分出"现代"这一阶段的,划出"现代"历史,是因为该历史时期具备了"现代性"的特征。现代性是与古典性相对而言的,指具有现代思想特征的一种时代特性。

现代性是在文艺复兴末期,也就是在启蒙运动时期形成的,是一项围绕着"启蒙"与"理性"的文化合法化工程,在过去的两百多年里,将整个西方文明推动至现代文明的高峰,这是自近代以来整个人类社会现代化进程中,科技、技术、工业革命与社会现代化的必然结果和产物。在理论层面,现代性是由科学技术的进步、工业革命的发展以及由资本主义所引起的全面的经济社会变化所带来的结果。欧洲启蒙主义者把现代性看作一个宏大的计划和一套为人类社会的健全发展提供了一整套合理规划的蓝图。在马克斯·韦伯(Max Weber)的构想中,科学、

[①] [英]杰弗里·巴勒克拉夫:《当代史导论》,张广勇、张宇宏译,上海社会科学院出版社1996年版,第9页。

[②] 张忠喜:《英美文学与翻译研究》,吉林出版集团股份有限公司2018年版,第28—29页。

道德、艺术三大范畴构成了理想社会，理想社会受到工具理性、道德理性、艺术理性的支配。现代性是以时间观念的线性发展和历史观的目的性为具体特征的，因而也被称作"启蒙现代性"。概括地说，现代性具有很强的线性时间观念和目的化的历史观，其从启蒙运动与现代工业革命中受益，提倡理性主义与个人主体性，拥护工业化与理性体制，坚持社会分工思想与科学精神。

维多利亚（Victoria）女王在位时期，是英国历史上继伊丽莎白时代之后第二个黄金时期，是英国资本主义发展的鼎盛时期。在这个时期，大英帝国受工业革命之惠，经济迅速发展，人口增长，国力日益强盛，侵略扩张所向披靡，殖民地遍及全球，其领土是本土的150倍，它的商品输往世界各地，一度取得世界贸易和工业的垄断地位，其财源从四面八方不断滚滚而来。至19世纪中叶，英国物资丰富，国力昌盛，国民生活水平不断提高，成为世界强国。历史上称这段时间为维多利亚时代，而维多利亚女王也就成了这个时代的象征，被称为"欧洲祖母"。这种盛世是自从1814年以后，英国在百余年内未经历过大的战乱环境中形成的。相应地，科学、文化、艺术也出现繁荣的局面。维多利亚时代是英国历史从近代向现代过渡的重要时期。在这个时期，社会和经济产生了深刻的变化，资本主义制度所引起的各种社会矛盾也变得尖锐起来，社会主义思潮开始流行，作为西方文明基石的基督教受到科学思想的挑战，日益衰微，在繁荣景象的背后潜伏着焦虑不安的暗流。进入现代以来，世界日益成为密不可分的整体。在经济全球化的推动下，历史进程渐趋国际化，世界各国发展模式则呈现民族化和多样化，这种全球化和多元化的矛盾统一，构成了世界各国相互依存又相互竞争的复杂局面。第二次世界大战后，世界格局呈现多极化趋势，科学技术发展突飞猛进，特别是第三次科技革命的兴起，对人类社会产生了深远影响，揭开了知识经济时代的帷幕，人类文化空前繁荣，世界性、民族性与多样性交相辉映。这些都深刻影响了英国文学与散文创作。

（三）当代英国文学

关于英美当代史的开端，依照巴勒克拉夫在其《当代史导论》中所说："如果我们想要标明'当代'史时期的开端的话，那么最合适的日期便是1960年底或1961年初。"这一划分虽可以帮助我们确定英美当代历史的起点，但在西方，现代以后的历史通常用的是"后现代"一词。"后现代"这一术语应用于描述第二次世界大战以后的各种文化现象。在西方，各种文化现象及思潮以"五月风暴"为标志，进入后现代时期。"五月风暴"是指1968年发生于法国的一场思想文化运动，是法国历史上的一个传奇时刻，虽然它并没有改变世界，但在"五月风暴"中孕育而生的"后现代"思想却使人们看待世界的方式有所改变从而最终改变这个世界。

20世纪60年代，解构主义哲学出现，标志着世界文化思想完全进入后现代。后现代亦即现代化之后的时代，又称后资本主义社会、后工业社会、信息社会、跨国资本时期等。后现代产生的思想背景是马克思、尼采与弗洛伊德的后现代思想。这三位思想家既是启蒙思想的典范，也是结束现代性的标记，从而开拓了后现代思想。他们都对启蒙时期的人道主义进行了批评，结束了启蒙时期关于"人"的概念。有人认为，后现代主义只不过是这三位思想家的符合逻辑的继承。

后现代主义被分成两大阵营：怀疑论者与肯定论者。怀疑论者怀疑权威性定义与任何事物的单一描述，支持一种基于理论观点的系统怀疑论。他们把现代主体批评为"语言学常规"。他们反对理论本身，因为理论太多，也分不清哪一个比哪一个更正确。理论掩盖、扭曲和模糊事物，理论是相互疏离的、无联系的、不协调的。理论意味着排除、命令和控制对手的权利。肯定论者也反对理论，但通过否认真理来反对理论。他们并不觉得理论需要废除，只不过需要改革。但肯定论者不像怀疑论者那么生硬，他们支持有组织的关于和平、环境和女权主义运动。总之，后现代主义在认识论上拒绝一切形而上学的理论体系，拒绝真理的绝对性和客观性，认为现实是由主体建构的，一切都是偶然的和可能的；在方法论上认为理论与方法是不可分的，探索真理的不同方法可以并存，没有优劣，都能产生真理；在态度上不相信一切，主张将现有的一切置于意识形态和权力的分析与解读之中。不过，后现代主义也承认，如果看不到现代性（主义）的成功和成就，那将是愚蠢的。后现代主义的主要代表人物有雷·利奥塔（Ray Liotta）、保罗·福柯（Paul Foucault）、让·博德里拉（Jean Baudrillard）、雅克·德里达（Jacques Derrida）等。利奥塔是后现代主义思潮的著名理论家，是把现代主义与启蒙运动联系起来的思想家之一。他通过对信息化社会下的科学知识以及科学知识的合法化问题的探讨，指出在社会后工业和文化后现代的条件下，科学知识面临着合法化的危机，已经不再拥有元话语的支配地位了，这些都是源于科学知识的两个异化现象——"知识商品化"（也可以称为"知识商业化""知识货币化"或"知识资本化"）与"知识权力化"。对此，他得出后现代主义的几个特征：价值多元、解构中心、消解整体、相对主义、不确定性以及机械复制。利奥塔以"不相信宏大叙事"来对"后现代态度"进行定义，凸显出叙述和认识之间的联系，对自启蒙运动以来的现代理性主义传统进行了深刻的反思。利奥塔之所以这样提防着宏大叙事，是由于宏大叙事中包含的未经批评的形而上学因素赋予了叙事一种霸权，这种霸权把叙述和知识混为一谈并加以夸大。然而，利奥塔反复强调，宏大叙事的不可信并不代表所有叙事都是不可信的。正是利奥塔所坚持的怀疑精神，赋予了知识分子应对绝对主义的策略，从而使知识分子的自觉意识（包括对知识、对公共标准、对自身地位的警惕），成了任何讨论与批判的前提。事实上，后现代正在改变着世界，因为它成了许多学者完成独到而出色的工作的犀利武器，并对揭示隐蔽的结构性的不公平、反映弱势族群的利益等进步的政治实践产生了积极的意义。福柯是哲学家和思想体系历史学家，也是批评思想家，他在许多著作中集中研究具体的社会机构以及它们是如何构成权力并进行控制的。尤其是研究权力与知识的关系，这便是知识社会学。他认为，在一个特定历史时期发挥作用的"真理"是由权力的运作所产生的。人的灵魂只不过是团体权力进行操作的把手。由真理系统确立的权力会受到对不合格的话语、知识、历史等形式的诉诸的挑战，这些挑战是通过身体对于智力或思想的特权，通过艺术的自我创造进行的。博德里拉的后现代思想比较系统化。与后现代有关的概念首先是"后现代性"，其字面意义是"在现代性之后，它指的是与现代性有关的那些社会形式的初始或实际上的解体"。后现代性集中在以下几个方面的全球化过程的相异与相似的张力之中：人的流动、跨文化互动、地方与全球知识的互动。后现代主义即后现代文化，显示现代主义与现代性的历史观点。这一概念最初于1947年指建筑风格，1960年用于"二战"后探索性小说创作及日常生活。20世纪七八十年代，法国文学理论家开始将其用于学术理论研究。后现代主义的应用范围甚广，包括艺术作品与社会环境的关系、艺术及理论与政治行动及主流社会秩序的关系、文化实践与社会各革命改革与否的关系、传统哲学基础的崩溃与批评原理现状或有效批评现状的可能的关系、统治消费社会的形象与艺术实践的关系等。总之，后现代主义强调了许多不同的声音、问题以及冲突。

"二战"以后，英国虽然在世界经济格局中的地位有所衰落，但国家通过一些自我调节的手段，促进了社会文化的发展，使英国在社会、经济、政治、文化等领域都发生了巨大变迁。首先，进行了社会改革，对生产关系进行了大幅度、全方位的调整和改进，采纳了一些社会主义国家的做法，推行的许多改革都使工人生活水平得到了提高，实行的劳动法、最低工资法、公共福利、公共卫生体系以及遗产税和累进所得税等措施使建立的新体制更加完善成熟。当时的劳动管理理念也经历了一系列的转变。从过去将工人视为"会说话的机器"，到现在意识到他们是"经济人""社会人"，逐渐摒弃了单纯依靠强制力、规章制度和纪律条文进行管理的方式，而将更多的注意力放在提供激励手段和追求情感与精神等因素上，从而有效改善了劳动人民的生存环境。其次，政府对经济实施了干预和宏观调控，注重经济计划的作用，增强了国家干预力度和宏观调控力度。这种做法在一定程度上缓解了市场经济的波动、盲目和破坏现象，大大促进了经济的发展。最后，加大了对科技创新和新兴产业的支持力度，高度重视科技发展并不断克服体制性障碍，不断增加科研投入，推动新技术、新材料的诞生与应用，从而极大地提高了劳动生产率。

1984年，英国率先宣布实行"福利国家"政策，该政策对英国的经济和文化产生了深远的影响。第一，"福利国家"政策改善了普通劳动者的生活水平，并缓和了社会矛盾和阶级矛盾。超过半数的国民收入都通过税收集中起来被用于社会福利支出。这有助于提高工人和其他劳动者的物质生活水平和社会地位，同时也在一定程度上缓和了社会矛盾和阶级矛盾。第二，经济因"福利国家"政策而开启了新的发展时期。英国在"二战"结束后的几十年里，虽然经济发展仍存在波动，但这种波动已经大大减小，经济危机的破坏力也有所下降。国家的发展相对来说比较稳定，有时还表现出加速发展的趋势，同时劳动生产率和经济水平也有了显著的提高。第三，通过实施"福利国家"政策，高新技术及其产业得到了显著发展。在20世纪中叶之后，新的科技革命涌现，以信息技术、原子能技术、材料科学、宇航技术和生物工程为主要标志。这些新的科技革命使得科学技术和生产力之间的关系变得更加紧密，同时也使生产力的各个方面发生显著的变化。

此外，新兴产业逐渐崛起，消费热点不断涌现，市场容量扩大也创造了更多的就业机会。第四，实施"福利国家"政策促使产业结构和工人队伍结构发生了新的转变。随着科技和生产能力不断提升，如今的英国产业和劳动力结构正朝着更注重信息技术、服务性行业和高科技行业的方向转移。金融、通信以及其他服务行业日益成为第三产业的主要组成部分，第三产业在国民经济总产值中所占比重迅速增加。与此同时，劳动力结构也发生了巨大改变，第一产业、第二产业的从业人员数量不断减少，而第三产业的从业人员数量急剧增加。随着时间推移，劳动者的队伍呈现一个新的趋势，即知识化和脑力化。他们的综合素质在科学技术和文化方面不断提高。

二、美国文学的历史演变

（一）近代美国文学

1. 英属北美殖民地时期

在殖民地时期，主要存在印第安文化和早期移民文化这两种不同的文化。欧洲人发现新大陆时，北美洲的居民仍在经历不同的原始公社制度发展阶段。印第安人通过与大自然的搏斗创造了一种独特的文化。他们主要通过口头方式进行创作，包括神话传说和英雄传说。因为这些传说没有被记录下来，后来经过整理才被传扬开来，并且激发了后来美国作家的创作灵感。

谈及美国文学，总是以移民的创作为源头。17世纪初，一批英国人出于一些原因，开始向北美洲移民，慢慢开始了殖民地时期的文学。由于在殖民地时期，移民所面临的问题是如何在这个新世界生存下去，他们忙于在陌生的荒野之乡建立自己的家园，因此没有时间和精力去专门从事写作，所以开始时文学发展比较缓慢，比较单一，也没有职业的作家，作者都是英国人。因此，殖民地早期的文学多是个人的旅行笔记与书信、记录与报告、稗史等文字，以及出版物中关于神学的研究的文字，然后就是诗歌创作。第一位美国作家是约翰·史密斯（John Smith），他的作品是关于新大陆的报告文学《新英格兰记》（1608年），诞生于弗吉尼亚州。17世纪诞生了美国诗人，他们是威廉·布雷德福德（William Bradford）、爱德华·温斯罗普（Edward Winslope）、安妮·布拉兹特里特（Anne

Bradstreet）和爱德华·泰勒（Edward Taylor），诗歌在殖民地时期有不少创作，但清教思想的影响使得作品多采取叙述真实事件的形式，显得冗长乏味。布雷德福德写有《普利茅斯种植园史》，是一部无比珍贵的资料作品，语言质朴，感情真挚，叙述直截了当，易读而且感人。他还创作了大量书信体小说和描述殖民地的散文以及叙事诗等。温斯罗普写有《新英格兰史》。两人的作品是不可多得的历史资料，记录了他们所处时代的重大事件。他们当时的创作也并非为了文学的目的，只是出于以永久的形式记录重大事件的需要。然而，一旦通过直接和充满活力的诗歌形式，并使欧洲诗人风格适应了美国这个奇特的新环境，反映新世界所面临的主题，每一次叙述便都获得了文学上的巨大成功。布拉兹特里特和泰勒两位作家，可以说把诗歌创作推向了一个新的高度。布拉兹特里特是美国最早写出真正有价值的英文诗歌的诗人，她写的是生活，不过多少以世俗的笔调抒写妇女的心情。她写有诗集《美国新崛起第十位缪斯女神》，以古典的暗示手法，称赞了她自己。诗作显得做作，但也虔诚优雅，并不乏生动。她的《沉思集》还受到20世纪文学批评界的重视，被认为是一部不朽之作。泰勒的诗歌采用的是17世纪英国主流诗人的写作形式和风格，是典型的玄奥方式：语言铺张华丽，想象和思想联系在一起。泰勒的诗作反映了严格的清教主义的衰落，极大地丰富了美国的诗歌传统。这些诗人也受到了英国的显著影响，如布拉兹特里特受到了斯宾塞的影响，从泰勒的作品中可以看到多恩（Donne）和赫伯特（Herbert）作品的影子。但是在欧洲启蒙主义的影响下，殖民地人民也萌发了民族独立意识。美国出版的第一部诗集《海湾圣诗》是以民歌形式写成的圣诗。另有乔纳森·爱德华兹（Jonathan Edwards）的诗歌创作。

2. 北美独立革命时期

在北美独立革命时期，由于反抗和妥协的激烈斗争，作家不得不以政治评论、演说和散文等既简单又锋利的方式加入战争。作家根据斗争需要不断斟酌语言，这一时期的诗歌也带有浓厚的政治色彩，许多革命歌谣都是从民间流传出来的。美国的民族文学在这一阶段开始萌芽。不过，在北美殖民地人民争取独立的岁月里，政治成为社会生活的中心舞台，那些有影响的作者都不是专业作家，而是独立革命的战士和参加者。

独立革命时期的美国文学不同于殖民地时期，处处反映清教精神，而具有浓烈的政治论辩风格，均带有强烈的政治色彩。独立革命时期在整个美国文学史上具有极为特殊的意义，斗争中产生了大量的革命诗歌和散文，造就了美国第一批重要的散文家和诗人，为日后美国文学的独立发展创造了基本前提，有小说家和戏剧家努力从历史和文化上说明美国的辉煌传统，与菲利普·弗瑞诺（Philip Freneau）等人在诗歌领域的爱国主义精神相呼应，力图缔造美国的民族文学。当然，这时期的美国文学仍带有浓厚的欧洲风格，其完全本土化还有待于19世纪浪漫主义文学的发展。

（二）现代美国文学

随着1783年美国独立战争的正式结束，政治和文化开始独立。作家开始吸取欧洲浪漫派文学的精神，对美国的历史、传说和现实生活进行描绘，一些以美国为背景、美国人为主人公的作品开始出现，美利坚民族内容逐渐丰富和充实起来，民族文学开始诞生。这一时期主要有本杰明·富兰克林（Benjamin Franklin）、帕特里克·亨利（Patrick Henry）、托马斯·潘恩（Thomas Paine）、托马斯·杰弗逊（Thomas Jefferson）、菲利普·弗瑞诺等人的创作。

与爱德华兹的清教主义教诲相比，广大群众对富兰克林的格言更感兴趣，他的文体幽默清晰，美国人民的人生观、价值观和道德观的发展都受到了他所传达的科学文化、激发的自力更生精神以及他的爱国之情和提倡的自学创业言论的影响。弗瑞诺是当时一名著名的革命诗人，他为美国诗歌开辟了先河，被认为是美国独立革命后最杰出的作家，新古典主义和浪漫主义、感伤主义和乐观主义都体现在他的作品中。但人们还是把他称作"美国革命诗人"，因为他积极投身独立革命，写了不少讽刺英国统治者的诗。他的诗歌充满战斗激情和攻击性，感情强烈而且爱憎分明。除政治诗外，弗瑞诺还写了不少抒情诗。弗瑞诺的创作预示着美国文学的独立，他对自然的深入观察使得他对美国本土的荒凉生活和其他美国本土事物的描述独具特色，和早期那种矫揉造作的对句诗风格相比，他后来的诗歌更为自然朴素，也更为具体，从题材、内容到表现手法都有美国特色，散发着浓郁的乡土气息。他虽然没有开创一种新的潮流，但是他的诗歌体现了美国后半个世纪文学的基本特征，因而他被人们称作"美国诗歌之父"。

美国独立后，真正意义上的美国文学开始经受铸炼、逐渐形成。自此以后的一百余年间，美国文学蓬勃发展，经历了浪漫主义文学、现实主义文学、自然主义文学和现代主义文学等几个明显的发展阶段。

（三）当代美国文学

美国文学在当今世界文坛占有举足轻重的地位，这与美国的强大是分不开的。美国强大的国力促进了其文学在国外的传播和接受。但是，美国文学发展的实力和质量本身起着根本性的作用。战后的美国作家创作了大量优秀的文学作品，他们的作品中大量使用新的创作技巧和创作手法，从而获得了各国读者的青睐。

当代美国文学最突出的特征是后现代主义文学成为主流。进入20世纪60年代，在后现代主义思潮的笼罩下，美国文坛流派丛生，风格各异，从20世纪50年代的"垮掉的一代"到60年代的超现实主义文学、黑色幽默文学、荒诞派文学、色情文学、科幻文学，不一而足。各种文学题材从各个不同的侧面反映出美国社会生活和文化心理状态。

其中突出的是"黑色幽默派"的创作。这个时期的人们更加深刻地体会到了"非理性"和生活中的"异化现象"，因此这个时期的作家在作品中将一本正经与欢乐和痛苦、柔情和残酷、滑稽和恐怖、荒唐和古怪融合，创作出令人哭笑不得的同时又感到惴惴不安的作品，使人们对生活的理解更为深刻。作者对世界前景的看法往往是悲观的。这就是"黑色幽默文学"。"黑色幽默派"主要作家有约瑟夫·海勒（Joseph Heller）、托马斯·品钦（Thomas Pynchon）、约翰·巴斯（John Barth）、詹姆斯·珀迪（James Purdy）、布鲁斯·杰伊·弗里德曼（Bruce Jay Friedman）、唐纳德·巴塞尔姆（Donald Barthelme）等。海勒的《第二十二条军规》（1961年）、品钦的《万有引力之虹》（1973年）等作品，都对社会的荒谬和对人们的压迫做了突出描写，用一种无奈的讽刺的方式，来表现自己所处的环境与个人（也就是"自我"）的矛盾，并且将矛盾放大、扭曲，成为一种荒诞可笑同时让人觉得沉重悲哀的畸形。在写作手法上，"黑色幽默"也是一种突破常规的写作方式，它的故事情节缺少逻辑性，往往将真实的故事与想象、追忆混为一谈，将严肃的哲学与诙谐的笑料糅合在一起。

后来出现了"新闻报道"或"非虚构小说"等新的文学形式，有的作者觉得，现实世界的奇幻程度甚至已经超出了作者的想象范围，所以，将现实中引起社会轰动的事件作为小说内容比虚构小说内容更具感染力,在描写这种类型的新闻报道时,报道者可以把自己的观察力与想象力结合起来,同时还可以运用多种象征手法。与普通报道相比,这类报道更加深刻细致,而且还包含作家自己的观察和想象,具有更明显的个人色彩和更强的艺术感染力。例如,杜鲁门·卡波特(Truman Capote)的《凶杀》(1966年)与诺曼·梅勒(Norman Mailer)的《刽子手之歌》(1979年)。其中,梅勒是当代最有雄心壮志的小说家之一。此外,除犹太人文学、黑人文学外,南方文学在这个时期仍有发展。老作家威廉·福克纳(William Faulkner)仍有重要作品问世。新作家也不断涌现,著名的有威廉·斯泰伦(William Styron)、弗兰纳里·奥康纳(Flannery O'Connor)、卡森·麦卡勒斯(Carson McCullers)等。他们不再从历史的传奇里寻找题材,而是关心现实生活中南方人精神上的苦闷。田纳西·威廉斯(Tennessee Wlliams)是战后享有盛名的南方剧作家,他的《玻璃动物园》将人物生活的不幸和空虚通过人物的性变态心理表现出来。此时纽约的作家之间并没有共同的心理因素,这个时期的纽约作家一般都为纽约的《党派评论》《纽约书评》《纽约人》等杂志写作,这几家杂志对美国的文学界有着很重要的引领作用。特里林(Tellirine)与麦卡锡(McCarthy)主要为这几家杂志撰写评论,约翰·契弗(John Cheever)与约翰·厄普代克(John Updike)用诗意细腻又带有讽刺性的笔触描写大城市郊区的居民的意识和内心情景,描绘出东北部中产阶级的生活景象。

第二节 英美文学思潮

一、英国文学思潮

(一)古代英国文学思潮

在古代,英国受古希腊文明、希腊化文明和古罗马文明三种文明的熏陶。在这三种文明中,蕴藏着丰富的美学和文论及诗学思想,对英国的文学产生过深远影响。从古罗马时期开始,一直到后来的文艺复兴以及启蒙时期,英国陆续将古希腊文艺思想本土化。从毕达哥拉斯到苏格拉底,从柏拉图到亚里士多德,从贺拉斯到维特鲁威，从朗吉弩斯到普罗提诺，他们的美学和诗学，都是后世英国文论的源泉。例如在英国古典文论中，亚里士多德的"模仿说"始终占有重要地位。一直到近现代，仍可见"以追求真实"为最高的创作境界的传统影响，并以多种形式显示出强大的生命力。英国文学史上第一个比较系统提出现实主义小说理论的菲尔丁，也没有完全脱离亚里士多德的理论框架。

在翻译理论上，我们也可以看出这种影响和联系。翻译家阿尔弗雷德（Alfred）并不完全凭经验，而是遵照一定的指导原则和方法。他在《司牧训话》及《自言自语》等译序中说，"有时采用逐词译，有时采用意译，尽量做到明白易懂"，有时"随心所欲地活译"。此后的阿尔弗里克（Alfric）也多采用意译，注重译文的"简明易懂"，他不用华丽的辞藻，也不用人们不熟悉的词语，而采用质朴的译法，只用"纯属本民族语言、意思清楚明了的词语"，避免译文晦涩难懂。从这些观点中我们可以看出西塞罗（Cicero）观点的影响："我不是作为解释员而是作为演说家翻译的；我所注意的并不是字当句对，而是保留语言的风格和力量。"阿尔弗雷德更是坦言，他曾研究过哲罗姆（Jerome）的翻译理论。英国文学是借助翻译诞生的，而这些围绕翻译的思潮，显然是与整个文学思潮联系在一起的。

（二）中世纪英国文学思潮

中世纪指古典（希腊、罗马）文化时期与文艺复兴时期之间的一千年，即5—15世纪的一千年。这一千年并非"黑暗的世纪"，真正的黑暗只有5—10世纪的五百年时间，这一时期的英国，是由盎格鲁-撒克逊人统治着，随着封建制度的逐步建立，诞生了新的文明，即1050—1300年的近三百年，人们称之为"基督教文艺复兴"或"原始文艺复兴"时期，这实际上是中世纪欧洲文艺复兴的先声，是一个过渡的历史时期。15世纪后期，人文主义者首次使用"中世纪"一词，用以表述西欧历史上从5世纪罗马文化瓦解到人文主义者正在参与的文明生活和文艺复兴的时期。构成中世纪文明的基础来自三个方面：第一，古希腊、古罗马的遗产；第二，基督教的传统；第三，日耳曼和斯堪的纳维亚的社会模式。中世纪社会最突出的特征是它的多样性和复杂性，它实际存在着四种相互重叠、相互制约的结构：经济结构、领主制结构、教会结构、君主制结构。

11世纪之后的英国，随着经济的逐步发展，一个知识发酵的过程也在开始，人文主义思想得到高扬。《圣经》译者威克里夫、"英国诗歌之父"乔叟、"戏剧之王"莎士比亚、"近代唯物主义始祖"培根等都是文艺复兴时期的重要人物。到了15世纪末，哥白尼的"日心说"，用科学真理给几千年来上帝创造世界的神学以毁灭性打击，哥伦布、麦哲伦的地理大发现为"地圆说"提供了无可辩驳的证据。路德发起宗教改革运动，英国开始了文艺复兴的进程。人文主义与文艺复兴这两件大事，一扫英国中世纪的沉闷气氛，带来思想界和文化界的新气象。尤其是文艺复兴，开始了英国历史从中世纪向近代的迈进。"人文主义"是在文艺复兴时期发展起来的一种意识形态，它提倡"以人为本"、积极进取、享受现世快乐的生活理念。莫尔是英国早期人文主义的重要代表人物，其《乌托邦》对英国及欧洲社会的种种弊病进行了批判，并设想了一个社会平等、财产公有、人与人之间和谐相处的理想世界，成为人类文明史和思想史上的一颗明珠。

（三）近代英国文学思潮

英国16世纪的作者之间盛行一种在作品中添加前言和后记的风气，这是为了体现作者与读者之间的沟通和联系，在16世纪中叶，英国文学界盛行理论探讨，引发多种文艺思潮。

1. 古典主义

古典主义从17世纪开始统治英国文坛，至18世纪得到发展。古典主义既可指古代艺术，还可指受古代影响的后期艺术。古典主义是17世纪欧洲的一种重要文艺思潮和流派，它在创作理论和实践上均以古希腊、古罗马的文艺为典范，因而有"古典主义"的名称。德国文艺理论家布瓦洛的《诗的艺术》（又译《诗艺》）具有古典主义文艺宣言的意义。古典主义在文学理论和实践上提倡有意识地学习古代的艺术方法，并采用古代文学艺术的体裁、题材、情节、相似冲突和性格，以之表现新的历史内容和作家对现实的态度。这一流派的作家肯定统一的民族国家、爱国主义、社会义务等思想，宣扬自我克制，以个人利益服从封建国家的整体利益，但在一定程度上谴责专制暴政，揭露贵族的荒淫无耻和宗教的欺骗性。他们在政治上拥护王权，但并不一味颂扬封建君主。它以笛卡儿的唯理主义为哲学基础，崇尚理性，把理性作为文艺创作和评论的最高标准。它要求文学的语言准确、典雅、明晰，并合乎规范，艺术形式符合"三一律"的模式，结构严谨朴素，故事情节的发展合乎常情。直至约翰逊去世，才标志着理性时代的结束。

古典主义的争论也常以翻译为切入点，在翻译理论中反映出古典思想。在古典主义的影响下，翻译家大量地翻译经典著作。从方法论的角度来看，译者与作者都深陷在"古今之争"中，直译和意译也关系到厚古薄今和厚今薄古。18世纪是一个仍有古典主义声势的时期，有蒲柏和库柏（Cooper）两个代表不同流派的翻译家。蒲柏翻译的荷马（Homer）的《伊利亚特》和《奥德赛》虽不确切，但曾一度被奉为标准的译本，成了当代人所理解的英雄典范。他的《伊利亚特序》既是一篇很有见地的翻译理论文章，也是一篇形象生动、辞采优美的好散文。

2. 新古典主义文论

西方艺术史上有意直接模仿古代艺术的阶段通常称为"新古典主义"阶段。新古典主义亦即古典主义，因为新古典主义发端在启蒙时期，在这个时期既有古典主义倾向，又有科学求新的变革，所以称为"新古典主义"。文学上的新古典主义时期指从1660年王政复辟到1798年华兹华斯发表《抒情歌谣集》这段时期。新古典主义文学倡导恪守古希腊、古罗马时期的古典美学原则，如秩序、理性、戏剧创作"三一律"等，它和文艺复兴的最大区别是后者更注重古典文艺中的人文主义精神而非形式上的金科玉律。18世纪初，新古典主义成为时尚，因此这一时期的文学在形式上强调各种体裁的既定格式，在主题上则强调文学的道德说教性，较为古板，但理性主义和散文创作的繁盛也为后来现实主义文学高峰奠定了基础。新古典主义推崇理性，强调明晰、对称、节制、优雅，追求艺术形式的完美与和谐。文学上崇尚新古典主义，其代表者是表现出启蒙主义精神的散文作家们，他们推进了散文艺术。托马斯·布朗（Thomas Browne）的《论和谐》就反映了新古典主义的基本思想。

3. 文艺复兴与文学思潮

14—16世纪是欧洲文化和思想蓬勃发展的历史时期，史称"文艺复兴时期"，这一时期见证了欧洲从中世纪向现代的转变。在欧洲文艺复兴初期，意大利先行完成了从封建制度向资本主义制度转型的阶级、思想和物质准备，文艺复兴运动也随之在意大利开始。新兴的资产阶级希望获得符合其经济地位的社会地位，并且希望将其阶级的价值观、思想和文化提升为主流社会的一部分。在当时，资产阶级处于历史舞台的初期阶段，正处在成长的起步阶段。为了对抗那个时代极度顽固、守旧且愚昧而残暴的天主教会，资产阶级需要一种威力强大的思想武器来武装自己。它应该有唤起公众的觉醒意识的能力，同时以非暴力、非革命的形式呈现。因此，资产阶级开始对古希腊和古罗马时期产生了兴趣。他们觉得那是欧洲人引以为傲的辉煌时代，是欧洲文化史上的顶峰，古典自然科学、哲学、文学、艺术和罗马法等领域的繁荣可用于与天主教会斗争，并且积极推动复兴古希腊和古罗马文化的运动，引发文化和社会的变革。因此，这项运动被称为"文艺复兴"。

所谓"复兴"是指复兴古希腊、古罗马的古典文学艺术，以人文主义为核心，打破中世纪的宗教桎梏。此外，文艺复兴还包括新航路的开辟和天文、地理等领域的大发现，是欧洲封建制度解体、资本主义上升的时期。

4. 启蒙主义与文学思潮

18世纪在资本主义经济发展的基础上，在自然科学和唯物主义哲学的影响下，启蒙运动爆发，这是继文艺复兴、宗教改革之后的又一次全欧性的文化思想运动。启蒙运动继承并发展了文艺复兴的精神，更进一步把斗争的矛头直接指向封建社会的全部上层建筑，目的是要推翻封建大厦并在其废墟上建立一个新兴资产阶级的"理性王国"。启蒙思想家用相信人类不断进步、社会需要共同的繁荣昌盛、人民需要普遍享受自由平等的幸福生活等先进思想来启发教育群众，因此称为"启蒙"。笛福、斯威夫特、菲尔丁等都是启蒙运动的思想家，也是其文学家。他们将文学上的创作当作宣传教育的一个途径，通过它去表现人民群众的日常生活，描绘平凡人的英雄事迹和伟大的精神理想，更深层次地去揭露封建社会的腐朽、落后和黑暗，甚至还指出资产阶级存在的问题。启蒙主义文学在理论上、实践上都为19世纪欧洲现实主义文学打下了坚实的基础。

（四）现代英国文学思潮

1. 感伤主义文学思潮

在文艺复兴和启蒙运动的影响下，文学开始脱离只是简单地反映现实的角色，而是成为一盏能够映射出作家内心复杂世界的变化与不安情绪（艾布拉姆斯《镜与灯》）的灯盏。文学更加注重表达内在特质，作家的独特艺术个性和文学的内向性已经脱离了"重视共同生活的外向的启蒙时代"的普遍理想。它对所有外部权威都抱有敌意，认为遵循艺术家的个人经验是唯一的标准，不认可其他任何教条。然而，它关注自我而能够将无限的、多样的个性展现给读者。从此之后，理论的热点又变成了如何寻找回归内心和关注读者之间的平衡。至18世纪末，由于文艺自身的发展，人们对统治英美达两个世纪之久的新古典主义发起挑战。他们在社会和自然、现在和过去、主观和客观、感性和理性等问题上，与新古典主义反其道而行之，把自然、过去、主观、感性等摆在第一位，于是出现了英国的感伤主义，这为浪漫主义的兴起做了准备，故称"先浪漫主义"。先浪漫主义源于保守派文人墨客反对启蒙运动，并将其在"哥特式小说"中表现得淋漓尽致。之所以称为"前浪漫主义"，是因为当时大部分冒险传奇故事都是取材于中世纪时代。在这种思潮看来，邪恶的力量统治着世界，一个人的命运抗争毫无用处，神秘因素扮演着重要角色。

2. 浪漫主义思潮

当古典主义思想逐渐衰落时，浪漫主义思想开始兴起。英国浪漫主义由珀西（Percy）、麦克弗森（Macpherson）和查特顿（Chatterton）引领，以司各特（Scott）的去世为终结。布莱克（Blake）和彭斯（Burns）被称作"前浪漫主义潮流"。浪漫主义最充分地体现在诗歌中，主要代表是"湖畔派诗人"华兹华斯、柯勒律治和罗伯特·骚塞（Robert Southey）。另有拜伦、雪莱、济慈、司各特等人。他们表现出对中世纪文学重新萌发的兴趣，反驳新古典主义，崇尚自然，主张返璞归真，他们的观点是：诗歌的内容不再是对现实或道德的描写与诫勉，而应该是诗人真实感受的表达。此外，诗歌的语言也不再追求高雅精致，而是更贴近平凡百姓的日常用语。18世纪的启蒙运动注重关注群众和人道主义关怀，而19世纪初的浪漫主义运动则表现出明显的不同。从1800年起，艺术家强烈地表达了"艺术是艺术家自我展示"的信念。19世纪，英国浪漫主义作家开始关注个人和个人表达，以此获得一种前所未有的情感力量。

3. 维多利亚时代的文学思潮

维多利亚1837年继承王位，统治英国直到1901年逝世，是英国历史上在位时间最长的君主，她在位的这段时期被称为"维多利亚时代"，是英国历史上最为光辉灿烂的盛世。值此盛世，英国科学、工业和文化艺术都得到极大发展，国家经济得以高速发展，国民生活水平亦有所提高，印刷术的发展促进了文学艺术的空前繁荣，还形成男女平等和种族平等的进步观念。维多利亚时代是英国进入现代的转折阶段，思想和文化也都相应发生了深刻的变化，包括信仰危机、宪章运动、思想革命和科学革命也声势浩大，科学文化、艺术出现繁荣的局面。

4. 新浪漫主义文学思潮

19世纪后期至20世纪初，出现了主张以奇异的、神秘的、"有魔力的"事物为创作题材，创造"美"的境界的新浪漫主义思潮，实际上它是象征主义、颓废主义、唯美主义与消极浪漫主义的逃避现实、歪曲现实等特点在新的历史条件下的混合与发展，后来演变发展为现代主义。代表作家有罗伯特·史蒂文森（Robert Stevenson）等。史蒂文森曾多次出国游历，足迹遍布苏格兰、瑞士、法国、美国等地。他对各地的地理环境、风土人情等有着敏锐的观察，这些都充分运用到他的写作中。他的代表作有《金银岛》《新天方夜谭》《儿童诗园》等。他的《骑驴旅行》用幽默讽刺的笔调叙述了自己一段有趣的经历，从而反映出作者的世界观，对人生乃至对政治的看法。描述的是细微的事物，反映的却是深刻的社会现象。

5. 批判现实主义思潮

作为现实主义文学艺术发展的最高阶段的批判现实主义，其文艺创作主张艺术的首要功能是"对社会的判断"，因此批判的成分在他们的作品中占主要地位，故冠以"批判"之名，以显示其主要特征。批判现实主义思潮是自由资本主义上升时期的产物，是资本主义社会矛盾在文艺上的反映，它的进步意义在于：真实而深刻地揭露和批判腐朽没落的贵族阶级和满身铜臭的资产阶级丑恶本质，展示贵族阶级走向衰亡和资产阶级取而代之的历史进程，有的作品对劳动人民的悲惨遭遇表示同情，在艺术上，着力反映现实，自觉地掌握了典型人物与典型环境的关系。批判现实主义丰富了艺术技巧和手法，提高了作品的表现力。

（五）当代英国文学思潮

当代英国文学思潮主要是后现代主义思潮。20世纪30年代的英国，社会依然动荡，政治事件迭起。在第二次世界大战之后，面对两大阵营的对峙，资本主义经过大调整，迎来了生产力发展的黄金时代，出现了跟战前迥然不同的许多新特点。法国的阿兰·图雷纳（Alain Touraine）提出了"后工业社会"的概念，表明资本主义经过其自身发展的第二次浪潮，即工业化阶段，已进入第三次浪潮，即后工业化阶段，资本主义经济已经知识化、信息化、市场化、消费化、全球化，这一切都是日新月异的科学技术所带来的，所以哈贝马斯（Habermas）独具慧眼，提出"科学技术是第一生产力"。后现代主义思潮反映在文学上，从20世纪50年代起，出现了"垮掉的一代""黑色幽默""荒诞派"等写作。文学批评上的精神分析、形式主义、新批评、阐释学、西方马克思主义、女权主义、后殖民、解构主义、接受美学、读者反映理论等，都是后现代主义思潮的反映。后现代主义是西方资本主义社会的产物，是对现代主义的一种反驳，其特征之一就是取消某些关键性界限，打破高级文化和大众文化或流行文化之间的界限。在表现方法上，最重要的特征是"拼凑"以及对时间的特殊关系。

二、美国文学思潮

（一）独立革命前后的美国文学思潮

18世纪70年代，北美洲的英属殖民地掀起了独立革命运动。在这场运动中，殖民地的精神生活在很大程度上受到资产阶级启蒙思想的影响。启蒙运动所研究的是"上帝""理性""自然""人类"等各种相互关联的概念。它的另一方面是近代科学兴起，如培根的归纳法、笛卡儿的演绎法、伽利略的物体降落法则、牛顿的万有引力定律等，都受到新的无神论的威胁。在理论方面，思想家首先讨论理智与感情的关系，最后讲法制、改良，主张革命。在政治思想上，托马斯·霍布斯（Thomas Hobbes）提出"社会契约说"，卢梭写出《民约论》（又译《社会契约论》）。在历史观方面，培根反对历史循环论，首先提出人类是不断前进的。于是，启蒙运动的代表人物以向民众传播这些知识和革命思想为己任，反对旧的殖民统治秩序和愚民政策。启蒙运动给清教传统以致命性打击，第一次把与信仰无关的教育和文学带入了人们的生活。启蒙运动中的作家为美国的英语注入了鼓舞人心的活力，同时也努力使自己的作品更为纯净和精确。这一时期，美国大众对牛顿、斯威夫特、洛克等科学家、哲学家及作家非常感兴趣，法国的启蒙思想作家也很受欢迎。于是，独立革命时期的文学已不同于殖民地文学，由于独立革命期间充满反抗与妥协之间的尖锐斗争，迫使作家采取政论演讲、散文等简便而又犀利的形式投入战斗，同时，由于政治上的独立促进文化上的独立，美国文学的民族性开始萌发，开始逐渐摆脱英国文学传统的垄断局面，因此这一时期的文学具有浓烈的政治论辩风格，带有强烈的政治色彩，使文学明显地受到革命的影响。潘恩在《常识》中激扬的文字和《独立宣言》中雄辩的语言同华盛顿的武器一样，为美国赢得独立做出了巨大贡献。可以说，没有潘恩的作品，就没有华盛顿领导的军队；没有杰弗逊的作品，就不可能赢得法国的援助。同时，报纸、传单、小册子得到很大发展，论辩文学和讽刺文学极为繁荣，革命时期的大量战斗歌谣既以辛辣的嘲讽抨击英国军队和保皇党人，又以极大的热情鼓舞殖民地民兵和人民的斗志。这一时期在整个美国文学史上具有很特殊的意义，为日后美国文学的独立发展创造了基本前提。小说家和戏剧家努力从历史和文化上说明美国的辉煌传统，与菲利普·弗伦诺（Philip Freneau）等人在诗歌领域的爱国主义精神相呼应，试图打造一个属于美国的民族文学。富兰克林是一个启蒙主义者，他的思想观点显示了一个新兴资产阶级代表的立场、学识和风度，不少人把他视为实现"美国梦"的楷模。当然，这一时期的美国文学仍带有浓厚的欧洲风格，其想要实现彻底的本土化，还要依赖于19世纪浪漫主义文学的进一步发展。

1783年，美国独立战争取得胜利，文化民族主义色彩的增加召唤着美国作家书写自己国土上的神奇和历史，促使他们对其民族语言和普通民众产生了极大兴趣。美国文学摆脱对英国文学传统的依赖和模仿，逐步走向独立发展的道路。同时，战争结束以后，美国的政治与经济领域内发生了迅速变化，安德鲁·杰克逊（Andrew Jackson）时代背景中的政治平等、移民大量涌入、工业化的快速发展以及不断推进西部边界的现实，都为"美国梦"注入了乐观气氛，增强了对国家物质进步和未来发展的信心，这让年轻的民主共和国居民充满信心，也吸引了更多旧世界的人涌向这片新大陆。19世纪上半叶的社会环境导致文学创作带有浪漫主义的特色。受到欧洲浪漫主义文学精神的影响，作家开始描绘美国的历史、传说和现实生活，逐渐丰富和充实美利坚民族的文化内涵。在南北战争即将爆发的时候，浪漫主义运动达到了顶峰，各种风格独特的作品相继问世。美国文学独立的开端可以追溯到杰弗逊在《弗吉尼亚笔记》中所做的注释和巴特拉姆（Barthram）在《旅行笔记》中所展现的内容。

然而，尽管作家努力采用清晰和有力的创作理性来影响民族的信念，但整个

18世纪美国文学依然在很大程度上采用了当时英国的写作模式。这一时期最杰出的诗人弗伦诺的创作灵感、风格、观点以及规则的诗体都沿袭了英国的写作模式。连富兰克林也模仿了英国散文家约瑟夫·艾迪生（Joseph Addison）和理查德·斯梯尔（Richard Steele）的《旁观者报》。巴洛（Barlow）的《赶制成的布丁》也仿效了诗人蒲柏和他的追随者。

（二）现代美国文学思潮

现代性引发现代派文学的兴起。经历了第一次世界大战后，美国文学史进入了现代主义时期，这是美国文学的第二次繁荣时期，从这个时期起，美国文学开始发生世界性的影响。

在第一次世界大战的前几年里，19世纪的现实主义和自然主义仍然保持着强劲的态势，优雅的传统和流行的浪漫情调也依然是文学的主体。至1900年，美国的艺术开始在躁动的现代性边缘摇摆不定。自20世纪初以来，美国经济得到显著增长，同时垄断资本逐渐形成，城市人口持续增加，工农运动也呈现蓬勃发展趋势。随着科技的快速进步，新的工业经济正在崛起，城市化程度也日益提高。这一变化带来了大规模生产、消费和娱乐，国家的经济和文化生活方式也随之发生了变革。社会正在经历一场变革，这场变革正在重构人们的道德观念和伦理价值观。人们的视野得到拓宽，学识得到扩充，思维模式得到转变。19世纪的传统现实主义手法和惠特曼（Whitman）的风格已经不能准确地反映社会与精神面貌，因为传统的艺术词汇已经无法表达这些问题。因此涌现了一些前卫的文学流派，如印象主义、达达主义、表现主义、象征主义、超现实主义和现代主义，它们竞相比美，表现了高度发展的资本主义社会中的各种矛盾和精神世界中的问题。这些流派还极大地推动了散文创作，丰富了散文艺术的表达能力。

（三）当代美国文学思潮

到20世纪60年代，美国出现的一系列事件打破了50年代的沉寂。如美国大学校园里的反战运动，马丁·路德·金领导的黑人民权运动，社会上出现一股强烈要求改变社会秩序和文化的思潮。美国文学界在经历了越南战争、学生运动、民权运动、女权运动和水门事件之后又开始焕发生机，这个时期的作家善于思索，他们所描述的世界是没有目的与方向的、支离破碎的，故事中所描写的人物是"反英雄"形象和残缺的形象。作为在文学领域的反映，各种创作思潮、文学观念精彩纷呈。其中主要有"迷惘的一代""南方文学派""重农派""黑色幽默"，等等。

"迷惘的一代"是20世纪20年代在美国文坛崛起的以海明威（Hemingway）、菲茨杰拉德（Fitzgerald）、托马斯·沃尔夫（Thomas Wolfe）等为代表的一批新的作家。他们大多数是美国资本主义繁荣时期成长起来的知识分子，经历过第一次世界大战的浩劫，后来又经历了经济危机，深切感受了垄断资本主义社会制度，从而重新考虑旧有的价值和道德标准，并寻求一种能充分表现自己的文学创作方法。他们以反战和理想破灭为主题，运用新的表现手法进行文学创作，以其真切性、现实感和感染力赢得了许多读者。但他们的作品往往存在着明显的逃避现实的思想倾向，并带有苦闷、迷惘、对前途丧失信心的不安的愤懑之情。"迷惘的一代"的作家大多表现出对战争的厌恶情绪，他们已经不相信假惺惺的道德说教了，而是用一种玩世不恭的生活态度来表达自己的消极反抗。海明威的《太阳照样升起》被视为"迷惘的一代"的典型之作。菲茨杰拉德作为"爵士时代的歌手"，情绪与"迷惘的一代"有相似之处。海明威、菲茨杰拉德等作家表达了他们失望的感受。沃尔夫的代表作品主要有《天使，望故乡》《时间与河流》等。

"南方文学派"是20世纪20年代发端于美国的一个文学流派，由以福克纳为代表的具有美国南部地方色彩的作家群组成，有《南方评论》等重要刊物作为阵地。他们在思想倾向和艺术风格上的共同特点是着重描绘南方的历史、人物、风俗、景色，并对之渗透着一种既赞颂又谴责、既怀念又憎恶的双重感情和心理。他们的表现手法与意识流小说有相通之处，但标新立异，善于将古旧的悲剧题材与现代化的最新的艺术手段相结合，夹带着传统文学形式的冲力与惯性，为人们展现一幅"奇异流动的、不可捉摸的"现代文学的怪诞图景。福克纳的作品，如《声音与疯狂》，在塑造独特的艺术境界、体现南方的精神风貌、刻画人物复杂的性格以及运用多样的艺术手法方面都表现出色。他的"约克纳帕塔法世系"小说具有独特的美国乡村氛围、历史背景和地域特色，据此被视为现代西方文学的重要代表人物。福克纳等"南方文学派"作家通常站在道德高地上，对现代资本主义的物质文明发表批评。他们的作品经常描述罪恶和变态心理。他们的目的是消除不洁，使得所钟爱的家乡更加整洁。

"重农派"是一个非常有影响力的思想流派，汇聚了12位南方作家，其中包括以"逃亡者派"为主体的作家，如兰塞姆（Ransom）、华伦（Warren）和泰特（Tate），还有诗人弗莱彻（Fletcher）和剧作家扬格（Young）等人。他们编写并发行了专题论文集《我要表明我的态度》，这部作品被视为"重农派"的宣言，在社会上引起了相当大的反响。这些文章的核心内容是以南方农业社会作为标准，对现代美国资本主义社会进行评价和批判。接下来，泰特等人编辑出版了"重农派"的第二本论文集《谁占有美国》。南方知识分子受到重农思想极大的影响，这一时期正值经济大萧条。这一思想流派不仅在兰塞姆、华伦、泰特等作家的作品中广为流传，福克纳、戈登（Gordon）等作家的小说中也体现了它的特色。因此，这一文化潮流被誉为"重农运动"。1939年，兰塞姆创建的《肯庸评论》杂志成为"重农派"作家重要的集会场所。"新批评派"就是由这一刊物所引导出现的，它成为现代美国文艺批评中至关重要的流派。很多"重农派"主要成员也参与了"新批评派"的活动。

在美国文学中，有一个被称为"黑色幽默"的小说创作流派，它具有极高的代表性，并且对美国文学产生了深远的影响。"黑色幽默"是一种美学形式，属于喜剧范畴。它在探讨禁忌话题时常常带有悲剧色彩，所以可以被视为一种非常规的喜剧风格。它的出现与美国的动荡和当代资本主义社会中的荒谬事物以及喜剧性矛盾紧密相连。尽管"黑色幽默"作家也批判了包括统治者在内的掌权者，但他们通常强调社会环境的难以改变，因此，他们的作品往往透露出一种悲观绝望的情绪，如海勒的《第二十二条军规》、品钦的《万有引力之虹》等。海勒、品钦、巴斯、珀迪、弗里德曼、巴塞尔姆等都是"黑色幽默"的主要作家。

第三节 英美文学价值与意义

一、英美文学的教育价值

（一）营造多种语境

英美文学作品在英语教学过程中多有涉及，能够让学生在学习过程中体会到不一样的感受。对于课程中采用的原版英美作品，学生不仅能够从中体验、学习纯正的英语句式，还能够在文章中体验到丰富的语言意境，自然而然地提高英语水平。另外，英美文学也创设了真实具体、贴近生活的意境，学生可以在其中深入了解文章描述的思想含义，提高英语教学效果。

（二）具有大量的语言资源

在英美文学作品中，不仅涵盖了比较正式的书面语言，还包括了各种非正式的口头语言。作家依照自己撰写著作的特点、结构，综合考虑两种语言的应用，进而产生独一无二的文学作品，使其具有自身的意义和价值。英美文学作品由各种语言形式组成，基于相应的语境分析对其进行处理、加工，另外，作家也会在自己的作品中采用各种修辞手法，从而提高语言表达的效果，使得所塑造的事物形象更加饱满，人物更加生动立体。因此，学生通过英美文学作品的阅读、学习，接触纯正地道的语言资源，感受作者笔下活泼灵动的人物形象，体会语境中只可意会不可言传的独特神韵，从而实现高效的英语学习。

（三）具有大量通俗易懂、地方特色的俚语

英美文学作品中存在丰富的非正式语言，既通俗顺口又具有地方色彩，因此作者在撰写作品时常采用这种表达方式来描写事物、场景。然而，在英语学习过程中，英语课本、课堂教学常常因为篇幅、时间的限制减少了对俚语的使用以及标注，让很多学生都难以理解其中所表述的真正含义。例如，在通常情况下，英语中对于警察的描述一般采用"policeman"，而在一些文学作品、电影故事中，一些反面角色则常常采用"cop"这一称呼，使得学生很难理解其含义。但是独特语言形式的运用，又是英美文学作品必不可少的内容。因此，在英语教学活动中，教育者要综合考虑正式语言和非正式语言的应用，充分发挥英美文学作品的作用。

（四）涵盖了西方国家的文化背景

英语虽然是一门世界通用语言，但对于我国来说，其并不是我国人民的常用语言，因而，学生学习英语时会存在一定的难度和焦虑。因此，教育者可以在英语教学过程中增加英美文学作品的知识传授，这不仅能够激发学生学习的积极性、主动性，还能使其充分认识到西方国家的社会环境、文化知识背景，增加学识，

拓宽视野，大大提高英语的学习效率和学习质量。另外，学生也能够在英美文学作品中实现多学科、多层面的知识学习，在提高自己英语语言表达能力的同时，深入了解社会科学知识。

（五）提供丰富的语言素材内容

英语的学习不仅是理论知识层面的学习，还应该落实到实践层面，提高学生英语表达能力，扩充社会文化知识。当然，这也就意味着教师应该在英语学习过程中挖掘丰富的英语阅读材料，使得学生能够在此基础上掌握丰富的语言内涵，真正体会到英美文学作品中所蕴含的素材意义、价值。

二、英美文学的现实意义

（一）英美文学的存在意义

1.文学源于生活

文学作品是随着社会发展所产生的一种意识形态，这一点在英美文学作品中也是如此。如果我们想要深入理解和探究这些作品，那就必须结合它们的历史文化语境来进行解读。只有这样，我们才能真正领会作品所传达的意义。因而，深入探究英美文学作品需在对英美文化有深刻了解的基础上展开。作家用文学语言作为沟通作品与世界的工具，英美文学作品中所展现的语言不仅仅是作家对环境的理解和态度，更代表着其对于生命、情感和社会的深刻感受和探索。透过作品所显现的困惑与反思，我们可以更深入地了解作家对于人生和社会的观察与思考。英美文学作品所呈现的语言艺术精彩纷呈，源于社会、历史和文化的多样性、丰富性。英美文学中的语言具备多种多样的特征，这增添了其语言魅力，对英美文学作品的语言艺术进行探讨的过程中也同时解读了其中的历史文化内容。

要想对英美文学作品展开深入透彻的研究、分析，就应该将其放到相应的社会环境、文化背景中，基于一定的英语语言文化知识理解，建立一定的知识结构框架，进行渗透性分析和认识。通常情况下，英美文学作品展现了作者内心的思想活动以及所秉持的价值取向，其中还掺杂了对社会环境、生活方式的真实感受。英美文学的特征就是丰富多变的文体风格、语言文化和语言表现力，在对英美文学作品进行研究的过程中也会领略到其背后的文化内涵。

曹雪芹所创作的《红楼梦》中，通过"世事洞明皆学问，人情练达即文章"的描述，展现了作者在人情世故方面的为人处世原则。对人物形象准确地刻画，是作家叙事文学创作的重要基础。在西方国家，很多文学作家、文学批评者都强调作品的创作要注重对现实生活的再现，以求达到更高的文学研究价值，产生深远的影响。马克思主义文学所形成的理论、思想也是来源于前人的实践。

马克思主义认为，物质决定意识，意识是自然界长期发展、社会历史的产物。针对这一观点来看，文学创作的源泉问题可以得到解释。马克思、恩格斯强调语言是意识的物质外壳，意识是人脑对客观物质世界的主观印象，是人脑对外界信息加工、改造的过程。对于他们来讲，只要人还存在，意识便存在，并且始终是世界长期发展的产物。这一观点通俗易懂，可以使人们正确理解意识的本质问题，也为文学源泉问题的解决创造了前提条件。

物质具有客观实在性，文学创作所采用的一切资源、信息都来源于客观世界，并且无法脱离客观世界。此种自然形态的东西虽然看似纯朴、粗糙，但却是人们生存、发展必不可少的物质，也是最基础、最丰富的物质。由此看来，物质是文学创作的唯一源泉。

现实生活是一切文学创作的源泉，且取之不尽、用之不竭。当然，一些文学作家也会通过参考、借鉴先人或者外来的文学作品展开创作，但被借鉴的文学作品也是由作者根据相应的社会生活创作的，因此，借鉴的文学作品可以说是"流"，而不是"源"。文学艺术创作中所用到的文学素材、故事情节、情境描写、人物形象以及所采用的各种表达技巧，无一不来自人们所处的社会生活，那些虚构的、曲折的、幽默的、细微的、抒情的、婉约的以及各种荒诞的、豪放的、写实的描写也都来自现实生活的暗示、启发。

综上所述，完成一部优秀的文学作品，就需要作家深入透彻地认识与了解现实生活、所处的社会背景，使得自己所描述的人物形象、情境营造、故事情节等方面显得更加真实、立体。文学创作取之于生活，不光是写实、真切的事物来源于生活，离奇荒诞、天马行空的描写同样来自生活的启发，是作家经历过的生活的变形。因此，文学的发展是不断变化的，其随着社会生活的改变而改变。

2. 文学改造生活

文学艺术来源于社会生活，所以文学艺术反映了社会生活的状况。但是需要弄清楚的是，文学艺术只是反映社会生活，并不代表社会生活本身。社会生活转变为文学艺术的过程，是艺术家经过仔细深刻的观察、感悟、研究、反映、体验、加工、描绘等步骤，最终创作出艺术性较强的文学作品的过程。在整个过程中，艺术家的主观思想对最终的文学作品会产生很大影响。文学作品不是对社会现实直接简单地复制或抄写。作家能动反映客观世界的能力很强。机械唯物主义和辩证唯物主义的根本分歧就是：是否承认文学是对客观世界的能动性改造。马克思认为，包括费尔巴哈唯物主义在内的一切唯物主义思想只是直观地理解现实生活中的思想情感或事物等，不会用人的感性思维去了解客观世界，缺乏主观能动性。

马克思指出，对于一件事物，要将主观和客观感受结合去理解，因为只要成为人的认识对象，就与人的主观感情相连接。这一思想可以用来理解"文学反映生活"。换句话说，文学所反映的社会生活不是消极被动地简单复制，而是积极主动地能动理解客观世界。现代文学作品也是人们实践活动的结果。人类的生产实践活动展现了人的本质。马克思曾指出，动物对于客观世界的改造有一定的范围，仅限于动物本身的物种，而人则可以灵活运用任何物种的属性理解和改造客观世界，而且能够运用内在尺度评价认识对象；因此，人可以根据美的规律创造艺术。马克思认为，人与动物最基本的区别就在于人具有主观能动性，也就是人类可以按照一定的规律或根据一定的目标来进行艺术等方面的生产改造。人脑是高度严密复杂的物质系统，其决定了人具有自觉的主观能动性，也是人类在长时间的社会生产劳动实践中逐渐形成并成熟的理论，体现了几千年来人类文明的发展。因此，人类具有意识，意识是人脑的机能，决定了在认识世界的过程中，人类不是直接复制客观世界，是人脑积极能动地反映和创造世界。

在文学作品形成的过程中，作家的主观世界与客观世界连接在一起。关于这一点，六朝时期的文学家刘勰曾经总结道："是以诗人感物，联类不穷。流连万象之际，沉吟视听之区。写气图貌，既随物以宛转；属采附声，亦与心而徘徊。"[①] 意思是，诗人对外物的感受，所引起的联想与类比是无穷无尽的。流连玩赏于万种景象之中，吟味体察于各种看到和听到之间。描写事物的神情和外貌，要随着景物曲折回旋，运用辞藻和音调则要联系自己的心情反复斟酌。其提出了"心物交

---

① 王梦鸥：《文心雕龙：古典文学的奥秘》，九州出版社2021年版，第199页。

融"的思想，对于作家理解客观生活和创作有很大的启发。作家在创作时，不仅会受到主客观因素的影响，而且客体从属于主体，形成了"制约"和"驾驭"的关系。

19世纪德国古典作家歌德关于文学和生活的关系提出了不同的看法。艺术家与自然有着两重关系：他们不仅是自然的主宰，也是自然的奴隶。之所以说他们是自然的主宰，是因为他们升华了自然界的客观事物，使其具有了艺术美；说他们是自然的奴隶，是因为艺术家在创作文学作品的过程中必须借助自然界的事物，才能更加贴近生活，易于理解。最终呈现出来的艺术作品具有完整性。但这种特点在自然界中几乎不存在，因为其是艺术家主观能动的塑造，换句话说，就是将客观事物融入较为高级精神的结果。

歌德指出了德国曾经流行的两种错误思想：一种是只注重"追求理性"，忽视客观世界；另一种是注重"妙肖自然"而忽视了主体思想。上述两点明确地指出作家在通过艺术作品反映现实生活的同时，又用自己的主观世界塑造着生活，也就是作家对现实的能动反映，此种反映具有主观性、能动性和创造性。

尤其需要认识到的是，关于作家反映生活能动性的观点，还需要有现代心理学支撑。在心理学层面，人类对客观世界的认识、反映和理解是主客观思想结合的结果。之所以说它是客观的，是因为人所反映和理解的内容具有客观性，而且认识范围以外界事物为界限；而之所以说它是主观的，是因为人可以根据自身的意向和目的反映事物，人处于主导地位。所以，人们认识和理解对象就已经使认识对象具有主观性特点，认识对象已经超越了自身的客观性，成为具有人类特性的对象。

近代完形心理学学派认为，经验世界和物理世界具有差别。物理世界也叫作"物理境"，是指事物本身的客观存在性。经验世界也就是"心理场"，是认识对象在人心理上的主观存在。"物理境"与"心理场"之间并不是同步的关系。同一对象在"物理境"的认识中是具有客观性和永恒性的存在，而且可以被计量。在"心理场"认识中，人们在烈日下干很重的体力活时，会觉得时间过得很慢，但是在很舒服的环境中，人们很难发觉到时间的流逝。所以在心理学层面，把握和创造之间可以画等号。对于艺术家来讲，更是如此。

文学作品是意识形态的表现,也就是指作家能够艺术化加工自然存在的事物,使其成为观念的东西。文学不是一种物质形式,而是一种意识形态。尤其需要注意的是文学的社会意识形态性,光从这一角度来解释文学作品,还不能让人充分理解文学之所以成为文学的缘由。

(二)英美文学的具体现实意义

1. 净化心灵、完善自我

研究和观察英美文学,有助于净化心灵、完善自我。文学作品可以反映部分社会现实或者情感,创造出生动形象的角色形象,而且这些角色往往能够起到引导和感染人们行为思想的作用,传输正能量,引导人们确立正确的观念。特别是人们在感受英美文学作品时,故事情节能够瞬间抓住人的情感和注意力,使人们感同身受地理解和感悟英美文学作品中人物的内心思想,这些思想对人的影响具有潜移默化的作用,起到帮助人们认识自身、完善人格的作用。

2. 激发英语学习乐趣与动力

阅读大量的英美文学作品,不仅可以让读者感受东西方文化的差异,也就是英美文学作品中所包含的具有西方特色的文化,从而与内敛含蓄的东方文化形成鲜明的差异和对比,而且可以帮助读者提高英语词汇量和英语口语水平,提高学习英语的积极性和悟性,让读者在学习英语的过程中更有动力。

3. 强化读者的理性思维

英美文学包含的理性主义价值观,让其文学作品具有鲜明的理性思维,这些理性特点体现在文学作品的故事情节或人物形象等方面。所以,阅读和理解英美文学作品,可以帮助读者树立或强化理性思维,让读者能够用理性思考问题。

总之,随着社会经济发展速度的提高,文学作品中的观念对人类的影响逐渐减弱,所以人类精神文明水平需要进一步加快。英美文学作品在世界文学史上占有重要的地位,这种文学形式包容性较强,而且包含丰富的文化特色,对文学的发展起到了重要作用。英美文学在提高读者的思想水平和指导现实生活等方面都有重要的价值。因此,研究和观察英美文学不仅可以提高人们的文学素质,还可以引导人们确立正确的三观。

（三）英美文学欣赏的意义

1. 实现文学审美价值

文学活动具有完整的流程：文学创作—完成文本—文学赏析—反作用于文学作品。文学接受在西方接受美学中处于十分重要的位置，只有经过读者接受的作品，才能成为文学作品，没有经过读者接受的作品无法称为文学作品，只能称为文本。西方学界对于文本和文学作品的界定非常明确。捷克的结构主义者最早提出了这一观点，其单纯视文本为作家手稿的印制版本，自身不能成为美学的对象，但其具有成为文学实体的潜在可能。这一阶段的文本也称为"第一文本"，其意义的本身没有变化，读者的阅读充实了"第一文本"，使其逐步成为美学对象，成为真正意义上的文学作品，也被称为"第二文本"。同一文本因为其读者的不唯一性，也会存在不同的美学对象。与"第一文本"不同，"第二文本"的意义随着历史的变化而变化。"美学实体"的概念是某一观点接受者的集合。"制成品"是意义具体的符号，"美学对象"就是"制成品"在读者集体意识中的相关意义。

读者的意义获取来源于"制成品"，在结构不变的前提下，是作品经过接受而具体化的出发点，但是作品的完整性并不仅仅包括"制成品"，所以其在美学标准体系背景下发生变化。文学接受作为关键环节，一方面可以实现作品的美学价值，另一方面也是创造美学价值的重要环节，并且是决定性的环节。读者在文学接受中起着决定性作用，而不是作品本身。"接受美学"是一种文学欣赏却又不限于文学欣赏论，而是将现象学、阐释学作为理论基础的关于文学史的理论。

由于篇幅所限，本书无法对上述理论展开全方位的评论，仅仅是从文学欣赏的角度去简单论述该理论的优势和缺点，其合理之处在于，将文学接受视为实现以及创造审美价值的重要环节。马克思在《政治经济学批判·导言》中对生产与消费的关系进行论述时提出：一方面生产是消费对象的必要基础和要求，另一方面消费是产品的最终归宿。运用此观点去讨论文学创作和文学欣赏的关系，只有以接受、欣赏为中介，才能实现文学作品的审美价值。

在读者阅读、接受文学作品之前，文学作品的价值是潜在的，读者的阅读、接受过程逐渐挖掘了潜在的审美价值，使其变成了现实价值。与此同时，文学欣赏和一般消费有着本质的不同。一般的物质产品消费，就是把产品消灭掉、使用掉，消费本身无法为产品创造新的价值。但是文学欣赏却大不相同，欣赏的行为自身已经含有创造审美价值的功能。但从文学欣赏的角度出发，接受美学的缺点是：作者创造的作品无法决定文学作品的意义以及审美价值，而是由读者去决定。这一情况无形之中贬低了作品的意义，同时夸大了读者在作品价值创造中的意义。从根本上来说，文学作品审美价值的创造主体是作者，读者也会参与到这一过程中，但作用是其次的。

2. 推动文学创作

文学欣赏对于文学创作具有积极作用，更凸显了文学创作在文学流程中的地位。文学欣赏和文学创作的关系可以基本概括为相互联系，相互包含，互为条件，除此之外，文学欣赏促使创作的最终成形，欣赏对于创作的作用还在于其有助于推动文学创作。欣赏的规律、对象及条件本身就在创作的体系里面。

首先，文学欣赏有自身的规律，即从生动丰富的感性形象中领会文学作品的内蕴，进而获得良好的体验。一方面，文学创作必须适应这一规律；另一方面，感性形式的每一个细节都是为表现意蕴服务的，进而达到内容和形式的高度统一。读者在欣赏作品时，能够"披文入情""沿波讨源"。公式化、概念化的作品，堆砌生活表面现象的作品，都不符合欣赏的规律，不能成为真正的审美对象。

其次，作家在创作过程中会时不时不自觉地考虑文学创作对象对于作品的接受度，进而提高文学创作对象对于作品的接受度。西方接受美学提出"隐含的读者"思想，是包含着合理因素的。艺术是作者自身感情体验的体现，可以唤起读者类似的感情。作品能否唤起读者的感情，在于能否整体地表现在形象中，更重要的还在于所表现的感情是否与读者的感情相通。

假如文学创作过程潜在地制约着作家的创作因素有欣赏规律、读者对象及其条件，在这一前提下，作者创作出作品后，会直接被读者检验。加入符合其欣赏规律的要求，匹配读者的精神需要、艺术趣味，自然会受到读者的欢迎。就像赵树理、高晓声等一些作家的创作发展历程，或多或少都受到读者要求的影响。

文学欣赏对于文学创作的另一个促进作用体现在不断提高读者的文学欣赏水平上，对于读者的艺术趣味、欣赏习惯均能起到一定的调整作用。生产不仅为主体生产对象，而且也为对象生产主体，艺术对象创造出懂得艺术和能够欣赏美的大众。随着读者的欣赏水平提高，艺术趣味、欣赏习惯的调整会对创作提出新的要求，新要求的提出会进一步推动创作的发展，促使作家不断革新自我创作。

不同的阶级、阶层、社会集团共同构成读者群体，因为其精神需要、接受水平、艺术趣味、欣赏习惯不同。我国现阶段，读者需求的多样化导致我国当代文学的多样化。但是多样化的基本前提是为人民服务、为社会主义服务。读者的欣赏水平存在高低之别，也就导致其情感倾向、艺术趣味都存在较大的差别，读者健康、积极的精神需要和艺术趣味会对文学创作产生有益的影响。

3.文学欣赏属于审美精神活动

文学欣赏属于审美精神活动，但与阅读科学著作有着本质区别。读者阅读科学著作时，会赞叹其内容丰富性、深刻性以及逻辑的严密性、理论的系统性。读者能够获取知识，但是无法获得美的体验。欣赏文学作品则完全不同，读者通过感受作品所描绘的人物和环境，进入作品的境界，与作者所肯定的人物同忧乐，共悲喜，为他的胜利感到高兴，为他的不幸感到悲哀，对于作者所否定的反面人物，则为其失败而感到高兴。文学欣赏这一精神活动，在引发读者理性思考的同时，更多的是让读者拥有情感体验，赋予读者审美享受。

（1）在作品中提炼美，并以完美的形式表现

读者在作品欣赏过程中，感受自然和社会之美，尤其是社会美中的人的精神美、性格美。所以，阅读能给人带来强烈的审美冲击。就像很多文学作品中所描述的为国家、民族、人民利益而赴汤蹈火、百折不挠的奋斗精神和牺牲精神，崇高的友情以及生死不渝的爱情激励读者奋发前进。文学作品中也会有对于丑恶人物的描写，但是其创作受到作家崇高的审美理想的影响，所以读者在欣赏时，对于美的获得、享受是相同的。

（2）在审美创造中发挥艺术才能

艺术才能一方面体现在作家感受的独特性和认识的深刻性，另一方面也在于参照美的规律性创造出相适应的内容形式。感性体现了作家高超的艺术才能。读者欣赏此类作品，不单是因为"披文入情"而感到愉悦，同时为作家的伟大艺术才能折服。读者赞叹作家出神入化的艺术创造。

（3）在欣赏中，从作品中观照自身

马克思认为，劳动产品感性体现人的本质力量。作家提炼、创造、物化生活素材，将其运用到自身创作中，进而体现出自身的本质力量。这种力量既有普遍

性也有特殊性。所以，读者在阅读过程中可以观照自己，获得情感的愉悦。马克思在对古代希腊艺术的谈论中，对这一思想的阐述比较深刻：难点不在于理解希腊艺术和史诗同一定社会发展形式结合在一起。难点在于它们为何还能给读者带来艺术审美享受，且从某种角度来说成为规范和高不可及的范本。

（4）在欣赏中，欣赏本身也能获得愉悦

艺术美在作家辛苦的努力下创造出来。不是符合所有人的审美，不是所有人都能够体会到其中的精细微妙。再美的音乐对于非音乐的耳朵也并没有任何意义。在欣赏中领会作品的神韵和作者的神来之笔，从而获得情感的愉悦的前提是读者自身具备较好的艺术修养以及鉴赏能力。

4. 促进审美的再创造、再评价

文学欣赏是带有审美性质的精神活动，但文学创作不是完全性的精神活动，区别主要在于：文学创作是由生活到艺术的过程，具体来说就是在社会实践中积累表象和情感，在创造性的想象中创造意象。艺术传达，也就是审美意象借助语言表现出来，再将其物态化。而文学欣赏的路径和文学创作相同，方向却截然相反。其始于创作过程的终点，也就是从文本的外在表现—审美意象—作者反映的生活所表达的情感。所以，问题在于：就同一部作品的过程性来说，作家所获得的审美意象、所获得的审美价值和文学欣赏者是否具有同一性。从中国传统的观点出发，欣赏其实是"披文入情"，"以意遂志"是在体会作品中的语言文字和表达的情感时的必备条件，如此一来，作者所表达的正好能被读者阅读获得。

其实，在进行文学欣赏时，读者欣赏作者创造的审美意象的过程也是再创造、再评价的过程。再创造指的是欣赏者形成的审美意象与作者创造的审美意象有相似之处，但又不完全相同，过程中会有修改变动以及部分补充。同一部作品由不同读者去欣赏，创造的审美意象也是不同的。作者心中形成一个人物形象，有具体模样，用对话将其表现出来，再将其传递给读者，读者心中也就自然而然有了人物形象。再评价就是作者在创造人物的同时对其有了相应的审美评价，在整个文学创作过程中自然而然有了情感倾向，读者在阅读过程中思考与判断，针对作者传递的情感倾向选择是否接受。再评价可能与作者所传达的原意相同，也可能存在一定出入，不完全相同，也有可能与作者的倾向截然相反。再评价以再创造的形象为基础，再评价又反作用于形象的再创造。再评价与作者原意不同，再创造的形象也就与作者原意不同。不同的读者,对同一作品的同一形象的再评价不同,不同的人脑海中再创造的形象也就不会相同。

作为欣赏对象的文本或者作品,其创造形象可能是确定的,也可能存在不确定性。"形象是确定的"是指形象的主要特征以及作者所传达的情感倾向,此种情况下就是确定的。它也同时作为欣赏的想象的基础,基本规定了想象的范围以及方向。"形象的不确定性"分为以下两层含义:首先,文学形象需要读者在领会语言意义的前提下根据自身经验去想象,其是一种间接形象而非直接形象;其次,文学形象可能是不完整的,是"不似之似""不全之全""不完整的完整",与其他艺术形式所创造的形象一样,都需要读者通过自身想象去完善和补充。

(四)英美文学教育的意义

1. 辅助学生学习英语语言

对学生而言,英美文学能够辅助其英语语言学习。

从微观上讲,主要是通过提供词汇、短句等语言资料的方式。文学一般都需要用大量的辞藻来描绘人物、事件等,特别是对心理的刻画,更需要使用细致入微的语言,英美文学也不例外,因此大量的词汇、短语包含在作品中,学生阅读文学作品就能够接触到这些语言资料,在了解、消化内容时,文中的语言表达和词汇运用就潜移默化地对学生产生了影响。

从宏观上讲,对学生眼界的开阔和语言的灵活运用有极大帮助。文学与其他语言形式相比,所运用的词句更有语言造诣,其用于塑造现实或虚拟世界供人们观赏,因此具有更广阔的视野和更多样的角度,在帮助学生更好地学习语言、学习基础的"听、说、读、写"能力的同时,更能促进其视角的开放。毋庸置疑,此种学习方法对于学生的语感和表达有极大的帮助作用,使得学生能够对英语语境有更深切的体会,不会囿于基础词义和语法的桎梏。例如短语"pull up one's socks",字面意思是提上某人的袜子,其实它真正的意思是鼓足勇气。此类短语通常都是由其表面含义通过一定的发展成为最终所表达的意思,语言学习者极易误解其真实含义,赏析英美文学作品能够有效避免这一情况的发生,大量的阅读不仅能通过优秀的作品提升学生语言学习的趣味性,更能够提高学生对英语语言和词汇的理解。

2. 培养学生的人文素质

英美文学对于学生人文素质也产生了一定的积极作用，学生不仅需要学习文化知识，更重要的是在学生阶段塑造个人修养、文化和心理素质以及沟通交流能力等。英美文学作为文学的一种，除了对学生的英语语言修养有积极作用外，同样也能够对学生的个人修养起到良好的辅助教育作用，此外对学生跨文化鉴赏能力和视野的提升与开阔也有着非常重要的作用。

文学教学的重要优势是创造性和虚拟性，可以跨越时间和空间探索知识和文化。英美文学在不同的时期描绘了不同的社会状况和人文思想，对于学生了解英美发展进程有重要意义。例如中世纪的欧洲是怎样的状况，那时的欧洲社会和人民经历了怎样的美好与绝望，科学技术是如何在此基础上产生萌芽，进而发展壮大，其源于当时深陷黑暗的欧洲人民对于自由与美好的渴望。又如资产阶级革命前后的作品，为学生展现了社会的变迁和对人们生活造成的影响。通过这些作品的阅读，学生可以了解欧洲的历史和美国数百年来的诞生和发展历程，从中能够获得与东方历史相似却又不同的文化经验，了解全人类对于黑暗和压迫的反抗以及对自由与美好的向往，在提高英语水平的同时，更能体会人类对未来命运的共同关切和同样向往。

3. 增强学生的英语交际能力

语言学习有两个阶段：第一个阶段是语言的规则，即用法；第二个阶段是在实际交流中的应用，即用途。因此，对于语言用法的学习是语言学习的基础，学生的目标是在学习如何运用语言规则的基础上，摆脱其桎梏，学习如何在现实中展开有效的应用，将书面知识变为所掌握的能力。在全球化不断加深的背景下，语言人才，尤其是具有国际意识的语言人才需求量巨大，要在国际竞争中抢占先机提升市场竞争力，就要拥有更多的语言人才，对于我国而言就是对英语人才的需求。由于历史原因和客观条件的制约，我国学生对于英语学习缺乏兴致，多数停留在书本上，对于英语的运用能力较差，实际应用更是少之又少。

培养国际型外语人才成为高校的重要任务和目标，不仅是为学生的个人发展考虑，更是为国际交流和市场发展考虑。高校在开展英语教学时，除了英语知识的传授外，还要注重世界不同文化的解读，使得学生能够从多个角度了解不同的文化，积极同其他文化交流，在接受其他国家文化的同时也有效传播本民族文化，在经济层面上也可以通过良好的语言表达和沟通能力更加了解市场和发展，在此过程中英语表达水平也得到有效提高。

4. 提升英语用法，营造地道语境

英语文学的多样性决定了其语言学习价值，特别是具有学习参考价值的现当代散文、小说，能够作为教材给学生的语言阅读和表达能力带来巨大的进步。我国高校目前仍然以读写作为英语教学的主要方式，口语训练相对较少，在此背景下，英美文学引入教学中对于学生的英语用法提升有重要的作用，也能使学生更好地体会英语的语境。

英语文学的语言与英语新闻等其他形式相比，文学特征更为明显，语法更为严谨，措辞更为审慎，是英语书面用法的集中展示。英语文学中不仅包含逻辑严密、语法考究的书面用语，还有大量的俚语、俗语，对学生的多样化学习和对英美各阶层情况的理解有实际意义。文学语境提升了学习的趣味性，更有利于学生的主观探索学习，全方位的社会人文展示也能够便于学生更全面地理解英语国家的文化构成和分布。

更重要的是学生对英语国家的了解对我国发展有重要的意义，作为联合国工作语言之一，也作为当今世界流通程度较高的语言，英语符合学生的个人发展需求。国际上始终鼓励语言学习和文化互通，倡导"全语言"学习，即将语言置于真实环境中，创造性地学习语言。将英美文化引入英语学习中有利于英语学习的整体性，符合"全语言"教学的理念。倡导这种教学理念是因为"全语言"的教学能够脱离单纯的语法学习和词汇记忆，更多地将学习归于语言本身及其应用上，并由此深入地了解语言所属文化。

第二章 文化视角下的英美文学翻译

学习英美文学离不开语言的翻译。本章就从文化的视角对英美文学的翻译进行介绍，先对英美文学翻译理论进行概述，然后对文化视角下的英美文学翻译关系进行阐释。

第一节 英美文学翻译理论

一、文学翻译概述

（一）文学翻译的内涵

文学翻译历史悠久，在中国最早可追溯到公元前 1 世纪刘向《说苑·善说》里记载的《越人歌》，在西方可追溯到公元前 250 年罗马人里维乌斯·安德罗尼柯（Livius Andronicus）用拉丁文翻译的荷马史诗《奥德赛》。自从翻译文学出现以来，我们一直在不断思考和探索。到了现在这个时代，甚至有许多学者撰写专门探讨"文学翻译"的著作。文学翻译受到学者的关注，这些学者以不同的目的和视角对文学翻译进行思考和探讨，主要包括以下几个方面。

①翻译文学作品是将文本由一种语言翻译成另一种语言，这个过程是一种行为，并且是一种媒介或中介概念，而不是一个本体概念。

②文学翻译与文学原作有着共同点，它们都致力于表现生活和现实，是文学创作的一种重要形式。译者以自己的世界观和审美标准为基础，将原作的内容和形式翻译成自己所认为的艺术真实。

③文学翻译旨在保持原作的艺术感染力,将原作想要传达的情感、启示和美感传递给读者,使读者在阅读译文时可以和阅读原作时感受到同样的情感和美好的体验。

④文学翻译的最高境界在于"变化自然流畅"。将作品从一种语言转换为另一种语言,如果既能保持自然流畅且不牵强做作,又能完整呈现原作的特色,那就达到了"化境"的境界。17世纪,有人称赞这种翻译是精湛的技艺,称其为原作的"投胎转世",即使换了一个躯壳,但其中蕴含的精神内涵没有发生变化。

⑤文学翻译是一种艺术化的翻译。译者需要准确把握原作的思想内容和艺术风格,以此来用另一种文学语言生动地再现原作的艺术形象和独特风格。只有这样,才能让读者阅读译文和阅读原文感受到相似的启示、感动和美的享受。

⑥文学翻译是一种交际工具,它促进了两个语言社会之间的交流,旨在推动本语言社会在政治、经济和文化方面的进步。它的主要任务之一是将原作中反映的社会生活形象完整地移植到另一种语言中去。

以前学者的研究表明,文学翻译不仅是将文学语言及文字符号相互转化,更重要的是重新呈现原作的艺术表现形式、特质、艺术形象以及艺术风格。文学翻译不仅传递了语言信息,它还促进了社会文化观念的交流、沟通和融合;它不仅是简单的翻译行为,还是一种艺术再创作行为;它不仅追求原文和译文之间的客观真实,还追求艺术真实性、社会真实性以及被读者同等接受的效果。

理解与把握文学翻译的内涵,有助于我们更进一步认识文学翻译的本质、过程、原则、价值与意义。

(二)文学翻译的过程

文学翻译的过程不是统一的,不同的译者、不同的语言、不同风格的作品之间翻译的过程是有差异的。概括来说,文学翻译的过程主要包括以下四个阶段。

1. 译前准备

在准备阶段,译者要做的工作有很多,包括查询与原作相关的资料,了解其创作的社会背景、人文背景等;通过对作者以往作品的分析,了解其独特的创作手法、语言风格、写作特点等;准备相关的参考书和工具书。

(1) 了解创作背景

任何一部文学作品都是一定历史和文化的产物。因此，分析原作的创作历史和当时的文化背景，对分析作品的主题和理解作品中人物的思想情感有重要的意义。在了解作品的创作背景时，可以查阅相关的书籍和期刊。例如，《国际时事辞典》（商务印书馆）、《各国概况》（人民出版社）、《英美概况》（河南教育出版社）等。

(2) 了解作者

了解作者包括了解其创作手法和语言风格等，通常可采取以下方法。

①阅读作者的代表作是主要的途径之一，这些代表作都可以体现作者典型的表达特点和思想倾向，是从更深层次上了解作者。

②关注作者的语言风格，这对于保持译作与原作之间风格的一致性具有重要的意义，译者要善于观察作者习惯使用的语体修辞和行文语句中词汇的特色。

③阅读一些人物的传记、回忆录，或者文学史、百科全书等。

(3) 准备工具书

有关的工具书和参考书是译者在进行文学翻译工作时必备的辅助工具，常用的工具书有《现代汉语词典》（商务印书馆）、《汉英词典》（外语教学与研究出版社）、《新英汉词典》（上海译文出版社）等。

2. 文本理解

理解是文学翻译过程的基础，没有理解就谈不上表达，文学翻译的质量更是无从谈起。理解要以"信"为原则，忠实于原作。文学翻译中理解的对象是源语或原作中的各种信息，包括语言信息、概念信息、文体信息、修辞信息、风格信息等，这些信息有的显现于原作语言的表层形式中，有的则隐匿于深处，需要译者反复琢磨，深刻体会。这就体现出文学翻译中理解的特点。

首先，文学翻译中的理解带有鲜明的目的性。与一般的获取信息相比，其显得更加透彻和细致，是为了挖掘出原作创作的社会背景以及作者想要通过作品表达的精神内涵，译者甚至要对作者独特的语言风格、创作手法等有一定的感知。

其次，文学翻译中的理解是双语思维方式，这与一般理解中的单语思维方式有很大的不同。一般的理解通常是用英语思维理解英语作品，用汉语思维理解汉语作品。但是在文学翻译中，译者首先要用源语的思维方式去理解原作，进而用译语思维进行再创作，即文学翻译。要保证源语思维与译语思维的良好运作，才能忠实于原作的思想。

最后，文学翻译中的理解还是顺向思维，是从整个概念系统出发，建构另一种语言系统。

3. 语言表达

在充分理解原作之后，文学翻译工作就进入了表达阶段。就文学翻译而言，"表达"二字中的"表"强调的是原作语言形式及内容的呈现过程，"达"字则注重的是原作语言形式及内容在译作中的表达效果。因此，要得到成功的表达，关键在于两点，即内容正确、表述得体。前者与第二阶段的理解有一定的关系，而后者主要是指表述要得体规范，符合译语的表达习惯。下面分别从词语表达和句子表达两个方面来分析在文学翻译的表达阶段应该注意的问题。

（1）词语表达

在文本理解阶段，如果遇到生疏的词汇，译者可以借助参考书和工具书的辅助。但是，进入语言表达阶段后，译者只能依靠自己的认知和理解进行灵活的转换。

例如：There was much traffic at night and many mules on the road with boxes of ammunition on each side of their pack-saddles and gray motor trucks that carried men, and other trucks with loads covered with canvas that moved slower in the traffic. (Ernest Hemingway: *A Farewell to Arms*)

译文：夜间，这里运输繁忙，路上有许多骡子，鞍的两侧驮着弹药箱，灰色的卡车上装满了士兵，还有一些辎重车辆，用帆布盖着，在路上缓慢地行驶着。（欧内斯特·海明威《永别了，武器》）

本例出自《永别了，武器》。这是一部以战争为背景而创作的小说。译者将字面含义比较宽泛的"men"翻译为具体的"士兵"，将"other trucks with loads"翻译为"辎重车辆"，从而使译文也弥漫着浓重的战争气息。

（2）句子表达

在句子表达中涉及最多的就是英汉句子结构的转换。在表达较复杂的信息时，英语常根据信息的主次来安排句子的结构，因其有丰富的形合衔接手段。但是，汉语往往会按照自然的时空顺序来安排句子的结构，这是因为汉语多意合的特点。

与英语的信息焦点多以谓语动词为核心不同，汉语的信息焦点往往隐匿在字里行间。因此，在句子表达时，要注意英语形合衔接手段和汉语意合衔接手段之间的转换。

例如：江南，秋当然也是有的；但草木凋得慢，空气来得润，天的颜色显得淡，并且又时常多雨而少风；一个人夹在苏州、上海、杭州，或厦门、香港、广州的市民中间，混混沌沌地过去，只能感到一点点清凉，秋的味，秋的色，秋的意境与姿态，总看不饱，尝不透，赏玩不到十足。（郁达夫《故都的秋》）

译文：There is of course autumn in the South too, but over there plants wither slowly, the air is moist, the sky pallid, and it is more often rainy than windy. While muddling along all by myself among the urban dwellers of Suzhou, Shanghai, Hangzhou, Xiamen, Hong Kong or Guangzhou, I feel nothing but a little chill in the air, without ever relishing to my heart's content the flavour, colour, mood and style of the season.（Yu Dafu: *Autumn in Peiping*）

本例原文体现了鲜明的意合特征。译者在进行翻译时，充分考虑到了译语读者的语法要求与阅读习惯，增加了 but、and、while、without 等词，不仅使译文的结构更加紧凑，而且较好地体现了原文的内在含义。

在语言表达阶段，除了对细节层面的词语、句子进行关注之外，还需要对作者期待的视野进行关注。也就是说，在翻译中译者不仅要对读者的期待、阅读兴趣进行"顺应"，还需要对读者的期待视野进行提高，使译作能够同时被低层次与高层次人群接受。

4. 译本校对

校对是文学翻译过程的最后一个阶段，但其又是至关重要的。因为任何一个译者都难免会出现疏忽，只有通过校对，才能查漏补缺，提高译作的质量。

具体来说，校对时首先要通读全文，润饰文字，使其能够充分地传情达意。其次，还要检查逻辑是否清晰有条理以及标点符号等是否存在误用的情况，专业术语使用是否规范，上下文的观点是否一致等。

一般来说，校对三遍为最佳。第一遍关注细节，重点放在词句等较小的单位上。第二遍加工润饰，重点放在句子和段落等大的文学翻译单位上。第三遍把握整体，检查行文是否流畅，风格是否统一。

需要注意的是，译者无论处于哪一个阶段，都需要将当代甚至未来数代读者的阅读需要考虑进来。只有充分地为读者考虑，并且认为读者并不是译者的负担，而是译者的帮手，才能保证读者与译者成为合作伙伴，这样才能保证译作经得起考验。

（三）文学翻译的原则

不同的学者基于自身所处的时代、自身的知识背景与翻译实践经验，从不同的认知视角总结出了形形色色的翻译原则，用以指导翻译实践。我国的翻译原则有：严复强调的"信、达、雅"、鲁迅所说的"宁信而不顺"、林语堂所说的"忠实、通顺、美"、傅雷的"神似"以及钱锺书所提到的"化境"等。西方的翻译原则有亚历山大·泰特勒（Alexander Tytler）的"翻译三原则"、亚历山大·费道罗夫（Alexander Fedorov）的"等值翻译"、尤金·奈达（Eugene Nida）的"功能对等"、彼得·纽马克（Peter Newmark）的"交际翻译与语义翻译"、达妮卡·塞莱斯科维奇（Danica Seleskovitch）的"翻译释意"等。这些翻译原则彼此之间有共性，也有差别，它们从多角度、多侧面、多层次共同演绎着人们对翻译的不断深入，日臻完善。

以上论及的种种翻译原则，作为理论原则具有一定的稳定性与指导性，但往往偏于概括与抽象，可操作性不够强。鉴于此，或者是提出该原则的学者本人，或者是后来的研究者，便在不同的翻译原则之下提出了种种可供操作的具体方法。严复的"信、达、雅"风行我国翻译界一百多年，直到今天人们还是倾向于这个原则。基于这一原则，20世纪30年代林语堂先生提出了指导翻译实践的"忠实、通顺、美"三重原则标准。"忠实"就是"信"，"通顺"就是"达"，至于翻译与原文的关系，当然不是"美"或"雅"字所能概括的。在《论翻译》一文中，在确立"忠实、通顺、美"三重原则标准时，还从多层次较为详尽地阐述了"忠实""通顺"与"美"的具体内涵。不难看出，林语堂的三重原则标准继承了严复的"信、达、雅"，丰富与深化了"信、达"的原则，发展与创新了"美"的原则。鉴于文学是人们审美的产物，是语言的艺术，也是表情的艺术，这里借鉴林语堂先生的"忠实、通顺、美"作为文学翻译的原则标准。

1. 忠实

所谓忠实，是指要将原作的内容准确并完整地传达出来，不得对其进行篡改或者删减。其中,原作的内容主要指的是原作文章对事实的叙述、对景物的描写、对事理的说明、对思想的反映等层面。翻译的完全忠实标准主要用于学术性篇章或者科技类文章中。此外,完全忠实还要求保留原作风格,其中的风格包含民族风格、时代风格、语体风格等。同样,译者不能对风格进行删减与篡改。例如,不能将口语体改成书面体,反之亦然。总之,原作是怎样的,译文就应该是怎样的,尽可能地保持原作本来的面目。

2. 通顺

所谓通顺,就是译文语言自然、明白、流畅,符合译语的语言习惯与规范,是对读者负责。一般来说,译文应采用通畅明了的现代语言,其结构合理、逻辑清晰,不能硬译、死译。

忠实和通顺是相辅相成、对立统一的。由于英汉两种语言存在明显的差异,过分强调一方,难免会影响或忽视另一方。从这一点来说,两者是对立的。但是,如果一篇译文做到了忠实但不通顺,就必然导致其可读性差;如果一篇译文仅仅保证了通顺但是不忠实,就会造成其与原作的思想和风格相背离,译文就变成了改编。因此,译者的责任就是在两者的对立中寻求统一,处理好两者之间的关系。

3. 美

一部文学作品之所以能够流传久远,根本原因在于其审美性,这也是文学翻译中的"美"高于"雅"的原因。就是译文的审美性、艺术性,是对艺术负责。

"美"和"雅"是两个不同的翻译方向。"雅"注重对词句的推敲和润饰,最终会使译文少了一些审美价值。而"美"要求译者将眼光放在整部作品上,最终译文会与原文一样成为艺术品。文学作品属于艺术的范畴,文学作品的翻译还要传达原作的所有美点和整体的美感。文学作品由内容和承载这一内容的语言形式构成,"美"不仅体现在形式与内容方面,还体现在修辞与音韵方面。

(1) 形式美

文学作品在传达内容、思想、情感时,往往借助于特定的形式。可见,形式本身就是文学作品不可分割的一部分,决定了其内容能在多大程度上被读者接受。因此,译者为更好地再现原作的特征,也应努力在译文中体现形式美。

(2) 内容美

内容是文学作品的灵魂,读者通过文学作品的内容引发感情上的反应,包括对善、恶、美、丑的感觉。译者要再现原作的内容美,深刻体会作者的所感所知。

（3）修辞美

在文学作品中,作者主要通过文字塑造生动的艺术形象,传达思想感情,以使作品产生强大的感染力,因此常常使用多种修辞手法。换句话说,修辞已成为文学作品不可分割的一部分,因此体现修辞美也是文学翻译过程中必须遵循的原则之一。

"忠实、通顺、美"作为原则标准为文学翻译指明了方向,确立了目标;"忠实、通顺、美"内涵的丰富性与阐释的多样性则为文学翻译的具体操作提供了方法和手段。

二、英美文学翻译的艺术性原则

无论是文学散文还是非文学散文,都注重文学的体裁所具有的艺术"纯度"。从本质上讲,艺术活动是灌注了以审美意念为核心的人类主体精神的用以寄托、传载、交流、陶冶、升华高尚情感的活动,艺术品则是渗透了创造者认为好的审美性的主体情感的高尚的精神产品。人类精神情感的传载表达,心理能量的释放升华,只有基于纯洁高尚,其活动才可称为艺术活动,其产品才可称为艺术品。艺术作品是融注了创作者高雅的审美意念的有客观物质性载体的精神产品,目的在于使人的心理情绪得到寄托,得到陶冶,得到共鸣。艺术是由作者的强烈情感和想要寄托传递、回味追忆、交流沟通内心美好高洁情思的欲望所催生的,作者需要释放、升华美的精神能量,所以在写作中,他总是力图将自身认为好、认为高雅淳美的审美意识融注在所创作的作品中。当作品完成之后,作品的客观特性自然会吻合人类意念愿望的正价值指向性,从而形成艺术作品的关系属性——美。艺术品要成为真正的艺术品,艺术品要真正成功,概无例外要成为美的作品。创作以艺术性为极致,翻译同样追求艺术性。

文学创作与翻译都是艺术行为,应遵守艺术原则。艺术原则中十分重要的一点就是要在艺术创作中融入作者个性化的审美特征。这样的艺术是审美与技巧的完美结合。换言之,审美性与技巧性结合就是艺术性。我们说文学译作必须具有艺术性,是除了必须有审美倾向外,还同时兼有将这种倾向物化于载体上的技巧。这种技巧往往是专业性的,要靠积累练习,成为功力。技巧,又要和审美倾向水乳交融，才能构成完美的艺术性。艺术性是审美性和技巧性的有机统一。不仅创作者应该具备艺术性素养，译者也应该具备。例如对于文学中笔法、结构、修辞等的理解，作者与译者双方都要具备"约定俗成"的审美意趣与技巧性相融会的艺术性素养。我们不妨再将"艺术性"的含义解释一下，以便于理解：艺术性是用形象来反映现实的社会意识形态且比现实更典型，包括文学、绘画、雕塑、建筑、音乐、舞蹈、戏剧、电影、曲艺等富有创造性的、形式独特而具有美感的方式方法。

（一）接受者效果

接受者效果理论的起源可以追溯到接受美学。接受美学基本理论认为，作品的审美内涵是通过作品呈现出来的，而作品的美学效果则是通过接受者的审美反应来展现的。此外，接受者的个人因素也会影响对作品的接受效果。作品与接受者之间的交流取决于他们的潜力。作者提供的审美信息和接受者获取的审美信息有时相似，有时却不完全一致，这取决于个体言语和审美经验的差异。这种差异可能会促进双方之间的交流，也可能会导致交流障碍。如果双方的信息等值，接受者就可以理解作者要表达的意思；但如果信息有所差异，接受者就会接收到减值、增值或改值的信息。

（二）接受美学理论与翻译

接受美学理论同样适用于翻译作品和读者之间的审美关系。在翻译过程中，译者扮演一个独特的角色，既要理解原文，又要翻译出准确的译文。每位译者接触原作的角度和做出的选择都是独特的，因此对于同一部原作的理解也是各不相同。这种独特性还可以在译者使用另一种语言的符号系统进行创作时体现出来。因此，读者可以从译者的翻译作品中体会到译者在阅读原作时作为接受者所持有的不同的接受目的和接受反应，以及在特定的修辞情境下译者个人的因素对于翻译结果的影响。尽管每个人接受原作的方式都有所不同，但这并不代表接受是随意和没有规律可循的。所有的受众都处在特定的社会环境中，他们接收信息的方式不能脱离那些约定俗成、根深蒂固的社会文化规范。除此之外，接受者还必须受到原作中对象的限制。这种制约集中体现在审美客体中艺术形象或艺术意境对主体的定向导航上，使得译者在进行翻译活动时不能随心所欲。换句话说，即使针对同一部原作进行翻译的每一篇译文都有所不同，但它们都是在"共通"的基础上呈现"小异"。这种"小异"来源于译者的接受目的、修辞环境和个人因素对译文的影响。这三个方面反映了译者在翻译过程中的心理，并表现他们对译文产生的影响。如果修辞本身的产生情境和接受情境相同，那么修辞效果就会得到最佳展现。相反，接受效果将会受到某种程度的影响。

这两种情境还可以按照现实情境、个人情境和时代社会情境细分。个人情境可能是对两个译本影响最大的因素。个人因素涵盖了诸多方面，如个人的人生观、审美观、社会阅历、生活环境、兴趣爱好、个性气质、身份地位、年龄、职业和性别等。其中最重要的是文学和语言的修养，它直接影响母语的应用特点。有的译文具有浓浓的诗意，有的译文含有深刻的哲思，这是译者语言功底和文学修养的反映。

人们欣赏艺术，实际上就是欣赏艺术之美。因此，读者是否获得美的感受便成了衡量艺术欣赏（接受）的标准。关注读者，从读者角度衡量翻译的优劣成败，是翻译研究的必然结果。在艺术鉴赏活动中，作品的主导方面是作者与读者之间的矛盾，而这取决于作者是否成功地创造了一种独特而清晰的艺术境界，以及其物化的程度。虽然读者可以借助自己的想象力重新构建作品的艺术氛围，但是在这个过程中，读者所依靠的生活和审美经验仍旧是由作品中所包含的词汇、韵律等信息唤起的。读者的生活和审美经验的内容与特性受到作品所传达信息的内容和性质的影响。

美在本质上是美的对象的一种关系型的属性，单一的对象无所谓美与不美。事物对象有人们认为好的、认为妙的特性，而人们的正价值意向有这种指向性，二者高度和合，美便在对象上客观形成了。遵循这些原理，注重读者的反应，能在一定程度上提高译文的质量。关于读者理念，当然读者是多层次的。但佩雷尔曼（Perelman）的"普遍听众"概念有利于支持这一理论。所谓"普遍听众"，就是指有能力、有理智的人类成员。每一个特定的听众都在某种程度上带有普遍听众的特点。因此，译文的读者，除特定对象外，便以普遍读者为目标。

（三）视野融合

视野融合，解释学和接受美学术语，由德国哲学家汉斯-格奥尔格·伽达默尔（Hans-Georg Gadamer）提出，后又被尧斯（Jauss）加以借用和引申。尧斯认为，某一历史文本的视野并非那个时代的视野，往往是对历史时代视野的突前和突破，因此，人们的接受视野往往同时代产生的文学作品的视野不一致，二者存在一种审美距离。他认为，某一文学文本产生时常常并不一定能被一般人接受，当历史发展到人们的接受视野逐渐达到了原来历史文本突前的视野水平时，两种视野才能实现真正的融合，因此，他认为视野融合过程是审美距离不断缩小的过程，文学文本所固有的原始视野通过与后来接受者的现时视野的融合，使历史文本的现实性得以显露出来，人们才实现了对文学作品的接受和理解。因此，视野融合更强调接受者现时视野的主体作用，实现视野融合后所形成的世界，实际上是历史文本的视野纳入接受者的视野后所形成的接受的主观观念世界，所谓历史文本的某种潜在的突前的视野，只有在后来阐释者的接受视野和主观观念中才能显现。

视野是指由知识和经验构成的理解范围。按照阐释学原理，原作因作者的知识结构和经验内容有其固定的形式结构和较为稳定的思想内容，阐释者的理解必须限定在原作的范围之内，否则就是过度阐释或者欠额阐释。另外，接受者的知识与经验使得阐释不是被动的单纯理解过程，而是积极的创造性过程。

按照这一原理来讨论翻译，译者首先要理解原作。译者理解原作的过程当然不能脱离原作的基本范围，把自己的知识视野强加于原作，但又往往是根据原作的描述，印证自己的直接、间接的生活经验并唤起自己的形象记忆和情绪记忆的过程。也就是说，由于译者长期浸润于自己的母语文化，习惯自己的语言传统，译者是带着一个有自己思想感情的、有自己生活经验的、有自己个性修养的、有自己精神气质的完整的人进入原作的。因此，在这样一个过程中，译者总是要凭借自己的想象力、联想力、情感和理解力，去领会原作意图和意境，重新创作出一部不同于原作的艺术作品。由此看来，理解既不是译者完全放弃自己的视野，进入原作的视野，也不是简单地把原作的视野纳入自己的视野，而是译者从自己已有的视野出发，不断地拓宽自己的视野，与原作的视野互相融合，形成新的视野。这样的理解，就包含了原作者和译者的共同视野，是原作者审美经验和译者审美经验的融合，这在接受美学上称为"视野融合"。这样的译作，既是原作内容与形式的再现，也必然带有译者的精神，因此译作也就是原作者与译者的双重创作。

(四)审美的同等效应

从美学原理上看,美是因事物有宜于人的特性吻合了人的意愿正方向极致而形成的关系属性。美在本质上并不是一种物质,也不是物质对象单方面的属性,而是对象特性与同样也是一种客体存在的人类的正价值指向性二者高度和合而形成的关系属性。在形成美和感受美的过程中,人类起到了一身而二任的作用。可以说,所有的美,都是关系属性。对象形成了美,人审美时美存在,人不审美时美也存在。而要形成人类所感受到的客体美,包括自然美和艺术美,人类认为美的正价值指向性是不可或缺的。

正是由于艺术美是一种关系属性,而关系属性要反映相关的关系各方,故欣赏艺术美,人心目中必须留存或摄入或产生人类意念愿望的指向,这种价值指向必须与艺术品的艺术价值特性高度和合,人们才可判断并感知艺术品的美。如果创作者融入作品的审美特性与鉴赏者的审美倾向不相符,鉴赏者便欣赏不到作品的美。如果鉴赏者不具备鉴赏艺术的素养(感性感应能力和技巧知识等),即心目中不具备相应的认为美的正价值意向,那么也不能欣赏到作品的美。同时,在艺术欣赏中,人们的审美倾向具有民族和时代的诸多差别,艺术品所融入的主体审美意识也有诸多差别。所以,在不同的国家、不同的时期,艺术就会呈现不同的美。然而,人具有一种普遍的美学趋势,这种趋势建立在生物的基础上和地球的生活环境中,而艺术的特点则能够与这种趋势一致,从而产生一种能被共同接受的美。与绘画、音乐、舞蹈等艺术一样,可以构成一种艺术的美感,为各个时期、各个民族所接受。

第二节　文化视角下的英美文学翻译关系

一、英美文学翻译中的文化差异

(一)语言文化的差异

语言是文化的载体,具有丰富的文化内涵。不同民族有自己的具体思维方式、价值取向、历史典故、神话传说等。文学翻译不仅是一种艺术实践,而且是一种跨文化行为。跨文化交际是促进理解不同文化的目的之一，这本来就要求我们注意反映国家翻译文化独特的规范或风俗，如果忽略不同文化的内涵和文化差异的含义，就会造成不必要的误解。文学作品体现了丰富的文化内涵，中西文化有大量具体、独特的形象，这些形象反映了不同文化、宗教实践、价值观、历史与地理特征的心理结构。同样的情绪在不同的文化中有不同的隐喻。

我们常用"肝肠寸断""愁肠百结"来表示极其悲伤的心情，如果西方读者看了会觉得毛骨悚然。在我国，明月寓示团圆，让远在他乡的人产生强烈的思乡之情。我国的文学作品中有不少描写明月的佳句。如唐代诗人李白的《静夜思》："床前明月光，疑是地上霜。举头望明月，低头思故乡。"诗人杜甫的《月夜忆舍弟》："露从今夜白，月是故乡明。"而在西方人的心目中，月亮却从未有过类似的寓意。

（二）历史文化的差异

对于颜色的翻译，由于历史文化的不同，不同的民族赋予颜色不同的寓意和内涵。

譬如黄色，《说文解字》记载："黄，地之色也。"[①]在中国传统文化中，黄色从唐代开始成为帝王之色，象征着至高无上的权力和地位。而在西方，同样象征王权或地高位显的颜色不是黄色，而是紫色。随着社会生活的演变，汉语中"黄色"又获得了"下流或不健康"的新寓意，如"黄色小说""黄色录像"等，但在英语中类似的意思却用 blue（蓝色）来表示，如 blue software、blue jokes 等。

例如，在中国传统文化中，"红"象征着幸福、快乐。红星和红日象征着进步、积极向上、光明等。在这一点上，中西文化的内涵有很强的趋同性，即红色是节日、喜庆、高兴和幸福的象征。不同之处在于，在西方文化中，"红"除了表示节日、幸福，也是暴力、危险和流血的象征。

为了使西方读者更容易理解，避免产生误解，霍克斯（Hawkes）根据小说《红楼梦》的原名《石头记》译成 *The Story of the Stone*，不仅如此，出于对颜色的谨慎，他把"怡红公子"译成 green boy（怡绿公子），把"怡红院"译成 the House of Green Delights（怡绿院）。这样做虽方便西方读者理解，却丧失了原作语言所特

---

① 郑春兰：《传统文化经典读本：汉字》，四川辞书出版社2018年版，第83页。

有的文化信息。因为"红"在《红楼梦》中有着深刻的含义。杨宪益先生的译法则采用异化的手段,尽可能多地保留中国传统文化的内涵,以使外国读者能够更多地了解中国文化,便于中国文化的传播。另外,如果把"白喜事"译成 a white happy event,西方人则无法理解,因为脱离了产生这种生活习俗的文化背景,势必会给读者造成阅读和理解的障碍。所以,在翻译的时候,必须译出其中真实的内涵,即 funeral of an old man(woman)。

译者在对颜色进行翻译时,要尽可能多地考虑到译语的表达习惯,切忌望文生义。英语中的"红茶"不是 red tea 而是 black tea。"红眼病"在汉语中表示嫉妒,但翻译成英语则是 green eyed。而当"红眼病"指眼科疾病时,则用 pink eye 来表示。对于同一词,不同语境会产生不同的对应词,如青山(green mountain)、青天(blue sky)、青布(black cloth)、青翠(fresh green)、青苗(young crop)、青碧(dark green)等。所以,我们在考虑颜色的文化内涵的同时,也要注意使用准确恰当的英语单词,避免让读者产生误解。

(三)人际关系及称谓的差异

人际关系和称谓也是中西文化差异的体现。谦虚是中华民族的传统美德,由于长期遭受封建思想的禁锢,家族观念在中国人心目中的地位比较重要,不管是在社会还是在家庭中,男女、长幼、主仆之间都有约定俗成的称谓。中国的称谓系统讲究尊卑、亲疏,所以在汉语中不乏贬低自己而褒扬他人的自谦辞,如鄙人(my humble self)、贱内(my humble wife)、拙见(my humble opinion)等,而对别人的称呼则往往含有恭敬之礼,如贵姓(your family name)等。对于这些具有中国文化特色的词语,译者在翻译时往往会造成译语文本的文化缺省现象。而西方文化中,亲属关系则略显松散,亲属之间甚至可以直接互称,称谓显得比较简单和笼统,当然这与西方文化所倡导的平等和个人独立有关,所以汉语中的"长辈""晚辈"等词语在英语中甚至找不到对应的词语。汉语中的叔、伯、舅、姑父、姨父等词语对应英语中的 uncle。西方文化倡导个性平等的价值观念,如 individualism 译成中文是"个人主义"。

在异域文化风俗习惯和宗教文化中,对一个民族来说是习以为常的,但是对其他民族来说却是无法理解的。英语和汉语中都有蕴含历史文化的典故,这对理解和翻译来说有一定的困难，所以译者在翻译之前要熟悉译语的文化背景。希腊、罗马文化等对西方文化有着深远的影响，英语中的一些典故就是出自其中。如果对西方文化背景了解甚少，那么对一些含有特定文化意义的词语可能就难以理解了。

（四）民族的差异

不同的种族对动物、植物有着不同的态度和情感，产生了丰富的联想，为汉语和英语中的某些词语赋予了赞美、好恶和悲伤等丰富的感情色彩。同一动物在不同文化中具有不同的象征意义，语用的意义也是不同的。猫（cat）在西方文化中的寓意是"包藏祸心的女人"，而中国人经常用"蛇蝎心肠"形容坏人。在西方，龙是死亡与黑暗的化身；在中国，龙有着鲜明的内涵。龙可以得到任何想要的东西，龙是皇帝的象征，中国人自称为"龙的后代"。但是，如果"望子成龙"译成 to hope one's son will become a dragon 就会使西方读者误解为希望自己的孩子变成凶猛的人（希望自己的孩子成为邪恶的人）。在翻译时要考虑读者的文化背景，翻译为 to hope that one's son will become somebody 这样才容易被西方读者接受。

西方人心目中狗（dog）是忠实的象征，有着非常重要的地位，如 love me, love my dog（爱屋及乌）；every dog has its day（人人都有得意时）。但在汉语中，狗代表的却是不怎么好的词语，如狗眼看人低（act like a snob）、痛打落水狗（beat soundly the bad person who is down）、走狗（flunky）等。"乌龟"一词在中西文化中也有不同含义。在西方文化中，乌龟仅仅表示行动缓慢，没有其他含义。但是在中国文化里，乌龟的含义却有褒有贬。一方面，乌龟象征长寿，海龟是人们公认的寿命最长的动物，在我国民间流传着"千年龟"的说法；另一方面，"龟孙""缩头乌龟"等含有贬义的字眼又时常和一些不好的事物联系在一起。

看似平淡无奇的植物，中国文化却赋予其丰富的象征意义。中国传统文化中的"岁寒三友"分别被赋予寓意：梅代表傲霜斗雪，竹代表虚怀若谷，松代表坚强高洁。此外，兰代表品质高贵，红豆代表相思，这些都蕴含着丰富的中国传统文化。

英语中也有以植物做比喻的短语，比如，用 under the rose（玫瑰丛下）比喻私下或偷偷摸摸的行为或勾当，用 sour grapes（酸葡萄）比喻因得不到而故意贬低的事物，用 forbidden fruit（禁果）比喻非分的欢乐或因禁止而更想得到的东西，这些短语的联想意义非常丰富。

异化是基于源语文化的，归化是基于译语文化的，异化和归化是互补的二元对立面。在翻译的过程中，不能与二者分离开来。中西文化的差异不可避免地导致读者的理解偏差。盲目地融入文化语言，会造成原始文化的丧失；如果以源语文化为归宿来进行文化移植，有时会影响交流，翻译时可能无法确保全面性。因此，根据不同的翻译目的和读者群体来进行衡量，在文化移植的异化过程中，在创造性叛逆组合过程中，忠实地、生动地再现了原作。如果不能使用异化和归化策略，可以使用文化调解，但是这种缺陷容易造成文化损失。例如"休妻"一词，相应的英语是 divorce（离婚），表面意思表达出来了，但离婚反映了男女平等的概念，从而失去了中国传统文化男尊女卑的文化内涵。中西文化的不同之处在于"谋事在人，成事在天"的翻译策略。

在文化翻译的过程中，面对不同的文化背景、思维习惯和文化传统相矛盾的表达时，可以奉行"名从主人"和"约定俗成"的原则。译者应根据文字中的文化信息，注重文化底蕴的形象，保留文化色彩。译者必须依靠自己的知识和学术技能来翻译，而不是凭借想象力。例如，旧上海的"百乐门"不能翻译成 Baffle Gate，"兰心大戏院"不能翻译成 Lanxin Theatre，按照"名从主人"的原则，两个名称的翻译是 Paramount 和 Lyceum Theatre，因为对其历史文化背景进行分析，这些都吸收了一定的西方文化。古希腊的亚里士多德主持了 Lyceum（吕克昂）这个学校，既做演讲，又有音乐、舞蹈表演，"兰"包含了中国文化的底蕴，中文名称"兰心大戏院"可以说是实至名归的。

对于一些已经被接受的地名和人名，如果刻意地去修改势必会引起读者的误解，如 Hong Kong（香港）以及 Peking University（北京大学）。每一个民族都有其独特的民族文化，都有特定语言来表示和反映，但是一些文化底蕴深厚的意象却在译语中找不到对应的词语。随着中国的不断发展壮大，中国在国际舞台占据着重要的地位，中国提倡的中西文化交流不断深入，西方人士对中国文化逐渐了解和接受，一些词汇渐渐进入英语文化，如 daguofan（大锅饭）、paper tiger（纸老虎）、tofu（豆腐）等。相反，英语中的一些词汇也潜移默化地进入了中国人的视野，如 E-mail（电子邮件）、Internet（因特网）、disco（迪斯科）等词语，中国人已经耳熟能详。

今天的社会文化交流比较频繁，更加细致，对译者提出了更高的要求，除了具有扎实的语言功底外，译者还必须具备双语文化背景和文化意识。"翻译必须是一个真正的文化人。"只有充分认识中西文化差异，消除给读者带来的障碍，才能忠实地完成语言沟通，更好地服务于文化传播。

二、翻译中的文化缺省及补偿

（一）文化缺省的生成机制

1. 生成机制和交际价值

在沟通过程中，双方为了达到预期的沟通目的，必须有共同的背景知识或务实的前提。正是在共同的背景知识或务实的前提下，当双方都面对共同的事实进行沟通时就可以省略此部分，从而提高沟通的效率。认知心理学和人工智能研究表明，人类知识被组织在一个固定的模式中，并存储在大脑里，以便随时搜索。换句话说，知识以块状的方式存储在人的记忆中，而更受欢迎的术语是"模式"，这是长期记忆中某种概念的存储形式。在人类认知过程中，知识的组织涉及比单词和概念更多的单位，还包括已知情况和事件的知识以及情景与事件之间的关系。因此，该模式可以被视为场景和事件的一般知识。换句话说，模式是通用信息，不仅包括人们生活中的事件，还包括社会场景的程序和顺序的一般知识。例如，酒店模式描述了在餐厅用餐时可能发生的一系列事件。然而，正如所指出的那样，模式不能被看作个别事件和经验的不断积累，所以模式必须随时被组织和提供。因此，该模式是高度复杂的知识结构。基于这种方式，模式是一个数据结构或具有固定组件的确定结构。

模式的基本结构包含一些带有标记的空间，空间中会填充项目。例如，在典型的酒店模式中，有标记的空间如"服务员""桌子""椅子"和"菜单"。客观世界中的酒店或文中提到的特定酒店的存在可以被视为酒店模式的一个例子。有一个具体的功能，可以用酒店的图片填充这个酒店模式的空间。当酒店模式的所有空间填充项目时，图片显示在大脑的显示屏上。例如，当感官记忆进入消息"酒店"时，像"表"和"菜单"这样的酒店模式中的空间将被激活并填充项目。这是一个自上向下的搜索过程。有时，激活模式中的某个空间会激活另一个相关的空间，并最终激活整个模式。例如，激活"表"，"表"将激活"菜单""服务员"等空间，最终激活整个酒店模式。

读者的图式在阅读理解中有着非常重要的作用。图式决定着读者能否理解、理解得有多好。图式理论认为文本理解是一个建构过程，在这一过程中，先有知识是一个非常重要的因素。图式帮助读者进行推断并预测未来，允许读者填充作者在文本中未提及的信息，推断作者的意图。

例如：John was feeling very hungry and he entered the restaurant. He settled himself at a table and noticed that the waiter was nearby. Suddenly, however, he realized that he'd forgotten his reading glasses.

在这个例子中，读者如果具有餐厅图式的知识，就会毫不困难地理解这些句子是相互关联的。约翰当然需要阅读餐厅服务员给他的"菜单"（menu）。虽然该例并未明确提及"菜单"，但是在提到约翰进入餐厅时，对某些可预料事件的期待就被激活了。事实上，该例涉及顾客在餐厅里就餐时所期待发生的事件的标准程序，自然就会在大脑中出现餐厅图式，作者根本无须告知读者餐厅有"桌子""椅子"和"菜单"之类的东西，也根本无须告知读者顾客在餐厅里要点菜或付账之类的事情，一般认为读者是具备这类关于餐厅的知识的。像"桌子""椅子"和"菜单"之类的归约性的情景被认为是缺省成分，虽未在文本中提及，却被视为存在于文本之中，除非读者被特别告知例外的情况。因此，图式的重要功能就是允许作者在写作时不必告知读者需要知道的每一个细节，读者可根据作者提供的信息以及大脑中的相关背景知识做出推断。

世界上没有哪两个人的文化背景是完全相同的，在日常的言语沟通交流中总会有些语义上的缺失或者曲解。但是，因为他们具有相同的文化背景和相同的语言文化知识做基础，有效而顺畅地交流是没有问题的。因此，作者在写作时不必告知读者图式中显而易见的信息以便获得表达的经济性。在文本中省略了作者和读者相同文化背景的知识，被省略的部分称为"情境缺省"。如果被省略的部分与文本中的信息相关，则称为"语境缺省"，被省略的文化背景知识称为"文化缺省"，语境缺省和文化缺省是情境缺省的子类，可以在文本中搜索上下文省略的内容，但文本中通常找不到文化缺省的内容。因为文化缺省的组成部分一般具有鲜明的文化特色，而且存在于文本之外，是文化内在运动的结果，其内容将以不同的语言和文化背景给读者造成意义真空，所以很难建立语义连贯性和情境一致性。

文化缺省是作者与读者进行交流时，所共享的具有相关文化背景知识的省略。在跨文化的交际中进行翻译工作，原作者和译者不具有共同的文化背景知识，因为他们生活在不同的社会和文化环境中。对于原来的读者而言，文化背景知识是明显的。在原文中，文化缺省的存在及交际价值，使得我们必须考虑原作者可能不被译语读者接受的问题。

众所周知，在同一语言文化背景中成长的成员会受到该语言文化背景中的文化传统、社会背景以及宗教信仰和习俗的影响，形成了他们固定的认知结构和价值观念。例如，西方文化崇尚个体，而中国传统文化更加重视集体观念。因此，不同文化背景的人由于拥有不同的文化背景知识而难以互相理解。

在以文化为基础的图式这一层次上的干预对读者的文本反应有着极大的影响。例如，不同文化背景的人对恭维话有着不同的反应。对于英语国家的人来说，表扬是可以接受的，通常会以"谢谢"来表明接受对方给予的赞美，认为恭维是真诚的，说明自己已取得了某种成就，因此，无须假谦虚一番。而对于中国人来说，对恭维话的习惯回答是他不值得表扬，他所取得的成绩还远远不够，他的成功是一种运气或者是在某种条件下取得的，不值一提。在中国人看来，接受恭维话意味着自负或缺乏教养。因此，在话语理解的过程中，如果读者或听众不能把接受恭维话和习惯性的回答结合起来，就会对作者或讲话者的话语产生理解上的困难，甚至一头雾水。

当读者不具备文本的基本图式时，就不能获得对文本所描述的真实世界的关系的连贯理解。文本连贯成分的数量在某种程度上说就是读者能把多少信息和其所阅读的文本加以关联的功能。例如，"即便 Prema 的丈夫是他们的独生子，他们在婚礼上也没有制造任何麻烦"。这句话反映了印度的婚礼习俗。在印度的婚礼习俗中，如果新郎的父母只有新郎这个唯一的儿子，他们可以在婚礼上提出非常苛刻的要求而制造麻烦。在阅读该例句时，来自印度的受试者说："是的，那倒是真的，要是新郎的父母想惹出点麻烦来那是可以的。"对于美国女性受试者来说，这是难以理解的，因为她不能从她的文化背景知识中得到帮助，也没有图式帮助她进行搜索。根据自己的推测，她会得出这样的结论：可能是新娘高攀了新郎的缘故。美国的这位女性受试者的推测所得出的结论显然是源于西方文化的假设，并不能反映印度婚礼的情况。

文化缺省被省略或预设的内容通常不在文本中，也不在直接语言的文本语境内，文化缺省是通过接收信息者的长期记忆或语义记忆，在特定的文化图案原型中建立一贯的模式。接收者对文化现象的理解越透彻，他的记忆中的图画原型越完整，填补空缺的能力就越大。

外国读者一般不在原作者的意向读者范围内，特别是那些不包括异构语和文化的读者。中国本土作家的意向读者不会包括英美读者，英美作家的意向读者不会包括中国读者。双方的本土语言是不言而喻的文化信息，其他文化读者往往感到不知所措。因此，在跨语言和文化交流中，通常情况是：输入信号，不能激活空间，而激活更完整的模式，或者根本不激活模式，甚至不激活基本的内容，没有相关的架构备份。文本理解的深度有一个重要因素：当文本基于一个熟悉的主题时，读者可以被完全理解。

2. 文化缺省补偿的必要性

在交际过程中，双方要想达到预期的交际目的，就必须具有共同的文化背景知识。读者在理解文本时必须将文中提供的信息和大脑中的先有知识加以关联。从这个意义上讲，作者构建文本，而读者把文本信息和大脑中已经存在的看不见的信息加以结合构建意义。然而，在翻译中，由于原作者和译语读者不具有共同的文化背景知识，原文中显而易见的文化背景知识，对于译语读者就构成了文化缺省。

文化背景知识是指基本假设、信念、思想、政治和历史背景知识等，它们深深根植于一种文化，生活在同一种语言和文化背景下的人们，在书面沟通中共享较少的文本要加以定义和描述，因为文化背景知识在原文中显而易见。然而，原作者在撰写本文时并不考虑目标读者的解码能力。在原文中，不言而喻或不言自明的内容将导致目标读者在推断层面受到阻碍。也就是说，在不熟悉文本的文化背景知识的情况下，不能在两个事件中提供干预的细节。例如，一些成语的习惯表达和首字母缩略词在源语国家非常熟悉，如果文字翻译不能补偿文化违约，目标读者就无法理解。在跨语言和文化交流中，译语读者由于没有合适的图式或者根本就没有相关的图式来进行搜索，因此就没有充分的线索来激活图式空位。在翻译过程中，由于文化缺省不可避免，译者应该把结构中隐含的内容在译文中明确表达，以便译语读者对原文获得准确和连贯的理解。

接收者对文本的理解在很大程度上依赖于自己的文化背景知识。实际上，原作者是根据自己的语言和文化背景知识写作原文的。既然源语接收者和原作者具有相同的文化背景知识，源语接收者通过激活其长期记忆中的图式，把译语的文化含义和文本加以关联，就可对原文获得透彻的理解和阐释，即便原文的含义在结构中不明确。但是，译语读者由于不熟悉原文的文化背景知识，就难以完全理解原文所表达的内容。如果原文结构中的隐含意义在译文中不加以明确表达，译语读者显然就会产生误解或者难以理解原作者的真实意图。因此，为了使译语读者较好地理解原文，译者应采取恰当的方法对译语读者的文化缺省进行补偿。

交际中的三个要素是信息源、信息和接收者，在此过程中，信息源通过信息传递到接收者。由于翻译是一个跨文化交际过程，译者在翻译过程中既是原文的信息源又是译文的作者。换句话说，译者既是信息源又是信息的接收者，其扮演的角色就是源语作者和译语读者之间思想的桥梁。作为信息的接收者，译者必须在准确理解原文的基础上对信息进行解码，而在解码过程中，涉及诸如作者的意图和写作背景等多个方面。同时，译者又必须把从原文中解码的内容在译语中加以编码，然后传达给译语读者。这个过程叫作再生产或表达。因此，我们认为翻译是一个以目标为导向的活动，主要由解码和编码组成，或者更准确地说，由解码和"重新编码"组成（之所以说"重新编码"，是因为原文信息在源语中已由原作者进行过一次编码了）。

在同一语言交际方面，信息有两个维度：长度和难度。恰当的信息具有的难度都能大致与代表接收者的接受能力的信道容量相匹配。一个信息之所以具有意义，与从众多的可能信息中选出的某个信息的编码、传输和解码能力有关。由于原作者和意向读者生活在同一文化语境中并且用同一语言进行交流，他们之间的交流应该是自然和成功的。否则，他们所赖以生存的社会将不会存在。

然而，在翻译中，我们应该考虑目标语接收者的信道容量。如果一个信息被翻译成同样的长度，那么它的难度就会增大，结果，原文的信息就不能通过目标语接收者的信道,一般来说,目标语接收者的信道容量要比源语接收者的信道容量小,这是因为对于源语接收者来说是不言而喻的文化缺省成分,对于目标语接收者则可能显得莫名其妙。这就意味着源语接收者和目标语接收者由于缺乏共同的历史、文化、经济和政治背景而发生交际过载。

如果译文的难度超过译语读者的解码能力,理解译文就变得非常吃力甚至译语读者会中断阅读。为了使信息顺利通过译语读者的信道,应该在译文中增加冗余信息,以便调整交际载荷来适应译语读者的信道容量。但是这并不意味着译者可以随意增加或减少原文的意义,而是表明译者可以明示源语结构中隐含的意义而同时又能最大限度地保留原文的意义。这就要求增加信息的长度以降低源语的难度。

译者要着重注意分析翻译中原有文化缺省的部分。对原文的正确理解是建立在对源语文化特征的正确理解基础之上的。但是,在多数情况下,译者并没有分析原文中存在的文化缺省要素。因此,译者对源语的文化背景的理解可能是基于自己的"文化现实"。如果源语文化和语言文化在相关方面有很大差异,原文将被误解。

(二)文化缺省的补偿方法

1. 直译加注

认真审视原作者在使用文化缺省时所隐含的艺术动机,为译者选择文化缺省的补偿方式。如果原作者故意使用某些历史故事和可视化文字的文化背景知识来刻画作品的性质或解释作品的主题,译者应该使用直译加注的方式来补偿文化缺省,以反映原作者的艺术动机和原有的审美价值。同时,读者通过注释来解释真空点的意义,与上下文进行沟通,建立话语连贯性。在这一点上,如果使用其他补偿方式,可能会破坏原有的隐含意义。

2. 文内加注

(1) 增益

增益是指在译文中明确表述出原文读者熟知的意义,而目标读者则感到困惑。这种方法有助于保留原文的文化形象,同时补偿译者的文化缺省。在翻译中,译者将目标读者所需的文化背景知识放在目标语文本中,以减少目标语的难度。目标读者可以快速获得对译文的连贯的理解，而不必在目标语文本中阅读评论，阅读的惯性不会受到影响。使用这种方法主要是考虑到译文的清晰流畅，缺点是原文的艺术表现方式在译文中有所变形，原文因空白消失而剥夺了读者发挥想象力的机会。因此，使用这种补偿方法时，译者应特别小心。如果读者获得文本信息，以便对原文进行连贯一致的理解，译者则可以使用这种方法，以确保译文的清晰和流畅。例如：

Near the Berkeley Square, I came out of a painting room, warm, smell and filled with portable property, the hall door was behind me, the east wind made me feel blushed and walked into a child.

译文：这事发生在距离伯克利广场不远的地方。我从客厅出来，温暖的春天散发着香水的气味，还有许多珍贵的家具和装饰品。门被关在我身后。一阵寒冷的东风，我几乎踩了一个孩子。

我们知道英国冬季刮东风，这种寒风东方人也叫苦，而中国的情况却有所不同。所以，有必要在"东风"前面加上"寒冷的"。原作者也有兴趣比较春天的温暖、宏伟的客厅和寒冷的街道。

（2）释义

释义是文本中的另一种形式的补偿。它不是将源语语境中的单词的含义直接解读给读者的手段，因为它保留了原始信息，而且还给了译者更多的表达自由，所以在翻译中有更广泛的应用。例如：

① I advise you not to do business with him, he's as slippery as an eel.

译文：我劝你不要同他做买卖，这个人非常狡猾。

② He had been faithful to the fourteen years old Victar's daughter whom he had worshipped on his knees but had never lead to the altar.

译文：他一直忠于14岁的牧师女儿。他曾经拜倒在她的石榴裙下，但却没有与她结婚。

③ I'm too old a dog to learn new tricks.

译文：我上了年纪，学不会新道道儿了。

在一些特殊情况下，译者可以运用特殊的具有文化特色的词语，使其内涵和形式意义达到完全不同的状态。此时，译者在翻译原文时可以试着改变这些表达形式所反映的文化缺省成分的意象，从而忠实于原文。

例①中的 as slippery as an eel 在英语中也是如此。例②中的 lead to the altar（引到圣坛前面）的形象性移到了内容中，释义为"与某人结婚"。例③中的 old a dog 在原文中并无贬义，如直译则含有贬义，所以不能直译，在这里采用了释义法。

在上述情况下，作者使用这些文化缺省的组成部分，没有花费太多时间和精力来创造审美价值，而只是表达自己想表达的意义。当读者阅读时，很少关心作者的审美价值，更关心作者表达的内容，因为其艺术形象太模糊，没有强烈的吸引力，所以不能让人印象深刻。当翻译这样的文化内容时，如果读者和译者没有相同的文化背景知识，为了方便起见，考虑使用释义法来补偿读者对翻译的文化缺省。

三、翻译中的文化语境

20世纪90年代初，翻译的文化转向被提出，翻译逐渐朝着文化传播与文化阐释的方向迈进，这一特点在文学翻译中体现得最为明显。文学翻译不仅是语码之间的转换，也是不同民族审美情趣与思维形态的交流。这种翻译形式是多种文化因素共同作用的结果。下面从文学与文化语境的互动关系入手，对文化语境制约文学翻译进行研究。

（一）文学与文化语境的互动关系

文学作品是在语境中呈现与生成意义的，文学的文化语境主要表现在以下三个方面：

①作者创作的语境。

②读者阅读的语境。

③文本的历史语境。

生成文学作品意义的语境可能涵盖政治、经济、文化的不同方面。文化语境对作品有着重要的影响。这种文化语境看似毫无关联，却能够为作品构建框架，体现作者的思想。

(二) 文化语境对文学翻译的制约

文化语境对文学翻译的制约主要体现在源语文化语境、译语文化语境和译者文化语境三个方面。

1. 源语文化语境对文学翻译的制约

进行文学翻译需要考虑多种文化因素的影响。翻译时，如果不了解相关文化语境，译文的质量就难以保证。在众多文化因素中，源语文化语境对翻译有着最直接的影响。当译者不具备相关源语文化知识时，根本无法对原文进行准确理解，更谈不上进行适当翻译了。

外国文学作品是在其源语社会背景下产生和传播的，因而这些作品的翻译势必受到源语文化语境及原作者的文化背景的制约。例如：

Unemployment, like the sword of Democles, was always accompanying the workers.

译文：失业犹如达摩克利斯之剑一样，随时威胁着工人。

在上面的英文例句中，源语文化语境对翻译有着直接的影响。例句中，对源语理解的关键为"the sword of Democles"这一典故，其来自古希腊文化，意思是"临头的危险"。例句中，译者将其直译为"达摩克利斯之剑"，显然是忽视了源语文化语境的重要影响，当读者对这一典故不熟悉时，便无法理解句子的真正内涵。

进行文学翻译，译者不仅需要具备语言转换的能力，还要具备一定的文化背景知识基础，在此基础上，还应有文学素养作为支撑。译者作为翻译的媒介，应该认识到源语文化语境的关键作用，从而更好地进行翻译活动，促进译语读者对文本内容的吸收与消化。

2. 译语文化语境对文学翻译的制约

翻译活动是在不断发展变化的社会历史活动中进行的，每一部作品都是在特定的社会文化历史环境中产生和发展的。因此，这就要求译者结合自己所处的时代背景和历史阶段，对原作进行重现和深层次阐释。对于同一部作品，不同时期的翻译会展现不同的特色，译文也可以体现出译者所处时代的文化状况。

另外，受这些社会背景、社会环境的制约，译者的人生观、价值观也发生了变化。例如，在清末时期，以康有为、梁启超为代表的维新派主张学习西方先进的文化，翻译了不少有关西方的著作，目的是"师夷长技以制夷"，希望运用新的思想来教化国民。

不同文学作品的翻译还受到同时代译语文化语境的影响。翻译历史表明，在一个社会的特定时期，译者总是聚焦于某一类外国作品或某一位外国作者的作品的翻译。这些作品的译介符合当时的社会背景，在语言上也能体现出当时的时代特点。因此，译语文化语境对文学翻译也有一定的制约。

3. 译者文化语境对文学翻译的制约

译者是文学翻译的重要媒介，直接决定译文质量和读者对文本的理解程度。译者文化语境对文学翻译的制约主要体现在以下四个方面。

（1）译者的翻译观

译者的翻译观是指译者在翻译活动过程中的一种主观的倾向，是进行文学翻译的前提，直接影响翻译目的的确立以及译文的内容和形成。在文学翻译实践过程中，译者到底是选择以语义为中心还是选择以文化为中心，都是由译者本身的立场决定的。在文学翻译中，有些译者倾向于直译，有些译者倾向于意译，有些译者则倾向于转译。

例如，成语 flowing with milk and honey，它是选择西方人比较熟悉的"牛奶"和"蜂蜜"作为喻体来指代一个事物，翻译成中文的时候，有些译者直接译成"奶蜜之乡"，有些译者用意译的方式翻译成"富饶之地"，有些译者则从转译的角度翻译成"鱼米之乡"，我们不能评判这些翻译的对与错，只能说这是根据不同译者的翻译观而定的。

（2）译者的文化立场

文学作品带有一定的主观性，在翻译过程中，译者的文化立场和翻译意图对文学翻译有着重要的影响。在译者文化立场的影响下，翻译的策略也会随之改变。一般而言，译者的文化立场包括源语文化立场和译语文化立场。

例如，当中国处于半殖民地半封建社会时，传统文化受到了很大的冲击，那时候的翻译以直译为主，但是由于受传统思想禁锢，很多译者在翻译时仍将外国语言翻译为本国传统语言。可见，即使在同一历史时期，由于译者的文化立场不同，翻译的文本也不尽相同。

（3）译者对文化的理解

译者对文化的理解程度主要包含两个方面：

①是否掌握原作的语言含义。

②是否理解原作文本之外的文化背景。

译者是翻译活动的主体，理解源语文化背景有助于整个翻译过程的顺利进行。正如英国著名语言学家约翰·莱昂斯（John Lyons）所说，语言是这个特定文化社会的重要组成部分，每一种语言的差异都会反映这个社会的事物、习俗以及活动的特征。因此，在翻译文学作品之前，译者应该首先熟悉作者的个人经历、家庭背景以及写作特点等。

（4）译者的文化素养

为了确保翻译的准确性，译者需要提高自身的跨文化素养，这主要体现在以下两个方面。

①提高对文化的敏感性和自觉性。传统的翻译观将翻译的重心放在语言的研究层面和语音、词汇、句法等方面，却严重忽视了文化层面所造成的问题。目前，这种情况已经逐步得到了改善，译者已经意识到翻译的文化性比翻译的语言性更重要。因此，译者应该提高自身对文化的敏感性，把注意力更多地放在文化研究层面，这样才能灵活地处理中西文化的差异。

②努力成为一个真正的文化人。一般情况下，译者需要具备物质文化学、生态学、社会文化学、宗教文化学以及语言文化学等方面的知识。可见，文化翻译理论涉及的知识面是非常广泛的，其内容也十分丰富。译者只有拥有扎实的语言和文化功底，才能承担跨文化交流的重任。

第三章 文化视角下的英美文学教学

本章从文化的视角对英美文学的教学情况进行了描述，内容主要包括英美文学教学理论、英美文学教学现状与改革、英美文学教学中的文化问题。

第一节 英美文学教学理论

一、英美文学教学和语类研究

过去的十年，在话语分析和语言教育领域中，语类研究曾做出了重要的贡献。语类指的是在特定的历史背景下，受制于特定社会情境的社会行为，个体需要依靠语言知识来实现。

语类分析基于两大理论推断，语言是社会现实的产物，同时语言的结构和形式能够适应当时的社会环境和情境。通过比较文本和作者之间的相互关系，我们可以描述语言的形式特征。这些形式特征包括文本的结构和语言风格，以及作者的语言表达方式和思想观点等。这一条总结，是社会学家与语言学家通过观察小朋友学习母语的过程而推断出来的。孩童学习语言的最初目的，是将其作为一种工具来表达内心的需求。年纪稍长，在接触社会的过程中，不断丰富和规范自己的语言，以此来与他人建立人际关系，完善自我的个性，获取自身发展需要的信息。在这个过程中，语言不仅是工具，同时也是一种产物。第二个结论说明，我们可以通过描述文本来深入了解语言的形式和特点。文本是人们反复使用的经典、标准的语言形式，用于完成各种活动和行为。与普通语言学研究者不同，语类研究者将语言使用者和所处的社会环境作为语言分析的核心关注点。这是两者之间最显著的区别。

尽管语类的性质被语言学家广泛认可，然而，在具体研究中他们的侧重点和研究方法都有所不同。一些研究者更注重考虑文本所处的社会背景，强调文本和社会背景相互影响的关系。一些学者注重探究文本的结构和组织方式，以此研究这些形式如何承载文本的社会意义。基于此，语类研究的新修辞学派、系统功能语言学派便产生了。本节将对两种语类的概念界定、研究理论基础、研究成果分别进行介绍，并就这些类别对英国和美国的文学教学产生的影响进行探讨。

（一）新修辞学派

1. 语类的界定

人们也将新修辞学派称作"北美学派"，因为这个学派的主要研究对象集中在北美地区。澳大利亚的悉尼学派是以系统功能语言学为基础的，相较于此，新修辞学派的研究虽然也是聚焦于语类方面，包括书面文本分析的框架和准确度、框架和模式对文本与社会背景之间复杂关系的解释力度、写作教学中显性教学法以及隐性教学法的适合度等，然而，因为新修辞学派的研究基础是修辞转型理论和社会建构理论，所以，语类和修辞的概念均获得了全新的意义。

比如，传统的语类定义聚焦于文本或文字的规律性，十四行诗、悲喜剧、诗歌等文学体裁则是根据文本的内容和形式的规律来界定的，而新闻报道、实验报告、商务函电等非文学性体裁则是根据文本所传递的信息特征来描述的。新修辞学派在延续传统语类概念的基础上，对语类进行了更为深入的研究，将文本语言和其他方面的相似性与人类活动的规律性相互关联，从而将语篇类型中的规律性与语言的社会、文化意义紧密联系在一起。

斯威尔斯（Swales）所提出的语类定义，已被该学派广泛认可。语类是一类交际事件，这些事件所共享的交际目的是由语篇社区系统中的"专家级"成员所确认，从而形成了语类背后的逻辑支撑。这一逻辑框架勾勒出了语篇的结构，对内容和风格的选择产生了深远的影响和限制。除了交际目的之外，语类呈现出各种不同的变体形式，这些变体在结构、风格、内容和目标受众方面都呈现出高度的相似性。当某一种变体在多个方面都达到预期的水平时，语篇社区会将其确认为"原型语类"，而其他变体则是原型的具体体现。根据这一界定，修辞指的是在特定的社会情境中，为达到特定交际目的而使用的表现手法，它以书面和口头形式存在着。

2. 理论支撑

（1）修辞转型理论

20世纪，人类学家与社会学家常常根据人们使用语言的能力来界定和区分人类，正是语言能力中的修辞这一层面紧紧抓住了研究者的目光。时间来到20世纪中叶，肯尼斯·伯克（Kenneth Burke）的观点让人类行为研究者意识到修辞的重要作用，他认为人具有创造符号的能力，这是非常重要的。此外，他强调创造符号和劝说艺术之间的相关性，并认为语言符号所具备的说服力，是可以跟最纯粹的科学术语相媲美的。正是作为科学家和科学哲学家的库恩（Kuhn）的一些权威观点的提出，人们才意识到修辞的魔力。库恩认为，自然科学理论的建立，也是通过一定的修辞方式实现的。社会科学家发展了这些观点，极力阐释科学家是如何运用修辞手法来构建科学相关方面的学问的。修辞意念迅速引发研究者对语类的反思，尤其是站在知识构建角度的反思。

（2）社会建构理论

1980年后，社会建构主义作为一种巨大的哲学力量对写作研究与教学产生了一定的影响，其中最重要的代表就是哲学家理查德·罗蒂（Richard Rorty）及其学生肯尼斯·布鲁费奥（Kenneth Bruffeo）。罗蒂曾经勾画了描写人生的主要途径，那就是通过对特定社会背景下一切美好和正确事物的实际评价来建构意义。这一理论将知识定义为：为满足社会背景、需要和目的而建立起来的一切，知识通过语言呈现出来。布鲁费奥同样指出，包括现实世界在内的一切概念、观点和理论都被知识社区所确立和运用，从而确保了语言产物在社会和自然发展中的存在。不仅如此，文化人类学家克利福德·格尔茨（Clifford Geertz）指出，语言不仅会影响知识的建构，而且会影响人的认知、情感、动机、感知、想象和记忆等与社会直接相关的一切，而这一切对于知识社区和社会文化的强调都为语类的再界定奠定了坚实的基础。

（3）言语行为理论

言语行为理论同样对语类新定义产生不可估量的影响。哲学家认为，语言的作用不只是陈述事实，更重要的是还能够做事。对于具体能做哪些事，则是由那一时期的社会情境、交际双方的社会角色、相关权利决定的。据此，我们可以得到两点：其一，语言，特别是口头语，是可以做事的；其二，如果将语言看作行为方式，就需要考虑到说话时的背景，以及从当事人的角度出发来研究当时的语言行为。虽然语言行为理论本身无法解释纷繁复杂的社会现象，但是，语篇是一种具有巨大影响力的社会行为，它能够为语言行为理论和语类研究提供强大的支撑。

（二）系统功能语言学派

1. 语类的界定

系统功能语言学派的研究运用系统功能语言学的理论，研究的是如何提高语言教学水平。所以，他们将研究的重点放在语言符号、语言功能上。虽然研究的目的基本相同，但是在给语类做界定时，这一学派的学者从不同的研究角度出发，最终有两种定义上的界定。

研究者指出，语类是设定某一中心目标，并围绕它一步步展开的社会过程。他们认为，语类包括描绘和学习文本时会用到的各种元素，包括理解文本时所要掌握的所有语言内容。在研究中，他们更关注文本参与者的目的和他们给自己设定的目标。在过程中，重视文本步骤，他们认为这些步骤和文本使用者要完成社会任务的步骤是一致的。

据克雷斯（Kress）等学者的观点，语类虽然重要，但是只是整个文本结构的一部分而非全部。他指出，语类是一种手段，来分析在交际过程中语言的性质、体现以及功能。所以，在研究过程中，他对所要完成的目标不是十分看重，而将注意力放在文本所产生的社会情境的结构特征上，注重探索社会特征到底是怎样推动特定的语言形式诞生的，并且通过语言反映出这些特定的社会关系与社会结构。

2. 理论支撑

系统功能语言学派的研究以系统功能语言学作为研究的理论依据，它将语言的意义和运用它的社会情境都看作一个符号系统，两者互相包容、互相影响。语言意义即语言功能，是一个包含概念、人际、语篇三大元功能的体系，而这三大元功能在语言运用场景中的投影又分别反映了场所（语域）、人物（语旨）和方式（语式）三大变量，从而形成了一个社会符号体系，并与语义体系遥相呼应。

从语言内部考虑，它本身也是一种体系。在研究者看来，语言可分为两个层次，分别是内容和表达。其中，内容承担着释义和表述信息。英国语言学家韩礼德对以上理论进行了推进，他认为语义有句法语义和语篇语义之分，前者使语言中的观念、人际和语篇功能整合到语句或者较小单元中，后者使语句整合到较大单元——语篇中去。在理想境界中，语句与语篇之间存在着一种天然的转换，语篇内含语句并一起构成内容层面，而内容层面又与表达层面一起建构语言系统。

系统功能语言学着重探讨语言的社会功能和实现过程，也就是探讨其形式和意义的内在联系。

（三）语类研究对英美文学教学的启示

英语教学大纲规定，高等学校英语专业要培养英语语言基础扎实、文化知识广博，能熟练运用英语，在外事、教育、经贸、文化、科技、军事等部门担任翻译、教学、管理、科研等方面工作的复合型英语人才，要有扎实的基本功、广博的知识面、有关专业知识、较强的能力及较高的素质。为实现这一培养目标，必然要求在传统外语教材、课程设置、教学理念、教学方法和评估体系上进行改革，语类研究结果为这一领域提供了一种改革方法与路径。

从语类研究来看，人类读写能力不只是掌握了一套技巧、技能或者单一语法，人类读写能力更多地涉及掌握有关语言社区思想意识形态等方面。由此为制定大纲、编写教材指出方向。

语言教育尤其外语教育要为学习者提供具体语言社区具有影响力和代表性的语篇服务，让学习者能够尽可能多地接触和掌握今后工作、生活中将会遇到的语类，以满足其社会交往的现实需要。应加强对各类专业专门用途英语教学的研究。

在英美文学的具体教学过程中，教师应当有意识地运用基于语类分析的方法，以提高教学效果。比如，在剖析文本的过程中，始终将语言的规律性与产生文本的背景相互关联，引导学习者对语篇进行深入分析，揭示文本中社会、文化、思想意识形态和政治等多个方面的基础，同时探究这些因素之间的相互影响和相互作用。在教授和学习的过程中，逐步展开各种语言类型的交际、互文和分层特性。

在宏观方面，语类研究成果可以对外语教学进行指导，在微观技能的培训上，它有着同样的指导作用。比如，根据语类分析结果，可将其看作图式知识，以此来训练学习者的听读。国外的某项试验结果显示，在写作教学上运用语类分析法，可获得良好的教学成效。语类研究也可用于语言测试内容的设计，可起到良好的指导效用。

一般来说，语类研究成果更适用于高等外语教育，在基础外语教育中所起到的作用也是不容忽视的。每句话都可当作对特定语境的反映，是一种语言行为。初学者必须首先了解特定的语言形式和环境之间的联系，才会在练习过程中更加自如地运用目标语。

二、英美文学教学和文化语言学

（一）外语专业教学领域语言与文化研究的基本理论

传统教学模式将外语专业教学分为语音教学、语法教学和词汇教学，分类的依据是将语言理解为静态的知识体系（包括语音知识、语法知识和词汇知识），而非动态的运用。传统的外语技能方面的教学主要集中在听、说、读、写、译的训练，始终没能走出"语言"本身的框架。这种教学思想受到主流语言学思想的影响，无论是结构语言学，还是转换生成语法，都将语言研究的视域限定在"语言"自身。自从19世纪费尔迪南·德·索绪尔（Ferdinand de Saussure）开创了结构语言学以来，1928年在海牙召开的第一届国际语言学会议上出现的"布拉格音位学派"、20世纪40年代的"伦敦学派"、美国的"描写语言学派"成为现代语言学的主流。20世纪50年代，结构语言学思想在世界范围产生了重大影响，这种影响波及外语教学领域。由于结构主义重视对语言形式的研究，不重视语义的描写，对语言结构的分析脱离语言环境和意义，因此不能抓住语言结构的本质，这种偏重形式的分析方法给外语教学带来不利影响。20世纪60年代，艾弗拉姆·乔姆斯基（Avram Chomsky）提出，人类具有先天的语言习得机制，这种"语言能力"是本民族人民内化的语言知识体系，是人类能够掌握语言的关键，而语言运用是语言能力的具体表现。虽然乔姆斯基将解释语言现象确立为自己的研究目的，但对语言现象的解释仍是通过语言规则本身实现的，解释的过程不考虑语言外的因素，不考虑语言的实际运用。

随着当代语言学的发展,越来越多的外语教育工作者意识到传统外语教学模式的局限性,如果不把视野放在社会文化的广阔天地中,语言研究和语言教学是没有出路的。三个相关语言学科颇有建树:一是跨文化交际学,产生于美国;二是语言国情学,产生于苏联;三是文化语言学(狭义上的"文化语言学"),产生于中国。三个学科各有侧重,跨文化交际学侧重研究交际文化,语言国情学侧重研究词汇文化(后来的研究涉及语言的其他层面,以及语言的使用方面),文化语言学则侧重汉语同文化传统、民族心理和文化习俗的关系。虽然这三个学科有着各自的兴趣点和研究思路,但它们研究的对象是相同的,即研究语言和文化之间的关系。对于外语教学而言,跨文化交际学和语言国情学具有突出的理论价值和指导意义,提供了外语教学(主要是英语教学和俄语教学)的新思路,至今仍在教学实践领域发挥着重要的作用。

西方(以美国为主)对语言和文化关系的研究集中体现在跨文化交际学领域。跨文化交际研究始于 20 世纪四五十年代,由于当时美国政府意识到其驻外外交官员对所在国家文化知识的匮乏严重影响了他们的工作,决定对其进行岗前和在岗培训,希望他们在短期内掌握一些国外生活所需的生存技巧。跨文化交际学的创始人爱德华·霍尔(Edward Hall)在其著作《无声的语言》中首次使用了"跨文化交际"这一术语,并指出文化在人们社会生活中的重要性。霍尔等人有关跨文化交际的论述引起了当局的重视,并发挥了重要作用。他指出,文化是一种环境,人类思维和生活的方方面面,包括表达方式、思维方式、行为习惯、解决问题的方式、情感表达方式等,都受到文化的影响。根据跨文化交际学的理论,孩子在学习本民族语言的时候,就已经受到了本民族文化的熏陶,学习了语言中包含的文化内容和传统习惯。海姆斯(Hymes)在乔姆斯基之后说过,"语言能力"本身只是一种"语法能力",其关注的是人自身的语言心理因素,但是并没有考虑外在环境因素,如社会文化,语言的交际功能没有被挖掘出来。所以,重视语言的"交际能力"这一观点的提出,给跨文化交际教学带来了更为实用的分析框架。

在外语专业教学领域,首先是"交际能力"理论被提出,才有了"交际教学法"的产生,传统的教学法也因此受到一定程度的冲击。外语专业教师开始认识到,外语专业的教学目标之一,是要培养出不同语境和文化背景下具有交际能力的专业人才。所以，外语专业教学不仅要重视语言能力的学习，还要重视文化的学习。因为，只重视语言形式，而不重视语言的内涵，也就是对文化的学习，是学不好一门外语的。英美文化的教学对语言学习的重要性，应该得到教师的重视。同时，在进行文化教学的过程中，教师还要将更多的知识和语言学习技能融入其中，学习掌握这些知识和技能才能和国际友人进行无障碍的交流沟通。他们需要有意识或者无意识地理解当地的文化，并掌握其语言习惯和非语言交际行为。语言行为的本质是文化间的交流碰撞，交际能力的培养离不开文化交际。但是，在传统外语教学中，只重视培养学生的语言技能，排除母语对外语的干扰因素，却忽略了目标语背后文化因素的干扰。所以，在外语教学中，教师应该培养学生的两种能力——语言能力和交际能力。语言能力的培养包括对语音、词汇、语法、句型等的掌握，交际能力的培养指的是运用掌握的语言技能进行交流沟通的语用能力。外语能力中的交际能力主要体现在六个方面：听、说、读、写、译五种运用能力与文化素养能力（社会文化能力）。加强对学生社会文化能力的培养，是外语教学的一大进步。

（二）跨文化交际学的理论和实践

1. 跨文化交际学的理论基础

跨文化交际学与传播学颇有渊源，是它的一个分支。社会学家库尔利（Kurli）在20世纪初曾这样对"传播"进行界定：传播是人际关系成立的基础，也是它获得发展的动力。意思是说，传播是将精神转变为一种符号，经过空间运输和时间保存，使其能够通过时空限制得以流传。"传播学"作为独立的概念，最早被提出是在1945年发布的联合国教科文组织宪章中。直到1963年，传播学才作为独立的学科正式形成。对于传播学的研究，可以从多个角度切入，其中跨文化交际是一个较为重要的研究方向。传播包含两种意思，一是信息的分享，二是信息的传递，跨文化交际学中的"交际"与其所包含的意思基本相同。但是，二者研究的侧重点各异，跨文化交际学主要研究交流和文化背景之间的关系，以及文化对交际的影响作用，重点关注的是所处文化背景下不同的个体和群体之间，阻碍交际顺利进行的文化因素。跨文化交际学作为一门独立的学科，产生于20世纪70年代末。跨文化交际学综合了传播学、社会学、社会语言学和社会心理学等学科的有关理论，并与实践紧密结合，因此，跨文化交际学是一门交叉学科。

社会心理学中诸多理论和认知过程对跨文化交际学产生了巨大影响，如信息破译的过程、行为的知觉过程、言语社团理论、人际关系理论、领域与无领域依附感的认知理论等。在社会心理学中，有关人际关系的论述为跨文化交际学提供了独特的视角。人际关系不同于社会关系，属于认知心理学的范畴，是人们通过交际活动产生的结果，体现为心理距离。一般来说，文化、心理、社会、空间等因素都能够对人际关系的顺利进行造成影响。其中，文化因素指的是价值观、世界观和社会规范，在不同的社会文化中，人际关系的取向也是不同的。而这种人际取向，会体现在交际方式的不同，从而影响人际关系的形成。除此之外，影响人际关系形成的另一个重要因素是心理因素，包括交际者的认知、思维方式、性格、态度、能力等因素，这些因素赋予了交际主体的个性化特征，直接影响交际的进行。自然和空间环境同样影响了不同社会与文化氛围中人们的宏观认知背景，决定了不同文化中交际的潜台词。

2. 跨文化交际教学研究的主要方面

（1）跨文化交际的语用方面

在跨文化交际中，影响交际的因素除了语音、词汇和语法，还有人们说话方式的不同以及对语码的使用不同。在语用学领域，言语行为理论、会话含义理论、礼貌原则的提出使人们开始关注语言外因素对语言使用的制约。然而，在跨文化背景下，语言的使用规则会因文化和社会的不同存在差异，究其原因，不同文化存在不同的社会规范。研究这种差异对跨文化背景下的外语专业教学具有重要意义，可以帮助外语教师更加深刻地认识到，跨文化交际过程中文化准则和社会规范的错置（认为目标语文化的社会规范与本族语文化没有差别）会导致交际失败，从而产生较大的心理或社会距离。这对于引导学生克服典型的文化语用失误、顺利达成交际具有深刻的指导意义。

言语行为的语言表现形式会因文化的不同而产生差异，这些言语行为包括：称呼（forms of addressing）、道歉（apologize）、请求（request）、请求别人允许（asking for permission）、感谢语（gratitude）、同意或不同意（agreement or disagreement）、批准或不批准（approval or disapproval）、拒绝（refusal）、建议（suggestions）、劝告（advice）、警告（warning）、恭维（compliment）、邀请（invitation）、问候（greetings）、告别（partings）、电话语（telephone talk）、

介绍（introduction）、批评（criticism）、提供（offer）、否认（deny）、祝贺（congratulation）、说服（persuasion）、命令（command）、指导（directions）、教导（instructions）、推荐（recommendations）、报告（report）、威胁（threat）、禁止（prohibitions）。

文化环境不同，导致社会的语言规则也有所不同，如对于见面寒暄、请求帮助、道歉、表示感谢等言语行为，不同的文化环境下都有独特的话语规则。即便场景相同，行使的社会功能一样，它们实施的言语行为的语句也会大相径庭。

（2）跨文化交际的语篇方面

较早对跨文化交际与语篇结构的关系进行深入研究的是卡普兰（Kaplan）。卡普兰认为：中国人的思维方式是曲线式（indirection）的，类似一种涡轮线（gyre），叙述时一般不直奔主题，而是从其他内容开始语篇的陈述，迂回地指出语篇的主题和大意；英美人的思维方式是直线式（linear）的，段落中通常都有主题句，其后的内容是对主题句的充分展开，最后是对主要内容的总结；俄罗斯人的思维方式是文章中有一系列的猜想式的平行成分和一些并列成分，并且至少一半与句子的中心思想不相关；法国人和西班牙人的思维方式是在文章中穿插一些离题的句子；阿拉伯人的思维方式是用各种平行线（parallels）表示的；日本人的思维方式是点式（dots）的；等等。

英语语篇具有直线形特点，汉语等东方语言语篇则具有螺旋形特点；俄语语篇存在一些偏离主题的内容，但与典型的曲折型语言（罗曼语系，如法语、西班牙语等）语篇相比，在转题和分叉时更为自由。卡普兰曾用图示大致表示不同文化的思维方式（图3-1-1），有相当多的文化学者认为，这些图示基本上代表了不同文化语篇的不同建构特点。

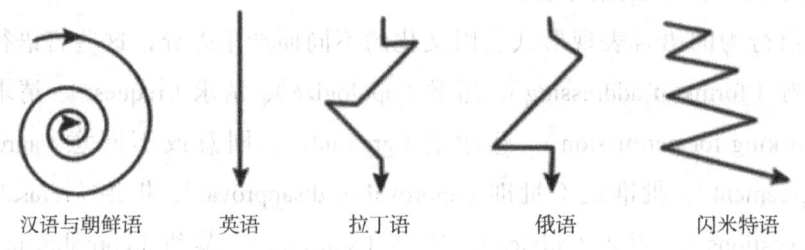

图3-1-1 语篇结构特点图示

3. 跨文化交际的教学应用

人们对语言的认识是一个不断深化的过程，在此过程中学者相继提出语言能力、交际能力、跨文化交际能力的概念，外语专业的教育目标越来越明确，现代外语教学中，将对学生跨文化交际能力的培养作为重要的教学目标。外语专业教学一方面让学生掌握语言技能，也就是掌握语法知识，并能生成合乎语法的句子，拥有一定的交际能力；另一方面，还要使学生在跨文化语境中，能够与人实现成功的交际。这就要求学生对异国文化有更深的了解，在外语专业教学中，通过英美文学课程的学习，学生可以更加了解西方文化，更好地进行跨文化交流。

对于语言交际应该具备哪些能力，卡纳尔（Canale）和斯温（Swain）总结了四个方面，为跨文化交际能力的分析提供了框架，包括语法能力、社会语言能力、语篇能力和策略能力。它们都是不可或缺的，在跨文化交际中的作用显而易见。

语法能力指的是，对语言技能，如词汇、语法、发音、拼写等规则和特征的掌握，是最基本的准确理解和表达句子含义的能力。语法能力也会受到文化的制约，但是显而易见，文化对其的影响显然低于其他方面对其的影响。

社会语言能力指的是，在不同语境中，恰到好处地理解和使用社交语言。从一定程度上来看，社交语言能力运用得如何，关键在于对目标语社会文化的习得程度。人们在进行交际时，语法失误是很容易被原谅的，但是文化失误却不容易取得对方谅解，所以，在英美文学教学中需要注意的是不要出现文化失误。

语篇能力指的是，将不同的语言形式和含义合理地组织在一起，形成前后连贯的篇章，可以是口头表达，也可以是书面表达。语篇能力往往以复杂的方式反映某一特定文化群体的习惯性思维方式，表达其固有的价值观。比如，卡普兰曾经提出，就语篇的组织结构来说，英语语篇呈现直线形结构，而汉语语篇更倾向于螺旋形结构。直线形文章结构指的是文章开头先阐述一个主题句，然后按照一条直线逐步展开，使用分点说明来展开主题，并强调中心意思。汉语中螺旋形篇章结构同传统的八股文结构密切相关，都具有委婉、间接、含蓄等特点。所以，在外语教学中，需要花费一定精力帮助学生摆脱母语语篇的干扰因素，避免使用汉语语法结构来学习英语，造成学生在用英语表达时不够突出重点，逻辑不清晰。

策略能力指的是，通过掌握并巧妙运用不同交际策略，处理并解决由于自身能力不足或外部环境限制而产生的交际难题和困境。不同于社会语言能力和语篇能力同文化的紧密联系，策略能力和文化之间关联不大，所以，策略能力的迁移是可以帮助更好地实现跨文化交际的。

一些学者提出，语言能力、语用能力、行为能力都是外语专业跨文化交际教育中必须让学生掌握的能力。其中，语言能力需要掌握四种技能，分别是语音、词汇、语法、语义；语用能力的培养具体包括提升学生的语境能力、语篇能力、社会语言学能力；行为能力则包括社交能力、非语言交际能力及文化适应能力三个方面。

也有另外一些学者提出，跨文化交际能力包括基本交际能力、情感和关系能力、情节能力和交际策略能力四个方面的系统能力。基本交际能力系统强调了交际个体需要具备语言、文化、交往和认知多方面的能力，以实现有效交流。在情感和关系能力系统中，移情作为重要的情感能力，是指以他人文化准则为标准，解释和评价他人行为的能力，而关系能力则强调交际双方形成共识和彼此适应的重要性。情节能力是指在交际过程中交际双方根据实际场景调节交际行为的能力。交际策略能力系统包括语码转换策略、近似语策略、合作策略和非言语策略等。

三、认知语言学对英美文学教学的作用

（一）认知语言学的基本概念

语言作为一种符号系统和交际手段在结构主义语言学和语用学的框架内得到全面研究，而语言同时还是心智的产物，有很多语言专家已经意识到，在语言和客观世界之间存在一种中间层次"认知"。人们通过心智活动将体验到的外界现实概念化并将其编码，形成语言。一方面，通过研究认知活动，特别是利用心理学家的研究成果，语言学家从人类的基本认知能力出发，通过人类在与外界现实相互作用的过程中形成的概念结构来分析、解释语言结构；另一方面，语言提供了通向认知的窗口，通过语言，可以看到人们的认知特点，探索认知能力的一般规律，从更深层次把握语言。鉴于这种将认知活动与语言相结合研究的优点，已有众多语言学家把目光投向了认知语言学体系的建立。由于认知语言学还处于初创阶段，缺乏整齐划一的分析模式，认知语言学只是由一些具有共同的基本学术观点和倾向的语言学家组成的一个较松散的语言学阵营，因此，它在探索范围和

研究手段方面较少受到束缚，具有更大的开放性。

认知语言学的诞生有两个重要标志：一是乔治·莱考夫（George Lakoff）于 1987 年出版了专著《女人、火与危险事物》，同年罗纳德·兰盖克（Ronald Langacker）又出版了专著《认知语法基础》，两部专著的问世为认知语言学的建立解决了一些基本的理论问题，为其今后的学科发展奠定了基础；二是 1989 年春，在德国杜伊斯堡举行的认知语言学专题讨论会，会后出版了《认知语言学》杂志，成立了国际认知语言学会（ICLA）并出版认知语言学研究系列丛书。该学派主要代表人物有莱考夫、兰盖克等。认知语言学派尽管人员研究兴趣各有不同，各自的研究自成体系，但对语言和语言研究本质的认识是一致的，可归纳为以下几点。

①语言外研究：语言是人类认知的一个重要领域，和其他认知领域的交汇表现在心理、文化、社会以及生态等各方面，想要发现它们之间的交互作用，需要进行跨学科研究。

②语言内研究：对语言进行解释和认知需要依照一些社会常识，不能机械地将语言从词汇、句法、语法、形态上进行划分，而是要寻找系统的对语言现象的研究和解释。

③对语言的理解：对语言进行统一的解释是把语言看作人类认知过程，是人类认知范畴化、概念化的结果；范畴化以广义的原型理论为基础，存在于语言的方方面面，范畴化过程主要依靠隐喻投射和转喻投射；概念形成根植于普遍的躯体经验，特别是空间经验，这一经验制约了人对心理世界的隐喻性构建。

（二）认知语言学的基本理论观点

由于认知语言学学派众多，且各派研究方法、侧重点都不相同，现就一些主要的观点加以总结。

1. 范畴化、概念化

范畴化问题是认知研究的中心论题，因为人们认知世界的过程，其实就是将其范畴化、概念化的过程。认知语言学的范畴化对应于思维过程的概念化，与数学等严格意义上的范畴化并不相同，后者内部同质、离散、边界清晰，成员由充分必要的条件界定。认知语言学家认为，自然语言中语义一旦形成，就等于语义被概念化了，而语义的概念化过程是基于我们躯体经验的概念化过程。语义是由概念实现的，所以语义本质上就是一种概念。

2. 原型观

在语言学中，范畴划分是一个概念形成的过程，它是通过寻找范畴成员之间的共同特征与家族相似性来建立的。这种方法被称为"原型观"。在范畴化过程中，原型被认为是至关重要的，因为它为实例的分类提供了一个良好且清晰的样本基础。通过将其他实例与原型进行对比，如果它们在某些属性上具有相似性，就可以将它们归入同一范畴。这些清晰、优秀的样本被称为"原型"，它们被用作非典型实例分类的参考点。通过将其与典型样本进行比较，形成了原型范畴。

3. 意象图式观

意象图式是构建概念范畴、组织思维和理解意义的重要手段，是认知结构的基础形式。隐喻是扩展意象图式的一种方式，当将一个概念投射到另一个概念上时，意象图式便起到了至关重要的作用。人们借助现实世界的躯体经验来形成基本意象图式，进而运用这些图式进行抽象的思考和语义组织。因此，意象图式在探究人类语义结构、概念系统和认知模式方面具有至关重要的作用。当人类进行理解和推理时，不同种类的形象和图像在脑海中交织在一起，构成了经验网络，也就是我们所说的语义网络。因为我们的理解和推理受到意象图式的规定和限制，所以我们可以从意象图式的角度来解析和描述语言中意义的形成。现代研究表明，认知语言学家对于利用意象图式及其隐喻的概念进行分析，能够简单而有效地解释语言中错综复杂的语义现象，特别是多义现象。

4. 隐喻观

隐喻观认为，通过将一个概念域映射到另一个概念域，人类可以使用认知和推理来理解隐藏在语言背后的抽象意义。这种跨域隐喻是建立在空间概念的基础上的。隐喻不仅仅存在于语言中，它是构建人类思维的基石之一。从隐喻的认知功能角度划分，可分为结构隐喻、方位隐喻和本体隐喻。一些隐喻语言已成为普遍的日常语言，人们已不自觉地用自己熟知的具体事物来思考、谈论抽象的事物，从而赋予其具体事物的特征，以达到系统地描述抽象世界的目的。由此可见，隐喻式的思维方式已成为人们赖以生存和认知世界的基本方式。

(三)认知语言学对英美文学教学的指导概述

1. 指导的可行性

威尔金斯（Wilkins）曾经说过，语言学同外语教学有四种关系，分别是提供见解、提供启示、应用与无法应用。

①提供见解：语言学告诉人们语言的本质问题以及学习语言的一般过程。这些见解和观点并非教学内容的一部分，但其有助于教师确立教学目标，以及告诉我们采取什么样的教学方法、教学技巧，怎样选择教学内容，教学内容如何安排先后顺序。所以，其在语言教学中起间接的作用。

②提供启示：在教学实践中，教师可以先学习语言学理论，了解语言学习的一般规律，再决定传授什么内容和如何传授这些内容。

③应用：将语言学的相关教学理论、教学概念在教学实践中直接使用。

④无法应用：指的是语言学中不能为教学提供启示与帮助的那部分内容。

这种观点较为全面和客观地揭示了语言学与外语教学的关系问题，为人们提供了衡量某种语言学能否应用于外语教学，以及能够在何种程度上应用于外语教学的标准。按照这个标准，认知语言学在三个层面均对外语教学产生作用。

第一，提供见解。认知语言学理论包含对语言本质的认识，能在宏观层面指导外语教学和外语学习。认知语言学强调语义的体验性，强调人类习得语言的过程与人类认知世界的过程没有实质的差别，人类对世界概念化的过程也是逐渐形成语言概念的过程。语言知识与百科知识是不能截然分开的，所有对语言形式的分析不可能离开对意义和概念的分析，任何认知规律的获取是以大量语言事实为基础的。反映到外语教学中，认知语言学指导下的外语教学应当以学生为中心，应当侧重语义理解，同时，认知语言学指导下的外语教学过程应当遵循人类普遍认知规律。

第二，提供启示。师生关系一直是教学的核心问题之一。现代外语教学中天平倾向了学生一端。到20世纪后期，人们放弃寻找"最好的""最有效的"教学方法的努力，转向对教学过程和学习过程的研究，把注意力放到学生身上，从重"教"转向重"学"。韦弗（Weaver）和科恩（Cohen）指出，在最近几十年间，语言教学的重点有明确转变，转向学生的个人需求，语言教师开始通过努力完成他们不同的语言学的、交际的、文化的目的来适应课堂上的学生,同时调整他们的教学以满足学生的不同语言教学需求。这就与"教师是主导,学生只能服从"的教学观形成鲜明对比。教学活动同时也是学习活动,学生是活动的主体,了解他们的认知特点、认知模式对英美文学教学大有裨益。认知语言学指导下的外语教学是以学生为中心的,而且侧重关注学生在学习外语时的认知模式,并检验认知语言学的既有理论模式是否对外语习得有实际的正面效应。由此而言,认知语言学对外语教学具有启示意义。

第三,直接应用。认知语言学中的一些分析方法、理论模式可以应用到英美文学教学中,为教学程序提供合理建议。例如,认知语言学中的基本层次范畴理论表明,最先被儿童习得的、词形较简单的、构词能力较强的词一般都是基本层次范畴词,在日常对话中使用频率较高,因而在外语学习和教学中应受到高度重视,应在编写教材、编纂词典和教学实施过程中置于优先地位。

2. 指导的基本原则

将认知语言学研究成果应用于英美文学教学实践,需要从不同视角进行观察、分析、总结并进行原则性阐述。学者提出,在外语教学中引入认知语言学理论必须遵循三个基本原则,这对现实英美文学教学提供了实际操作层面的指导,确立了理论应用于实践的标准。

(1)相关性

需要深入研究教学中出现的问题以及教学目标,特别要认识到语言学中与教学相关的理论,加深对教学方法的认知,将其和实际教学紧密联系起来,以此提高教学质量。移植的相关性越高,其效果、实用性和科学性都会相应增强。任何理论都有其适用范围,不恰当地搬用,只能是牵强附会,不可能深入教学实践的本质,也不可能触碰到真正的教学规律,也就不可能在实际中对英美文学教学实践有所帮助。比如,隐喻理论是关于意义理解的理论,其适用范围应当是解释教学过程中与语义相关的内容,用其指导学生的发音和语调显然是不切实际的。

(2)层次性

英美文学教学涵盖了广泛的领域,需要从多个角度进行研究,因此可以说这是一个复杂的系统性工程。将认知语言学移植到英美文学教学时,需要有针对性地选择教学研究的某个层次,而不是覆盖所有层次,以确保教学效果最大化。具体来说，教学内容通常包括语音、词汇和语法，或者说包括语法、语义和语用。不能排斥理论的多层次应用，有些理论，如概念化的原型理论，其适用面要广一些，可以指导词汇层面的教学，对语法层面的教学也有一定的启示作用，但试图用所有的认知语言学理论阐释所有层次的教学实践显然是徒劳的。

（3）适存性

移植到教学中的理论，应该和教学实践相结合，能够经得起实践的考验，从而实现教学理论和实践的持久发展。在教学过程中，适存性是非常需要重视的，它要求我们除去与教学实践不符的教学内容和理论，同时，还必须确保移植的认知语言学理论能够在实践中得到进一步发展，使其能够完全符合教学的需要，发展成系统的理论模式。对于同一教学问题，我们可以应用不同的理论，但必须确保这些理论彼此协调一致。

这三个原则的提出，对于人们在英美文学教学中恰当地运用认知语言学理论具有非同一般的指导意义。对于每一个试图引入英美文学教学的理论模式，都应当对照以上三个原则，只有符合这些原则才应被认为是有效的、可行的，才有可能切实指导教学实践。

第二节　英美文学教学现状与改革

一、英美文学教学现状

我国高校教育应注重对学生人文素质的培养，而英美文学作品所呈现出来的人文精神，恰恰能够满足这个教育目标。目前，我国高校教育中，无论是理工科还是文科，人文精神都比较缺乏，表现出来的问题是"五重五轻"，即过于注重理工科，对人文科学关注度低；过分重视专业课，对基础课程不够重视；注重理论，忽视实践；重视共性培养，忽略个性培养；总的来说就是，注重实际利益，忽视品质素养。受这种风气的影响，很多大学外语专业以实用性的课程，如商务英语、旅游英语、法律英语为主，甚至研究生院校也逐渐走向功利化，如开设两年制的翻译硕士专业学位（MTI），减少培养时间，并增加招生人数，以便获得规模效益。在这种风气下，英美文学教育备受冷落，几乎被边缘化。英语专业的一些学生忙着考中高级口译证书、商务英语资格证等各种英语资格证书，读研究生也热衷于选择MTI。许多人意识不到，这个时代知识更新飞快，但经典却永远流传。学生不断学习新知识是正确的选择，同时还必须有一定的经典文学素养。如同语文学习一样，我们让学生学习诗歌和文言文，目的是培养学生的审美意识和语感，让他们能更加深刻地领悟语言之美。英美文学的学习，虽然跟实用英语短期内获得技能无法相比，但是经过长期的阅读积累，它可以增加学生的词汇量与写作技能，在不知不觉中提高学生的审美能力、想象力、语言表达能力、文学素养和思考能力，以此来提高英语专业水平。所以，我们要将英美文学的学习重视起来，将其作为一门重要课程认真严肃地对待。目前，高校英语专业课程在教授英美文学方面还存在一些问题。

（一）教学模式较为单一

目前，许多高校的英美文学课程仍采用传统的教师单向讲授方式。教师缺乏互动能力，只是机械地念稿，无法与学生进行有效的交流。此外，除了进行课堂授课，还未能要求学生进行写作和研究，也未对学生的课外阅读进行充分检查和反馈。另外，在作业和考试之外，没有开展第二课堂活动等多元模式的教学，这方面的应用还有待加强。

（二）教学内容不够全面

在教学模式中，课程设置是至关重要的，它涉及教学内容的全面性。英美文学的教学内容主要包括英国、美国和爱尔兰等国家在不同历史时期的文学发展。虽然这些内容代表性较强，但普适性方面还有所不足。此外，需要在文体方面做出改进。比如，所选课文应有经典之作，易于读懂，但也要稍稍有难度以提高理解水平。以美国现代主义文学为例，我们将教学内容分为三大类别：现代主义诗歌、现代主义戏剧以及现代主义小说。教学内容选择"迷惘的一代"与海明威及其代表作品《永别了，武器》，"南方文学派"的代表威廉·福克纳及其作品《献给艾米丽的一朵玫瑰》，剧作家阿瑟·米勒（Arthur Miller）的《推销员之死》，罗伯特·弗罗斯特（Robert Frost）的诗歌《未选择的路》等，但缺少经典散文的教学内容。

英美文学课程在大学英语课程的布局中显得比较尴尬。"尴尬"可以从两个角度进行分析。第一，从教学内容的角度来看，英美文学教材的课文都是经典之作，但因为这些经典之作早已被学生初步了解，导致教学难度加大。换句话说，随着互联网普及和科技进步，大多数学生在进入大学之前就已经掌握了课程内容。尽管学生未能完全掌握课文内容以达到教学任务的标准，但这种模糊的理解已经成为他们对学习产生厌倦的潜在因素。第二，英美文学课程与其他课程的教学目标有相互重叠的情况。英美文学课程的主要目的在于提升学生英语的全面能力，这是其核心任务。然而，学生在实际需求与提升综合素质之间存在一种矛盾。现实是，学生对英语学习的要求需要迅速得到满足，尽管提高综合素质也可以解决这个问题，但需要更多的时间。由于这种矛盾的存在，英美文学课程和其他课程之间出现了不协调之处，这种不协调表现在课程体系中。比如，通过口语课程进行专门训练，在短时间内，学生就能掌握同外国人交流的一般能力。就教学的快速成效而言，远超英美文学课程。正因为如此"快速"，英美文学在课程结构中的尴尬地位越发凸显。

历年来，英美文学教学一直奉行的是"文学史+文学作品阅读"的教学方式。但是，随着教育的发展，学者普遍认为需要将文学批评的内容也融入英美文学课程中，以实现教学的多元化。这种教育改革使得英美文学课程结构，由文学史、文学作品和文学批评三个维度相互交织组成，变得更为复杂。随着人类社会的不断发展，外国文学史的范围不断扩展，涌现出不同的作品。因此，英美文学课程需及时补充最新的研究成果以及能反映近现代社会精神的经典作品。由此，英美文学课程原先的内容设置已经不能满足发展中的知识体系需求，它的内涵要更加丰富。所以，教师们都提出增加英美文学课时的建议。提议每周课时由原来的两个课时增加到四个课时，总学分增加到二十分左右，课程开设不低于三个学期。虽然这种方法直接且方便，但不太实际。当今社会要求高校不断开发新课程，英美文学作为必修课程的地位已大幅下降。增加课时并延长教学时间是不可能的。即使勉为其难地实现，也会引发其他相应的问题。

有些高校已经意识到需要改变现状，开始调整课程的设置。比如，传统的"文学史"和"文学作品阅读"相结合的模式被打破，要求学生多"读"，鼓励学生阅读完整的英文原著；还有一些学校，在学生入学阶段就开设预备课程，介绍英美文学常识和文学史，并教授学生阅读难度适中的外国经典文学作品，以便使学生能够循序渐进地进入更高阶段的英美文学学习。事实证明，将"以文学作品为中心的英美文学课程"应用于教学，能够帮助学生充分地阅读文学作品，节省了传统意义上被动接受教师"复述文学史"的时间。这种教学方法的好处是：一方面让学生直接感受英语的精彩纷呈，以及作品中的精神内涵；另一方面，采用"英美文学教学的起点放低"的策略，实际上也遵循了知识传输"由浅入深"的原则，以避免学生到高年级时突然面对英美文学课程而感到不适。

以上两种改革方法旨在将英美文学的内容分解为更小的部分，采用"分而治之"的策略，以期获得更好的教学效果。与此类似，范谊教授提出的改革思路——"目标内涵和层次定位"，也是通过开发全国统编教材和教参，并将英美文学教学渗透到"综合英语"和"阅读"等课程中，以提升英语专业本科生英美文学教学的层次和质量。基于上述改革路径，笔者与不同的专家学者经过讨论，提出以下改革方法。

转换思考方式，在编写低年级的英美文学教材时，应参考范谊教授的教学思路，教学目标可以是提高学生语言技能，增加学生对英美文学知识的储备。教学内容选取上，更多地将一些短篇经典文学作品或者长篇节选放在《基础英语》教材中。在"精读"课程中，教师可讲授一些合适的方法，帮助学生提高阅读技能，掌握鉴赏方法。《英语国家概况》教材应多选取不同作家的作品，以期扩大学生的认知面，增加他们的文学常识；在《语法》教材中，适当地加入一些文学语法的讲授，使学生了解不同历史时期文学作品的语言风格特点；在"泛读"课程中，指导学生涉猎各种题材的作品，如小说、诗歌、戏剧等，增加阅读量，并组织学生撰写读书报告，对所读内容进行深入思考和探究；"翻译"课程为了提高学生的翻译能力，增强学生对文学语言的理解和领悟，在课堂上安排学生翻译一些经典文学选段；在"视听说"课程中，可多播放经典影视作品，组织学生提前了解作品的背景知识，观看结束后要求学生写出自己的感受。此课程设置的目的在于提高学生的语言综合能力，包括听、说、读、写和翻译，并通过文学知识和文本分析等措施，让学生全方位地感受文学作品的魅力，为其日后学习英美文学课程打下坚实基础。

对于高年级学生而言，英美文学课程应该被看作一个既独立又相互关联的系统，而不是一个庞大的集合体。虽然一些专家强调英美文学课程"读"的方面，但在英语专业中也不可忽视"史"的重要性，因为它是英语专业学生接触英语语言环境的基础。通过对英美文学发展的宏观把握，学生可以系统地了解英美文化的渊源。

由于文学史的时间跨度较长，线索连续性较为突出，相互之间也存在呼应的关系。因此，将文学史列为必修课，作为英美文学教学的主要课程是最为适宜的选择。根据国别、文学类型和时期等不同思路，可以对具体的文学作品进行分类；此外，各学院根据自身师资和教学条件，可以开设不同形式的选修课程。虽然文学评论课在英美文学的教学中非常重要，但没有必要被设置为必修课。对于想要写文学毕业论文或考取英美文学研究生的学生而言，他们应该清楚这门课程对他们具有极其重要的指导作用。在当今人才市场需求多样化的背景下，教育从业者需要认识到，我们的目标并非将所有学生培养成英美文学领域的专家。除了那些打算以后从事英美文学研究的学生，其他学生在选课时应该充分考虑自己的兴趣、需求和目标，科学地规划自己的课程安排，以确保拥有完备的文学知识。

（三）缺乏教学实践环节

在具体教学过程中，缺乏针对性的作品解读练习，常常只是泛泛地通过一些活动展示学生的表演技巧。在英语专业教学中，几乎每学期都有第二课堂活动，活动内容之一是安排学生表演经典戏剧作品，如莎士比亚、萧伯纳和王尔德的剧作。为了简化和压缩剧本，教师会选取经典章节，并为学生租借服装，准备道具。虽然这种活动让学生感到非常有趣，但他们缺乏对作品的深入了解，表演也往往只停留在表面形式上。此外，这类活动只局限于戏剧文体，未能体现其他文体。因此，在教学实践方面进行探索是非常有必要的。特别是在以理工类专业为主的院校中，外语专业相对来说发展较弱，生源质量参差不齐，有些学生英语基础较为薄弱。所以，英语专业教学，特别是英美文学教学方面的阻碍还很多，再加上这门课程的教学技巧同基础的听、说、读、写、译，在教学方式上有差异，更需要从不同方面进行教学方法的探索。

（四）学生对英美文学课程学习兴趣和积极性较低

经济全球化的同时，文化的全球化格局也基本形成。外来文化冲击、破坏本国传统文化，几乎成为全球性问题。由于文学在现代社会中的地位逐渐被边缘化，英语专业的学生对英美文学难以产生学习的兴趣；另外，严峻的就业形势导致学生更注重专业技能的学习，更倾向于选择那些与市场需求密切相关的课程，如旅游英语、商务英语以及法律英语等。种种原因导致英美文学课程并不被认可，甚至出现形同虚设的尴尬局面。

二、英美文学课程改革的建议

（一）加强英美文学学科建设与发展

第一，建立完备的领导组织。英美文学学科建设的重要作用是培养人才。我国英美文学学科的人才队伍建设存在一些问题，主要表现在以下方面：高级人才数量不足，高校缺乏顶尖人才，政策和机制方面制约了高级人才的发掘和发挥作用。这些问题导致高校学科的发展缓慢，学术研究水平较低。我们需要对高校工作机制进行改革和完善，建立更有效的科技创新机制，同时创造符合高层次人才需求的良好制度环境。此外，需要提升年轻教师的素质。高质量的高校专业教师队伍难以建立，主要因素之一是青年教师在知识方面存在缺陷。解决这一问题有多种途径，如创造条件提高青年教师的业务水平，包括各种形式的培训、出国进修、脱产或者在职继续攻读学位等。

第二，做好规划。英美文学学科需要建立一个梯队，这个梯队包括学科带头人、骨干教师和青年教师三个层次。在这个梯队中，学科带头人是领军人物，是学科研究权威，不仅拥有丰富的教学经验，而且深谙新课程改革进展，带领团队不断进步，是学科建设的核心人物。对于一个梯队来说，学科带头人所起到的传承、引领作用是十分重要的。英美文学学科建设的核心力量是广大骨干教师和学者，他们是梯队的中流砥柱，具备卓越的理论素养、高尚的师德、敏锐的思维，同时又具备极强的专业能力。他们充满创新精神，是新人培养和引领的主力军。此外，一个优秀、成熟的学科团队必须纳入一定比例的年轻教师。这些年轻教师是学科建设的宝贵资源，因其充满活力、思维敏捷、积极向上的特点，对于学科的进步有着至关重要的作用。而这些教师的素质和潜能的发展情况，跟学科队伍未来的发展关系重大。

第三，建立明确的任务和目标。英美文学学科建设的目标是培养一个素质高、知识体系全面的教师团队，他们将为国家培养具备全面发展潜力的优秀学生，作为未来社会发展的中流砥柱。在教育事业中，教师的作用至关重要。他们能否充分发挥作用，直接决定了所培养的人才是否能够身心健康、德智体美劳全面发展，能否符合社会需求。除了要有扎实的英语语言教学基础之外，英美文学教师还需要具备个性化教学的技能。这需要教师充分利用他们的多种素养。为了让学生更好地掌握系统的科学文化知识，教师应该有计划、有组织地引导他们。在课堂中，教师善于捕捉学生的兴趣和个性，有针对性地采用适合他们的教学方法，以便激发学生的学习兴趣，使他们更好地发挥创造潜能。另外，教师还要善于挖掘自身长处，在教学中运用特长，充分发挥自己的优势，并激发对工作的热情。为了提高教学质量，教师必须具备丰富的学科知识，及时掌握最新的教育观念，使自己行走在学科前沿，积极学习最新的教学研究成果，将其运用到教学实践中，以提高教学成效。

第四，深入开展科学研究工作。科研和学科的关系十分密切，互相促进。科研的进步能够促进学科发展，同样，学科建设发展能促进科研水平的提高。有人说教学和科研并不能实现同步，但我们应该坚持将二者有机地结合，以互相支持、相互促进的方式实现共赢。不仅需要分层次地进行教学，还应该分层次地进行科学研究，并且通过科学研究来推动教学改进。教师应该运用自己的学术兴趣与研究方向，来鼓舞学生的求知欲望和思考能力，不仅仅教授知识，更要引导学生探索、掌握新知识。

（二）提高教师的专业素养和专业水平

在普通高校中，专门教授英美文学的教师不多，只有少数教师拥有博士学位。青年教师长期在教学的第一线，是教学主力军，但是他们的文学素养和积累都不足，教学水准还有很大进步空间。在授课过程中，授课方式比较单一，以文本翻译为主，对学生文学鉴赏能力的培养较为缺乏，这是教师专业水平不足导致的。在文学批评课和指导学生课外拓展训练方面，具备这种能力的教师也比较少，可见教师自身的专业素质亟须提高，因为只有提高教师的专业素质，教学质量才能相应提高。所以，学校应该积极推崇中青年教师拓展提升自我，尽最大努力增加他们的学习机会，鼓励他们加强和同类专业学校之间的教学交流。另外，高校还应引进科研和教学成果显著的学科带头人,依靠他们的学术能力和领导力,带领中青年教师不断进步。教师应该不断提升自我学习能力,经常更新自身的专业知识积累,时常关注本专业的最新研究成果,潜心做好文本研究,做好课堂教学技巧研究,努力激发学生学习本门课程的兴趣。

(三)加强学生读写研一体化训练

除去课堂学习,每个学生每学期至少需要做一次阅读成果汇报,汇报的主题和方向,可根据教材的内容自行决定。就拿美国现代主义文学这一章做例子来加以说明,学生可在探讨现代主义文学时,选择研究不同的流派,对英美两国现代主义文学的特点进行比较,并在汇报展示中呈现出来。掌握了这一章节的教学内容之后,学生对20世纪初期至中叶美国现代主义文学的了解将会更为深入。在理解该时期文学发展水平的基础上,也会了解其历史和社会背景,并对其对之后美国文学发展的影响有更为深刻的认识。除了课堂上的学习,学生还应该在课外阅读经典名著,根据本年级推荐书单进行选择,每个月需要完成一本书的阅读,并写一篇读书报告以展示阅读进度。为了提高学生对文学名著的掌握程度,高校外语院系通常会举办阅读技能训练活动。该活动要求学生以小组为单位,在一个月的时间内阅读指定书目,并在教师的指导下完成读书报告以及进行一次集体汇报展示。举例来说,针对大一年级第二学期的阅读技能训练要求,学生应该阅读《德伯家的苔丝》和《老人与海》这两本书。完成阅读后,指导教师将以小组为单位,协助学生选定展示主题和内容。可以从人物分析、写作技巧、意象剖析、主题研究等多个角度来展示。展示完毕,所有学生需要提交和读书有关的报告。进行阅读技能训练有助于为学生日后写毕业论文打下基础。

(四)加强运用现代化的教学手段

在英美文学教学中,长期以来一直采用传统的教学方法,主要以灌输知识为主。课堂上,教师将所掌握的知识传授给学生,画出重要的知识点要求学生记忆。由于这样的授课方式通常是以教师为中心的,因此课堂氛围十分单调,效率也不够高,难以有效地引导学生进行文学欣赏和思考。因为时间有限,学生只能接触片段式的文本,没有更多的时间阅读原著,所以必须考虑引进现代化教育方式。通过在课堂上播放电影、戏剧、歌曲等音视频文件,调动学生的学习积极性,激发学生之间的互动，从而提升授课成效。举例说明，在英美文学选读这门课程中，学生将读到萧伯纳的著名戏剧《皮格马利翁》（又译《卖花女》）中的某些部分，其中课程的重点是语言学家希金斯（Higgins）成功调教卖花女伊莉莎（Eliza）并带她参加大使馆晚宴的情节。如果学生没有一口气读完这部作品，他们就很难感同身受，也不容易理解伊莉莎是如何从卑微的卖花女蜕变成一位彬彬有礼的上层社会女士的，还有希金斯如何逐步引导她并最终帮助她获得成功。1964年，《皮格马利翁》被拍成了电影《窈窕淑女》，由奥黛丽·赫本（Audrey Hepburn）主演。这部电影一举荣获当年奥斯卡金像奖的八项大奖，成为一部备受赞誉的影片。在课堂上播放电影中一些经典片段，例如展示希金斯如何培训伊莉莎的语音，能够给学生留下深刻记忆。此举也可以帮助学生模仿希金斯的发音技巧，并且让学生更了解英国上流社会的发音方式。通过观看影片，学生学习课文会更加自如。

（五）优化课程设置，创新教学方式

目前，高校英语专业的英美文学课程，只有在高年级才会开设。这使得英美文学的教学地位相当尴尬，很难充分培养学生的人文素养。因此，我们需要优化课程设置，创新教学方式，以更好地培养学生的综合素质。根据这种情况，笔者建议，可以试着从学生一入学就开设一些简单的英美文学赏析课，先让学生对英美文学有一个简单的了解，为高年级的学习打下一定的基础。另外，教师还可以根据该学科的特点重新整理教学内容，不一定完全依赖教材。有需要的话，可以考虑摒弃传统的平均分配教学模式，将教学的重点转移到更具影响力的文学作品上，指导学生精读文本。对于一些相对来说成就较小、年代久远的作者，了解一二即可。采用自主讲解的方式进行教学，采用合适的教学方式，做到讲课重点突出，内容精简、优化，从而提高课堂讲授效果。

（六）积极培养学生的跨文化意识

在英美文学的教学中，要积极地发掘学生的跨文化认知能力，这项任务非常关键，因为它可以为学生未来的终身学习打下坚实的基础。在学习英美文学时，培养跨文化意识可以大大提高学生的阅读能力和对作品内涵的准确理解，同时对英语语言学习也有很大帮助。在实际教学中，教师可以运用现代化的多媒体技术和手段，为学生提供课件形式的学习资料。这样可以有效地增强学生的跨文化意识，并使他们更加深入地了解现代英美文化的内涵。我们可以在课件中添加图画、声音等元素，也可以采用大纲和图表的形式，介绍文学流派和作者、作品。通过分析影视作品和录像资料，学生可以深刻地领略现代英美文学作品的魅力。在实际教学中，增强学生的阅读能力也被视作最有效的方法之一，以此来促进培养学生的跨文化意识。教师可以为学生设定一些文学作品和材料的阅读任务，要求在特定的时间内完成阅读并参加讨论。通过讨论、分享自己的感受和认识，帮助学生提高阅读和作品鉴赏能力。

（七）及时补充、更新教材内容，增加教材趣味性

因为教材更新不及时，传统的英美文学课程已经落后于时代的发展。为了让教材更有趣味性，需要及时补充、更新教材内容。对于英美文学课程教学来说，教材是最重要的教学资源，这是所有专业教师的共识。然而，时代在进步，特别是随着网络的普及，学生有了更多的途径获取知识和内容，传统的教材已经不再具备吸引学生的魅力。尤其是在很多英美文学经典作品已经被改编成电影和电视剧的情况下，学生在还没有学习之前，对作品内容已经比较熟悉。因此，教材内容无法激起学生的学习兴趣，这是毋庸置疑的。对于一些陈旧的教材内容，英美文学教师可根据时代的发展要求，补充一些新颖的内容将其替换，以此重新引起学生对英美文学课程的兴趣。在编写校本教材时，我们不仅可以挑选新颖的学习材料，还可将备受学生关注或存在强烈争议的作品选入教材中。当然，编写英美文学教材并非单纯挑选新颖内容那样简单。我们需要根据当代的趋势和学生的实际情况，设计一些能够激发学生学习热情、提高他们的英语能力和文学素养的习题。在编写英美文学课程校本教材时，有一个重要的原则，那就是通过回顾历史知识来学习新知识。

（八）更新教师教学理念，拓展学生学习途径

更新教师的教学理念，以开拓学生学习英美文学的新途径。当然，所谓的"新途径"不仅是指在英美文学课堂上采用新的教学策略和方法，设计更有趣的巩固习题，还应该包含在不同媒介下学习英美文学，如不同版本的教材、不同表现形式的学习资料，尤其是将电影和教材相结合，或许更能激发学生的学习兴

趣。例如，学习《老人与海》时，引导学生阅读原文，并观看影片，鼓励他们从不同视角进行分享和评价。阅读英美文学作品不仅可以帮助学生学习语言，还可以帮助他们理解小说人物。当学生形成自己的见解时，更能激发学习兴趣和提高语言运用能力。难道不是通过理解和思考背后的文化知识，我们才能得出独到见解吗？

第三节　英美文学教学中的文化问题

一、文化教学与文化英语专业教学

（一）文化教学的概述

1. 文化教学的定义

文化教学是指在高校英语专业教学中，将某个国家的国情、文化背景、文化知识等融入语言教学的一种教学方式。这里所说的文化教学并不是一个狭隘的概念，不仅包含传授与语言教学和实践相关的文化知识，还包含对两种文化的异同点进行研究，努力培养学生处理语言中文化差异的敏感性，从而提高学生的跨文化交际能力。

2. 文化教学的内容

传统的文化教学主要是指教授目标语国家的地理、历史、国家机构、文学艺术以及影响理解文学作品的背景知识。随着社会科学以及人类学和社会学的发展，语言学家及教学专家开始意识到，了解和分析一个民族的居住环境、生活方式以及他们的思想、行为对学习该民族的语言十分重要。高校英语专业教学不仅要介绍语言知识并进行"四会"技能训练，更应该把这种学习与训练放到文化教学的大背景中进行，最终使学生具有语用能力。强调语言形式和内部结构的结构主义教学，割裂了语言形式与语言意义及功能的联系。用这种方法教出的学生也许很会做专门测试语法形式、结构的试题，但往往会因缺乏运用语言进行交际的能力（包括读、写的能力）而出现交际失误，最终无法实现学习外语的真正目的。

文化知识主要涵盖了三个层面。第一，英语国家文化，包括交际中的体态语、称谓语、问候语和告别语，饮食习俗、地理位置、气候特点、历史及人际交往习俗，表达赞扬、请求、致歉并能做出恰当的反应。第二，本民族文化，包括关注中外文化异同，加深对中国文化的理解，初步用英语介绍祖国的主要节日和典型的文化习俗。第三，世界文化，包括了解世界上主要的文娱和体育活动、主要的节假日及庆祝方式等。在了解一定语言文化知识的基础上，教师应该根据学生的年龄特点和认知能力引导学生逐步发展跨文化交际的语用能力，如语言的正确选择和使用、跨文化交际策略的掌握。

3. 文化教学的意义

（1）文化教学有利于拓宽学生文化视野和培养文化意识

文化教学是高校英语专业教学的重要内容和主要方法，可以优化学生的知识结构和能力结构，提高学生的社会文化领悟力，激发学生的学习兴趣。在教学中渗透文化知识，可以大大激发学生学习语言的兴趣。教师可以通过发现、挖掘、拓展教材中的文化知识内容，使学生获得与书本相关的文化知识和拓展知识。教师也可以通过与教材主题相关的文化背景知识介绍，让学生了解多元的语言文化背景。文化教学中文化知识的传授在激发学生学习兴趣的同时，有利于开阔学生的文化视野。当具备足够的文化知识储备后，学生会逐步提高对文化的敏感度和学习文化知识的积极性。

（2）文化教学有利于学生了解中外文化的异同和提高文化理解力

在文化知识的传授过程中，文化教学通过文化比较的方法呈现中外文化。学生在中外文化异同的比较中既能感受到文化的多样性，也能提高对文化的理解力，做到对不同的文化兼容并蓄。

（3）文化教学有利于培养学生的跨文化交际能力

跨文化交际能力是国与国之间交流的重要桥梁。在文化教学中，教师应根据学生的语言水平、认知能力和生活经验创设尽可能真实的跨文化交际情景，让学生在体验跨文化交际的过程中逐步形成跨文化交际能力。

（4）文化教学有利于提高语言理解能力

文化教学关注语言和语用中的文化因素，有利于提高学生的语言综合应用能力，有助于学生避免在跨文化交际中因文化误解和言语失误而导致的交际失误。

（二）文化英语专业教学的概述

1. 文化英语专业教学的定义

具体而言，文化英语专业的教学涉及两个不同层面的授课内容。在表层语言教学上，我们需要采用传统意义上的英语词汇、语法和语篇等方面的教学方法。当下，这种教学方法是英语专业教学的主流，但是，它仅仅关注的是表面现象，不涉及英语专业教学的核心，即深入挖掘词汇背后所蕴含的深刻文化内涵。由于语言教学和文化教学之间的紧密联系，因此，表层语言教学在文化教学中扮演着不可或缺的角色。在另一个层面上，我们需要进行更深层次的文化教学，以便对英语国家的文化价值观念和体系进行深入分析，全面了解英语国家人民的思维方式，从而更好地了解英语国家人民的行为模式，以实现成功的交际。

2. 文化英语专业教学存在的问题

（1）英语多元文化教学意识有待加强

文化英语专业教学在传统意义上主要聚焦于英美主流文化，而忽视了英语非母语国家的文化教育。随着全球化的推进，英语的国际化和本土化趋势不断加强，作为一种全球通用语言，英语在全球范围内得到了重新构建和本土化推广。因此，在进行文化英语专业教学时，教师需要拓宽自己的国际视野和增强全球意识，拓展文化涉及范围，关注英语非母语国家的文化，如新加坡、印度等，而不是仅仅局限于以英语为母语国家的文化教学。

（2）学生英语文化学习态度有待端正

当前，对英语文化的学习在学生中存在着两种截然不同的态度：一种是重视程度不够，没有意识到英语文化的重要性，缺乏主动学习英语文化知识的动力和兴趣；另一种是对英语文化的学习存在一种盲目的西化倾向，即认为西方文化是一种优秀的、先进的文化，缺乏对英语文化的鉴别和接纳，盲目崇拜和盲目学习。这两种英语文化的学习态度均存在缺陷，迫切需要教师进行纠正。

（3）英语文化与母语文化比重有待均衡

英语专业教学的目的是提高学生的跨文化交际能力。跨文化交际是双向交流的过程，而不是单向的英语文化的导入，教师既要注重英语文化的导入，又要注重母语文化的传承，实现双语文化的交流。而传统英语专业教学聚焦于对英语文化的单向导入，相对弱化了母语文化与英语文化平等、双向乃至多元文化的交流。众所周知，文化是一个民族赖以生存和延续的基础，是一个民族屹立于世界民族之林的独特身份象征。因此，开展文化教学是进行英语文化与母语文化双向乃至多向之间的交流碰撞。由此可见，顺应文化多元化趋势、加强母语文化比重、促进英语文化与母语文化的交流势在必行。

3.增加文化英语专业教学的途径

（1）拓宽国际视野，加强英语多元文化教学

英语作为国际通用语言被赋予了新的时代特征，已经不仅仅属于任何一个国家或民族。英语作为一种国际交流的工具，在使用的过程中逐渐被各个国家或民族赋予本土化的特征，并形成了各种英语变体，使得英语的人文性更加突出。教师当下要注意的就是在进行英语专业文化教学时拓宽自己的全球视野，不仅重视以英语为母语国家的文化，也要逐渐加强对英语非母语国家的文化的了解，提升学生对于多种英语文化的敏感度，加强学生对各种英语文化的辨析能力，洞察中西文化的异同，提升自身对于英语多元文化的包容能力。

（2）完善价值观，端正学生英语文化学习态度

针对学生出现的英语文化意识薄弱以及全盘西化的学习态度，教师有必要纠正学生片面的学习态度。首先，让学生树立面对不同文化时的选择、批判意识。面对不同于本民族文化的英语文化时，应树立一种批判意识，取其精华，去其糟粕，不敌视也不全盘吸收。其次，增强学生对不同文化的交流、融合能力。面对异域文化，不能仅停留在表层理解阶段，还要洞悉英语文化与母语文化的异同，实现两种文化的交流、交锋与融合。要增强自身的民族文化自信，以平等的态度对待中西文化，对英语文化有认同、有吸收、有质疑、有批判，与英语文化进行平等的对话交流。最后，培养学生正确的价值观，提升学生对于多元文化的吸收、包容、借鉴、批判、创新能力，最终使学生以自信的态度与异域文化展开交流。

（3）加强英语文化本土化教学

将本民族的文化传统向外延伸并与其他多元文化相融合是当今社会全球化进程的一个显著特点。如果过多甚至过分地强调英语文化成为文化教学的全部内容，全然抛弃母语文化，就会导致我国在国际交往中丧失自身的文化身份，不利于学

生形成平等的文化价值观，使跨文化交际过分依赖对方文化而导致跨文化交际的失误甚至失败。

因此，针对英语专业的文化教学，既不能采取激进的全盘西化教学，也不能仅采取保守主义的态度教学，而应采取批判、吸收、再创新的态度教学。对于英语文化要批判、借鉴、再创新，形成具有中国特色的英语专业教学。利用英语的工具性特征，提升中华优秀传统文化的英语表达水平，以积极的心态、自信的文化态度促进中华文化走向世界，促进国际视野中的中国经典文化与英语文化的平等交流，真正提高学生的跨文化交际能力。

二、英美文学阅读与赏析中的文化问题

（一）英美文学阅读的定义

英语文学阅读是英语阅读的一个重要组成部分，而英语阅读是整个英语教学的基础，有着不可替代的重要性，属于英语学习中的基础工程。文化问题是文学作品阅读乃至整个英语阅读的重点和难点，但又常常被人们忽视。在阅读过程中起作用的，一是语言因素，二是非语言因素。我国在训练外语阅读能力过程中的一个偏向是把二者混淆，甚至用前者代替后者，于是出现一种逐句分析语法结构的阅读训练方法。这里的"非语言因素"就是文化因素。文化问题在英语文学阅读中尤为重要，因为文学作品包罗万象，即关于社会生活的各个侧面、人类文化的各个侧面的描述应有尽有。如果对西方文化知识知之甚少或一无所知，那么英语文学阅读就会寸步难行，阅读中的交流就会中断，甚至出现误读原文语篇，达不到交际目的的状况。

（二）英美文学阅读与赏析中存在的文化问题

特定的语言总是与特定的文化相关联。语言是相关文化，特别是文学的关键。各种语言本身只能在交织蕴藏语言的文化背景中才能被充分认识：语言和文化总是被一起研究的。语言与文化的关系如此密切，以至于在两种不同的文化中很难找到文化内涵完全相同的词语，所以学习外语必须了解目标语的文化，即所谓的"To be bilingual, one must be bicultural"（要成为双语者，必须通晓双方文化）。仅仅掌握语音、语法、词汇以及具有相应的听、说、读、写、译的能力，还不能

保证学生能深入、灵活、有效和得体地表达思想，具有跨文化交际能力。由此可见，文化问题至关重要，所以美国外语教学协会列入外语交际能力的内容不仅包括四种语言能力（听、说、读、写），而且包括社会文化能力。

文化是一个民族在特定的历史阶段知识、经验、价值、态度、等级观念、宗教等的总和。文化具有继承性、持久性和渗透性。每个民族由于不同的地理位置、自然环境、宗教信仰、生活习俗和历史传统而形成不同于其他民族的文化，独特的文化必然反映并沉淀在该民族的语言中，成为该民族不可分割的一部分。

但是，文化不仅隶属于民族和时代，而且可以超越民族和时代。文化中核心的价值判断和审美情趣等会一代代传下去。另外，随着各民族文化交往的逐步加深，不同文化还会互相影响，互相促进。每一种文化中普遍的东西还会跨越自己的文化，成为全人类的共同财富。在跨文化交际过程中，文化信息如价值判断、思维模式必然会通过语言或隐或显地表露、传达出来。如果学生对西方文化没有深入的了解，就不可能真正领会英语所要传达的文化信息，有时甚至会曲解原意，不能与源语文化进行沟通与交流。

英国语言学家杰弗里·利奇（Geoffrey Leech）把词义置于社会文化的广阔背景下，围绕词义的交际功能，进行了详尽的分类研究。他认为，词义可分为以下七种类型。①理性意义：关于逻辑、认识或外延内容的意义；②内涵意义：通过语言所指的事物来传递的意义；③社会意义：关于语言运用的社会环境的意义；④情感意义：关于讲话人或写文章的人的情感和态度的意义；⑤反映意义：通过与同一个词语的另一种意义的联想来传递的意义；⑥搭配意义：通过经常与另一个词语同时出现的词语的联想来传递的意义；⑦主题意义：组织信息的方式（语序、强调手段）所传达的意义。利奇以联想意义概括除理性意义和主题意义之外的其他五种意义，因为它们是人们在使用语言时联想到的现实生活中的经验，传达人们在使用语言时情感上的反应，并具有特定社会的文化特征。每一种语言在其历史演变过程中，总是与说该语言的民族的文化生活融为一体，营造一种特殊的情感氛围，并能引起一定的文化联想，产生联想意义。每一种民族语言中的词汇所包含的文化含义也不完全相同，有些词汇的文化含义十分丰富，很难在另一种语言中找到恰当的对应词。譬如，对中国人来说，中国诗歌中的一棵柳树就会引发无限联想，译成英语，则无法引起与之相同的联想，许国璋称这类词为"文化含义丰富的词汇"。在文学阅读与欣赏中，对于这类词汇的把握显得尤为重要，因为其关系到学生正确理解原文与正确接受原文的信息，关系到原文所传达的美学意蕴与韵味。因此，对于英语文学阅读中的文化问题，必须引起高度重视。把文化问题作为文学中一个首先需要解决和不断需要解决的问题。

第四章 文化视角下的英美文学——女性文学

女性文学是英美文学的重要组成部分,本章对文化视角下的英美女性文学进行了简单介绍,包括英美女性文学概述、英美小知女性形象分析、英美女性主义类型小说分析。

第一节 英美女性文学概述

一、英美文学中女性意识的发展与体现

自古以来关于女性的话题不断,多以性别偏见来审视女性。直到文艺复兴时期,随着时代的进步以及生产力的发展,女性意识才逐渐从英美文学中凸显出来。英美文学中的女性意识象征着性别歧视的弱化、女性的崛起,为当前社会男女平等发展做出了重要的贡献,主要以英美文学中女性意识的出现、发展以及实际体现作为研究内容,以便更深入地将其融入实践中。

(一)英美文学中的女性文学

长久以来,英美文学一直占据着文学史上的一席之地,其独特的强烈情感推动了文学的蓬勃发展。在英美文学中,有一种独特的文学,即女性文学,它主要体现的是女性意识,不仅包括女性的生理和心理,也包括社会文化环境和传统价值观等诸多方面。从宽泛的意义上来说,英美文学主要是指英美地区产生的文学作品,主要展示的是英美地区人们的生活状况、风情习俗、社会现状等,女性文学属于英美文学。但是,从严格意义上进行区分,英美文学与女性文学的界定范

围不同，属于两个不同的概念，但是二者又存在一定的关联。

女性文学是一种独特的文学形式，完全可以独立发展，它从女性的视角出发，全面考虑女性的内心世界，讲述女性的喜怒哀乐，讲述女性的"三观"并加以深刻理解。在现实社会中，一些地区的女性由于身份原因往往遭受歧视，处于困境之中，自怨自艾，女性文学借助女性细腻的情感，在书籍世界中展现出女性跌宕起伏的命运，对于真实世界中处于劣势地位的女性起到警醒作用，并不断呼吁她们捍卫自己的权利。

女性文学与英美文学相辅相成，联系紧密，女性文学源于英美文学，并在英美文学的基础上不断发展壮大。在英美文学史上，女性文学尽管出现了，但是却一直处于默默无闻的状态，直到文艺复兴时期女性文学的涌现，才真正引起人们的广泛关注和欣赏。在西方文学发展史上，女性文学始终扮演着重要角色，对人类社会产生了重大影响，并为世界文学增添了光彩和活力。至今，女性文学一直是全球文学研究的焦点，备受广大读者青睐。

（二）英美文学中女性意识的发展历程

1. 启蒙时期

英美文学中女性意识出现的启蒙时期是在文艺复兴时期到18世纪末，在此期间，随着资产阶级工业革命的发展，人们在经济领域实现了前所未有的跨越式发展。随着经济的发展，人们的思想观念不再局限于传统思维模式，而是开始发生转变，女性意识开始觉醒，人们开始意识到女性所处的困境，开始意识到男女之间的不平等地位，便将其描绘于书籍之中。随着时间的推移，越来越多的女性开始认识到她们所处的社会地位的不平等，呼吁实现平等权利。

女性文学作品都是在特定的历史背景下产生的，随着这种男女平等意识的出现，一大批女性文学作品产生了，并影响了之后的很多人。在启蒙时期，女性文学的代表作品主要是《为女权辩护》和《弗兰肯斯坦》，这两本书的作者玛丽·沃斯通克拉夫特（Mary Wollstonecraft）和玛丽·雪莱（Mary Shelley）则是这个时期女性文学的代表作家。这些作品聚焦于男女平等，鼓励女性勇敢地表达内心的真实想法，谴责社会中存在的一些不公平现象。

随着人们心中男女平等意识的出现，许多人开始加入平权队伍中来，但是尽管如此，这一时期女性文学仍然是处于启蒙阶段，女性文学作品仅限追求男女平等，其中所呈现的女性意识相对浅显。随着时代的发展，以及人们对于女性自身价值认识的深入，越来越多的女性开始参与到政治、经济、文化等多重层面上来，女性意识也得到了前所未有的提升，并且逐渐成为一种新的力量和趋势。

2. 发展时期

19世纪，是英美文学中女性意识发展的第二个时期，即发展时期，这一时期，女性意识的认知越来越深入，其所探讨与追求的也不再是浅显的男女平等，而是有了更加深层次的追求。在这一时期，女性文学出现了初次的繁荣，各种包含女性意识的文学作品大量出现，呈现一派欣欣向荣的景象，这一时期的文学作品也为之后女性文学的发展奠定了坚实的基础。在这一时期，西方的女权主义思想也逐渐被传播开来，女性开始觉醒并积极投身社会实践之中。随着时间的推移，女性意识已经从最初的平权意识逐渐演变为更深层次的人权和解放追求。随着生产力的不断提升和工业化的不断深入，越来越多的女性开始对这种无趣乏味的生活方式感到厌倦，她们更倾向于追求自然的生活方式，渴望在自然之中获得内心的抚慰。因此，在这一时期，出现了一种以生态为基础的女性主义思潮，即生态女性主义。

随着女性对文学的追求日益增长，女性文学作家和作品如春雨润物般蓬勃发展，其中最具代表性的作品莫过于《呼啸山庄》《简·爱》以及《亚当·比德》。在19世纪，这三部杰作被誉为"三杰"，受到人们的广泛喜爱，它们以女性所经历的悲惨爱情和坎坷人生为素材，塑造了女性意识中的独立、坚强、不屈和勇于反抗的特质。这些女性形象都是通过对她们所经历的苦难的描述，展现了当时的时代和社会现状。通过细腻的描写以及丰满的人物，唤起社会中女性的自我意识，推动女性解放运动的开展。"三杰"是在当时的历史条件下产生的，它们反映出那个时代人们对女性的认识以及对女性命运的思考。尽管女性在这一时期已经开始展现出自主、自强的意识，但她们仍然被困在家中，辛勤劳作得不到认同，任何事情都需要听从丈夫的决定，没有自己的事业，缺乏经济来源，女性解放运动的发展任重道远。

3. 逐渐成熟时期

随着时间的推移，女性的自我意识逐步发展，从启蒙时期到发展时期再到逐渐成熟时期，已经发生了翻天覆地的变化。从 20 世纪到如今，正是女性意识逐渐发展的时期，这一时期，她们不仅拥有了自立、自强的意识，更具备了实现自主独立的能力。在这个过程中，越来越多的女性参与社会生活。女性的身份已经不再局限于家庭主妇，她们可以在各种工作岗位上展现出活跃的姿态。这一切都源于经济的飞速发展，尤其是市场经济下的大环境对人们思想的冲击，使女性意识也发生变化。当然，随着新的经济基础的形成，女性意识也将得到更深层次的提升，从个人浪漫主义情怀中解放出来，升华至国家主义情怀的高度。这就使女性文学发生了质的飞跃，出现了一大批优秀的女性作家。女性文学开始深入挖掘女性意识，探究其在政治和自我实现方面所涉及的问题。在女性意识逐渐成熟时期，《乱世佳人》和《金色笔记》成为女性文学史上的代表作。这两部作品的共同之处在于，它们不再像之前的女性文学作品那样仅仅描述女性自身的事件，而是将女性与当时的社会、时代以及家园紧密融合在一起，呈现一种全新的视角。在小说中，女性不再被视为"他者"，而成为"中心"，在这种情况下，她们的地位得到了提高，也更加独立于男性，获得了自由平等的生存权利。在英美文学中，女性不再被传统观念束缚，而是将自己归纳到社会主体中，与男性一样，以国家为中心，为社会做出贡献。

（三）女性意识在英美文学中的体现

1.《简·爱》中女性意识的体现

夏洛蒂·勃朗特（Charlotte Bronte）的代表作品《简·爱》讲述了一个孤女受尽磨难，却始终坚持自己的信仰，追求自由与尊严，最终获得幸福的故事。这部作品可以看作作者的自传，作者以华丽的措辞和丰富的情感刻画了一个勇于追求平等爱情、不屈服于命运束缚的女性形象。女主人公具有不屈的个性，尽管简·爱喜欢罗切斯特先生，但是她却更加追求自由与平等，为了自己的理想，她可以忍痛放弃爱情。

"你以为我会无足轻重地留在这里吗？你以为我是一架没有感情的机器人吗？你以为我贫穷、低微、不美、渺小，我就没有灵魂，没有心吗？你想错了，我和你有一样多的灵魂，一样充实的心。如果上帝赐予我一点美、许多钱，我就要你难以离开我，就像我现在难以离开你一样。"[①]

---

① [英]夏洛蒂·勃朗特：《简·爱》，宋光霖译，民主与建设出版社 2021 年版，第 356 页。

上面这段话是《简·爱》中的一段原话，这是女主人公简·爱对他所喜欢的罗切斯特先生的一段发自内心的告白，感情之深令人动容，同时，除了爱情的因素，这段话更是一段具有历史意义的独立宣言。简·爱身处贫困之中，她的身份微不足道，但是她却追求通过自己的努力去改变世界，创造新生活。她深刻领悟到自身所处的境遇，她爱罗切斯特，但决不会因爱情或金钱而屈服。所以，简·爱在得知罗切斯特有妻子之后，毫不犹豫地拒绝了他，并毅然离开，没有停留。她不会屈服于外界的任何压力，始终坚守自己的信仰。简·爱的离去，并不是因为她不爱罗切斯特，而是为了追求平等的机会。因为她爱他，而爱是平等的，所以她更要离去，这是对她自己，也是对爱情最起码的尊重。在那个社会里，人们都渴望拥有属于自己的土地和房子。随着庄园被烧毁，罗切斯特的财富和势力均已荡然无存，然而此时的简·爱却由于继承遗产拥有了大笔财富，但是她却毫不犹豫地回到罗切斯特身旁，与他共同生活。她的行为是在争取平等，她的心灵则是希望获得真正的独立和自由。这是一位追求平等的女性形象，她拥有真正的独立思考的能力，有着崇高的追求。

作为女性，财富、容貌、社会背景都是身外之物，这些都可以没有，但是，必须坚定自己的信仰，不被外界所左右，独立自主地过好自己的生活，要有自己的思考能力，有崇高的追求。《简·爱》这部作品通过生动形象的刻画，呈现出简·爱这位女性形象的鲜活生命力。她以勇敢顽强的性格和对爱情执着追求的精神征服了整个世界。在当时，《简·爱》的出版掀起了轩然大波，唤起了一大批女性内心深处的觉醒，为女性解放运动奠定了坚实的基础。

2.《傲慢与偏见》中女性意识的体现

简·奥斯汀（Jane Austen）的代表作《傲慢与偏见》也是一部十分有代表性的女性文学作品。在一座乡村庄园中，父母为五个女儿挑选夫婿，这是故事的开端。小说通过对五个姐妹不同的性格特点和生活经历的描述，展现了不同的人物形象，十分丰满有特色。作品中的女性形象是在父权制下成长起来的，她们都受到了父权制文化和男性意识的影响，但又各自具有独特的个性。书中的女性形象被归为三个派别，分别是缺乏自我认知的无知女性、屈服于男权社会的传统女性以及典型的现代女性，其中女主人公伊丽莎白是典型的现代女性。

《傲慢与偏见》描写的故事背景在资本主义向工业化转型的时期，这一时期封建思想意味浓厚，因此，对于书中的人物来说，这种思想渗透到了他们的内心深处。在那个时代，女性地位低下，男性主宰着家庭。尽管伊丽莎白家很富有，但却无法继承财产，因此她不得不想方设法寻找条件优越的丈夫，寄希望于他的支持。在当时的社会背景下，伊丽莎白通过自己的努力，征服了名门之后达西，嫁给他做妻子，获得了成功。但是，这是一场门不当户不对的婚姻，双方差距悬殊，这是对男权社会的一种挑战，打破了当时封建思想的束缚。同时，她也为自己赢得了更多的自由。当面对自己的伴侣时，尽管他们双方门第与财富迥异，但是伊丽莎白不会仅仅是屈服和奉承，而是始终坚信"你不能控制我，你只能爱我"的信念，始终平等地对待他。此外，达西在追求伊丽莎白的过程中，也逐渐了解到自己身上的一些不好的习性并改正，同时在面对伊丽莎白之后，也摒弃了对女性的传统偏见，付出了自己的真心，最终有情人终成眷属。这部文学作品虽然轻松愉悦，并不如其他作品一般让人感到悲伤与难过，始终让人感到十分有趣，但却对当时社会男性至上的观念进行了激烈的批判。与伊丽莎白相比，她的妹妹玛丽与姐姐简在多个方面都展现出了卓越的才华和美貌，同时也展现出了温柔乖巧的一面，然而，她们的婚姻并不幸福，爱情的失败导致她们的婚姻悲剧。妹妹玛丽是家族的第三位女儿，展现出了惊人的才华，但她的自我认知不足，未能全面了解自己，最终导致她和整个家族的声誉受到了严重的损害。这给现实生活中的女性提了一个醒，无论在任何时候，都不能失去自己的尊严，不能失去自己的信仰与自由，要认清自我，有独立思想与思考能力，学会勇敢地反抗。

奥斯汀的作品展现了她作为一位作家的独立意识，在描写这部作品时，她并没有一味地在作品中赞美女性，而是通过真实的生活现象来呈现每一个人的丰满形象，让人们在书中去感受每一个人所具有的独特魅力。她具有一种最基本的人格平等的女性观念，即从品德、见识和才华等多个角度去评价一个人，这是对一个人的最真实的评价，摒弃了性别、家庭和背景等多方面的外在影响因素。

3.《乱世佳人》中女性意识的体现

随着时代的演进，玛格丽特·米切尔（Margaret Mitchell）的代表作《乱世佳人》已经将女性的自我认知提升至更高的境界。作者在小说中对女性意识进行了大胆而深刻的探索和表达，并以此来体现自己对社会、历史、文化等各方面问题的看法和思考。在女性意识觉醒的漫长历程中，斯嘉丽作为主人公，经历了无数的波折和挑战。

在当时的社会背景下，女性意识已经有所发展，一些女性也开始逐渐觉醒，斯嘉丽便是这样的一个人，她生活在富裕的庄园里，面对自己不喜欢的人断然拒绝，拒绝包办婚姻，同时从容自信又勇敢地追求自己的爱情。斯嘉丽是一位勇敢的女性，她所展现出的思想独立、勇于追求的女性意识异常显著，但是，斯嘉丽对外界社会的现状一无所知。在当时的社会条件下，她的这种女性意识还比较浅显。直到斯嘉丽在社会中经历了一段痛苦和压抑的生活之后，她才逐渐理解底层人民的辛苦，内心也逐渐开始发生变化，女性意识逐渐达到了更深层次，从一开始浪漫主义的有关男女的情感，升华到了整个国家的情怀。

动荡的内战时期，为了谋生，斯嘉丽毅然走出家门，踏上了走向社会的征程，用她的双手不断奋斗，用劳动获得自己应得的报酬，尽管劳累，思想上却更加轻松愉悦。在她身上体现出来的不仅仅是对生活的热爱，更是对自由平等生活方式的追求。斯嘉丽迈出的这一步打破了传统观念中"女性无才便是德"的束缚，这是对当时的社会习俗的反叛。她通过不断奋斗，找到一条适合自身发展的道路。最终，斯嘉丽自己经营了一家工厂，彻底地摆脱了传统观念的束缚和对男性的依赖，真正实现了女性的独立。

在那个时代，女性的意识觉醒已经跨越了情感的界限，不再是以自我的情感与生活为中心，其范围变得更加广阔，与社会和国家紧密相连，女性意识获得了更加深刻的成长。

二、英美女性文学对当代女性价值观的影响

（一）英美女性文学特有的价值观

1. 勇于追求自由和敢于反对禁锢的人性主义

在英美女性文学中，许多女主人公往往被迫处于一种比较被动的状态。这有很多种原因，与当时的社会境况有关，女子依附于男子，在经济上以及其他方面都缺乏自主权，必须听从男子的吩咐。但是，尽管如此，她们也并没有屈服，而是不断地寻找自我，寻求出路，反对压迫，追求自由，甚至不惜以生命为代价。

以《呼啸山庄》为例，小说讲述的是一个复仇的故事。吉卜赛人希斯克利夫被山庄老主人收养，是一个仆人，身份低微，但是他却同山庄的小姐凯瑟琳相互爱慕，最终凯瑟琳另嫁他人，希斯克利夫伤心远走。待到他寻求到财富回来的时候，对于凯瑟琳的现任丈夫林顿及其子女展开了复仇行动。在小说初次问世之时，曾被视为作者虚构的云游故事，但是由于这本书描写的背景是英国社会的激烈阶级斗争，很快便吸引了大批读者，并在当时的文学评论界逐渐获得了极高的认可。在这之后，这部小说改编成了多部影视作品，并且到现在为止，仍然受到人们的喜爱，为观众带来了无尽的视听盛宴。《呼啸山庄》这本书以艺术的想象形式呈现了19世纪资本主义社会中人们所承受的精神压迫，呈现一种深刻的人性描绘。它不仅具有丰富而深邃的内涵，而且还体现出强烈的时代感。在《呼啸山庄》中，普通人的人生之路虽然有时候会遇到一些好的机遇，但更多的是承受着无尽的苦痛。这部小说的人物形象独具匠心，十分丰满，故事情节曲折离奇，引人入胜，勾勒出一幅宁静的英国乡村庄园生活画卷，同时也反映了当时情境下的人们对于爱情和婚姻的看法和观点。在工业化革命背景下，庄园生活远离了喧嚣的都市，但是仍然受到了异化影响，社会环境的变迁导致人们人性扭曲，道德沦丧，产生了一系列问题，从而为我们提供了一个思考现代社会伦理道德与法律规范问题的独特视角。在小说的结尾，希斯克利夫完成了他所谓的复仇使命，然而，他的内心深处却并不开心，在他即将面临死亡的时刻，他毅然放弃了对年轻一代的报复，最终他选择了自我毁灭，终结了自己的生命。这表明他的本性是善良的，只是社会的异化摧残了他的本性，但幸运的是，他的善良并没有被磨灭。他的复仇行为带有明显的非理性因素，但却在最后一刻显示出一种理性的回归和升华，他从一个被压抑的人转变为一个具有独立人格和自我价值的人。作者所倡导的人本主义理念在这种人性的复苏中得到了闪耀，深刻地反映了作者追求自由、抵制压迫的精神。

2. 不甘屈辱，勇于捍卫尊严和表露情感

在英美女性文学的众多作品中，除了上述的勇于追求自由、反对禁锢的价值观，还有一种独特的价值观，即女性不会忍受屈辱，而是捍卫自己的尊严，勇于表露情感，追求自我价值。《简·爱》是一部典型的女性文学杰作。这部小说描写了女主人公多舛的人生经历，展示出女性意识觉醒过程中的艰难历程。它描绘了一个不甘于现状、敢于抗争的女性形象，为现实生活中的女生做出了一个榜样，其不仅具有深刻的社会意义，而且也有着丰富的文化内涵。小说中的主人公简·爱，一位生活在社会底层的女孩，经历了无数的磨难，但她的内心却是善良的，对于生活充满信心，热爱生活，心中有理想与追求，同时她还具备独立思考的能力。她是个性格倔强、勇敢独立、充满理想的典型代表。作者以浓郁抒情的笔法和细腻深刻的心理描写，生动展现了男女主人公跌宕起伏的爱情历程，对男女主人公之间的深刻感情做了赞美与歌颂。

简·爱具有独特个性和气质，她的生活中充满了阳光、温暖、热情与活力。她的魅力不仅仅在于此，更在于她内在的善良、坚强与独立。她的故事没有惊天动地的大事件，却让人感受到了人性中最柔软的部分——尊严与爱。尽管她的成长历程充满坎坷，但她的人格却是健全的，即使遭受伤害和欺骗，她仍然保持着良知和自我，不会因外界因素而改变自己，始终追求自由与平等。

（二）英美女性文学对当代女性价值观的引导

1. 英美女性文学引导当代女性树立独立自主的价值观

在英美女性文学中，女主人公普遍表现出独立自主的品质，她们勇于表达自己的想法，争取自身的权利，追求自由与平等。这不仅表现在她们的婚姻观念中，而且还体现在政治与日常生活等各个方面。起初，女性不被允许参与政治，随着女性意识的逐渐发展，人们开始意识到其中的不公平，在19世纪末，英美两国掀起了一股妇女争取政治参与的浪潮，她们的首要目标是争取选举权，进而争取在教育、文化和职业领域与男性享有同等权利。在这一背景下，一些女权主义作家开始尝试用文学作品来表达他们对于这种要求的渴望与追求。在历经多年女权运动的反复和挫折后，女权主义者逐渐变得越来越成熟，对于女权的理解也越来越深入，最初她们只是注重外部条件下的平等需求，这种女性意识的想法还比较浅显，但慢慢地，随着女性主义意识的发展，她们开始转向关注女性在家庭角色和社会生活中的各种体验，以及其内心深处最真实的需求。

托妮·莫里森（Toni Morrison）有一部著名的作品《最蓝的眼睛》，在这本书中，作者通过细致入微的描写，展现了黑人小女孩对于独立价值观的追求。在这部作品中，作者用了大量的描写和叙述来反映黑人的生存状态以及他们对自身命运的思考。该小说的背景时间设定在1940年前后，以第一人称口吻叙述，在那个时代，人们都渴望着自由和解放。在一个以白人为主导的社会中，黑人小女孩皮科拉作为黑人开始幻想：如果她不是一个黑人，拥有一双蓝色的眼睛，并且她的肌肤呈现出雪白的色彩，那么她的生活将不会这么糟糕。当她目睹自己的父亲在梦想破灭的过程中，从一个普通人变成了一个暴徒，而为了维持生计，深爱着她的母亲波林则被迫进入了一个普通的白人家庭，成为一名女仆。她的理想和现实之间产生了矛盾，她的理想无法实现，现实却让她陷入了一种痛苦之中。随着情节的推进，黑人小女孩自己也遭受了诸多非人道的待遇，这些不幸的遭遇使得她彻底陷入了疯狂的状态。小女孩皮科拉对现实生活失望，于是她开始幻想，她已经拥有了一身雪白的肌肤，有了一双漂亮的蓝色瞳孔，并且有了一位亲密无间的伙伴，这位伙伴对她非常珍视，总是与她紧密相连。在小说中，作者运用了大量象征主义的描写手法，揭示了当时歧视黑人的环境背景下人们内心的扭曲，在这种制度环境下人们的绝望，同时也呈现了一个平凡女孩追求独立、自由的精神面貌。

2. 英美女性文学引导当代女性拥有先进的思想和丰富的精神

在19世纪英美女性文学作品中，它们引导着女性要拥有先进的思想和丰富的精神，追求自由、平等、博爱，在生活中占据主导地位。比如，在《乱世佳人》这本书中，在南北战争爆发前夕，一个富裕庄园中的小姐斯嘉丽深深地爱上了一个男子阿希礼，并向他表白，却遭到了婉拒。接着，女主人公斯嘉丽踏上了漫长的旅途，穿越千山万水，最终进入了伤兵营，在那里她与男主人公瑞德相遇，在这个时候，两人的情感和周遭环境的变迁成为故事的主线。小说通过对男女主人公不同性格及命运的描写来展现当时的社会状况以及他们之间复杂微妙的关系。年轻的斯嘉丽是张扬的、肆意的、明媚的，但是，在经历了三次婚姻的洗礼后，她的内心也发生了一系列的变化，直到最后，她才领悟到了自己一生所追求的目标。尽管斯嘉丽肆意妄为，但是她的品格却是坚韧不拔、永不言弃的，纵然生活艰难，遭遇了很多挫折与磨难，但她始终是最坚强、最顽强的，也是最早从痛苦和艰难中走出来的人。她的性格和命运就是这样鲜明地表现出一种顽强与坚毅。

当斯嘉丽面对塔拉庄园的破败景象时,她的顽强和坚毅使她肩负起了作为长女的沉重责任。在她身上体现出的坚强与勇敢,给读者留下了深刻而难忘的印象。在小说的结尾,女主人公面带微笑地宣告:"明天又是新的一天。"这也显示出女主人公乐观面对生活的积极态度。在今天,面对各种诱惑的女性也会面临这样那样的问题。当代女性在面对众多挑战时,需要向英美女性文学的主人公学习,不断拓展自身内心世界,获得精神上的提升,学会独立思考,面对困难不轻易放弃,成为一个具有思想和内涵的现代女性。

3. 英美女性文学引导当代女性要珍惜自己,珍爱生命

随着社会的不断发展,生活节奏越来越快,竞争日益激烈,近年来频繁传出年轻女性自杀的消息。她们在最美好的年华选择自杀,给青春留下了一个句号。因此,现如今,如何帮助她们走出困境就成为一个重要的话题。在英美女性文学作品中,描绘了很多在面对逆境时表现出顽强不屈的女性形象,她们积极地与命运抗争,不屈不挠。这些女性在面对逆境时,都能保持乐观向上的心态,勇敢地面对一切挑战,最终战胜困难而获得幸福的人生。有些女性虽然外表平凡,生活并不如意,但她们那种不屈不挠的奋斗精神却赋予了她们无限的魅力。在逆境中,这些女性毫不畏惧,勇往直前,努力奋斗。这些人虽然不能像男性那样成功地走向辉煌,但却能在逆境中找到人生的真谛。对于一些现代女性而言,她们缺乏进取心,面对微不足道的困难不想跨越它,反而停滞不前,自暴自弃,甚至放弃自己的生命,这是极其严重的错误。因此,当代女性应当树立一种正确的价值观,珍视自己的生命,珍视身边的亲友,不断提升自身的综合素养。

在英美女性文学中,有大量坚强、不屈、追求自由和真爱的角色,她们勇于追求自己的理想,不畏困难,这是因为她们树立了正确的人生观和价值观。而对于现代女性来说,有一部分人并没有树立正确的人生观和价值观,因此,在面对困难的时候,她们就会畏惧、退缩、停滞不前。在当前社会中,随着时代的发展,人们越来越重视自己的人生选择,而这也对个人的人生价值产生一定影响,因此,当代女性应加强自身的价值观培养,从而促进自我全面发展。当代女性应该广泛涉猎英美女性文学相关作品,不断提升自身素养,从而树立健康的人生观、价值观。

第二节　英美小知女性形象分析

小知女性是小知识分子女性的简称,笔者把小知识分子女性这个短语的重点放在了"小"上面,是为了强调知识分子中的少数女性的阶级属性、价值观和对婚姻理想的关注和追求。"小"在这里具有双重含义,它不仅开门见山地指出了小知女性是女性知识分子中的数量小的少数派,也同时指出了在学识上她们并不是博学多识、理想信念宏大的大知识分子,她们只是一群觉醒的、有要求的、有幻想的、受过一些教育的女性知识分子中的少数派。小知女性是指接受过良好的知识教育、自由的人格塑造,有高尚的道德修养,具有独立的批判性和反叛精神的知识女性。她们具备了一般知识分子的本质特征,但因其女性的独特身份的觉醒而产生了特殊女性知识分子的主体意识。这种觉醒的女性主体意识是指女性作为行为主体,具有主观上不依赖于男权社会,要求自由地支配自身一切活动的主观意识,这也是小知女性追求女性权益和人格独立的一种内在动力及价值观。

一、小知女性的基本形象特征

(一)特征一

小知女性第一个比较明显的特征就是家庭条件优越,衣食无忧,具有良好的社会地位。她们不依赖于从事体力劳动来维持生计,经济条件比较好,在社会地位上处于中层以上。小知女性往往接受过良好的教育,尽管一些劳动妇女也接受过教育,但是两者在性格以及价值观等方面是存在十分明显的差异的。小知女性这一形象诞生于英国,她们通常来自上层社会、城市中产阶级或者是乡绅家庭,这些社会阶层的文化背景和社会地位都对她们的成长和发展产生了深远影响。在小知女性群体内部,她们的社会地位和价值观的差异是由她们所处的社会背景所决定的。

(二)特征二

小知女性的第二个显著特征在于她们都接受了高质量的家庭教育,具备相当的学识和优雅的情趣。小知女性拥有一套独特的人际交往准则,她们对于文学和艺术都有一定的见解,同时也热衷于表达自己对时事的见解。但是,在当时的社会背景下,早期的小知年轻女性群体往往无法离开家庭独自外出求学,也无法在外四处游历,缺乏系统和先进的学校教育,即使是上流社会的贵族女性,她们学习一些社交技能或者艺术、骑射的技能,也只是为了更好地展现自己的教养,或者为了更好地扮演家庭主妇的角色。

(三)特征三

小知女性的第三个显著特征在于她们具有一种女性主观的批判意识,拥有独立的女性人格,有反叛精神,追求自由。这构成了小知女性的独特价值体系,并对其人生发展产生着深刻影响。小知女性价值的核心,就在于其自由的反叛精神以及独立人格。女性自我批判意识则是小知女性在日常生活中形成的一种独特的文化心理结构与审美情趣。归纳而言,小知女性对自身女性身份有着十分明显的深刻认知,对周遭环境进行持续审视和反思,这也是她们反叛、独立、自由特征的内在表现。

(四)特征四

小知女性的第四个显著特征在于她们沉迷于虚无的幻想之中,过分追求完美的婚姻,对于生活的想象过于理想化。这使得她们无法真正摆脱传统社会对她们的束缚。在以前传统的社会背景下,小知女性缺乏对婚姻的自主决策权,她们无法掌控自己的婚姻,无法选择自己的结婚对象,这主要由双方父母来决定,甚至双方父母还会因为聘礼与嫁妆的多少讨价还价,争论不休,最终闹得不欢而散。

二、小知女性的文学表现

(一)英国小知女性的文学表现

1. 受地域和思想束缚

(1)文本的话语分析

英国的小知女性作家写作的主题是关注女性的成长,创造独属于女性的特殊话语，塑造女性独特的语言风格，主张运用女性独特的语言表达女性的生活经验和生命价值。她们以自己独特的视角和表达方式表现女性对男性文化霸权的抗争意识，从而形成了鲜明而独立的个性风格，影响了一代又一代的人们。尽管她们是欧洲女权运动的发起者和先锋力量，但英国人具有妥协性的中间派性格却带来了一些不好的影响，这使得那些英国小知女性始终保持着得过且过的现实心态，反抗具有不彻底性，这一点不容忽视。她们以一种温和而理性的姿态对待男性和女性，但却始终没有摆脱传统观念的束缚，因此她们的创作不可避免地表现出明显的保守倾向。英国女性文学的先驱所提出的女性话语特征，是指用独特的女性视角看待世界，女性作家在生活和写作中要确立话语权利的主体地位和行为方式，要确立一种具有女性话语特色的语言，并使用这种语言来描述女性的自我意识，描述女性对男性和男性主导社会的感受，通过不断的深入观察与思考表达自己的生命体验，抒发对女性觉醒的思考。在西方文学史上，女性作家的作品往往以其特有的声音、丰富的情感表达和深刻的主题内容成为男性读者难以企及的精神家园，这也正是西方文学发展的一大趋势。为了在父权制社会的"菲勒斯中心主义"中保持自身的独立自由思想，女性作家历经数个世纪的探索，不断寻求独特的话语方式和内涵，以保持自身的独特性。女性话语从萌芽到发展，再到成熟，一直贯穿于各个阶段的文学创作之中，并与整个西方文学传统紧密相连。弗吉尼亚·伍尔夫（Virginia Woolf）是开创女性特殊话语形式的先驱，其不断的探索和尝试开创了这一领域的先河。在《三枚金币》中，伍尔夫指出，女性与男性不同，女性的言语所蕴含的和平与抚慰特质，她们参与社会政治活动，能够避免人类走向灭亡的命运。女性的心理结构和文化内涵在与男性世界的比较中呈现出独特之处，因此女性的独特心理体验需要通过她们自己的言语来表达。女性话语不仅体现了性别意识，而且也体现了其对自身价值的认识以及对人类生存状态的思考。

在女性文学作品中可以发现，女性独特的言语特质与情态动词的运用有关。情态动词不能独立使用，常常用来表示语气，表示说话人对于某个动作或者状态的设想或看法，展示出说话人对过去的惋惜或者对未来的期望等。情态成分在文本中的运用，有助于读者和学者更好地理解作者的言语意图，同时也能够映射出作家内心深处的情感暗示。在文学作品中，这种使用情态动词的方法可以使读者更容易被代入进去，更容易与文本产生共鸣。

(2) 文本的人物形象分析

在英国小知女性文学的萌芽阶段，其主要解决的问题是如何为女性争取到作为人的权利；在英国小知女性文学的发展阶段，其主要解决的问题是女性如何活得"像个人"。小知女性文学之所以能够如此成功，是因为她们的作品体现了一种独立意识，即通过自我奋斗和自我实现来达到自身价值的最大化。英国小知女性所追求的，是能够像一个独立的个体一样，独立地参与生活，不必做他人的附庸，能够主导自己的生活。在19世纪之后，女性作家的小说中，大多数女主人公不愿被束缚在家中，渴望走出家门，投身于职场，为社会做出自己的贡献。女性作家认为，婚姻并不能成为女性社交生活的终点，女性应该保持相对的自主性和独立性。在女性小说里，她们描写了女性与周围人之间的各种人际关系和矛盾冲突。她们主张将女性小说的主题扩展至涵盖女性在日常生活中所积累的基本经验，以此丰富读者的阅读体验。在女性逐渐意识觉醒和对男性中心主义的抗争过程中，小知女性作家自奥斯汀至伍尔夫，一直以女性自身的经验为基础，对以男性为中心的英国社会进行批判。

弗吉尼亚·伍尔夫毕生的文学创作旨在探索一种独特的表达方式，利用女主人公看似温和、柔弱的自说自话和矛盾言行，以最准确的方式展现她向往的两性关系，所追求的理想婚姻与情感，同时还要避免引起男性社会的反感。正是这种独特的女性意识才使得她的作品充满了张力与活力，也成为现代文学史上不可多得的优秀女作家之一。伍尔夫在其文本创作实践中，勇于挑战传统小说所倡导的写作手法，如外在环境的丰富性、人物刻画的细腻性、事件发展的首尾呼应等。她在文本里并没有采用这些比较传统的写作手法，而是运用人物出现的时间和空间的处理手法，以不同的视角叙述同一事件，通过这种手法来对女主人公内心的矛盾进行丰满的刻画。

在《达洛维夫人》中，伍尔夫常常使用第三人称"她"作为话语主体，然而这个称谓并非仅仅指代女主人公，而是代表了所有的英国小知女性，是英国社会不同阶层、不同信仰的女性的代称。这些女性是一群被压抑和歧视的群体，她们没有话语权，被束缚在家庭之中，也无法融入整个社会大环境，她们只能以沉默的方式来表达自己对世界的看法。在英国父权文化的主导下，女性被赋予了一系列独特的行为规范，这些行为规范已经深深地根植于她们的内心，成为她们必须遵守的社会道德准则。然而，伍尔夫在《达洛维夫人》中使用了大量的第三人称"她"，这种文学色彩鲜明地体现了女性强烈的诉求欲望，表达了女性追求独立自主的决心。"她"是一个独立于男性之外，与男人同等重要的角色。伍尔夫在小说一开始就运用了鲜明的性别代词"她"，以确立女性在文本中的地位，使得女性成为作品中的话语主体，旨在打破长期以来女性在文本中的尴尬陪衬之势。在小说中，女性通过"她"对男权社会进行批判和反思，同时也通过自己的努力实现自我价值。然而，长期以来，英国男权社会对女性的定位，使得她们在表达自己观点时受到限制，缺乏自信，难以成为话语主体。因此，达洛维夫人在文本中一次次强调，又一次次地反驳自己的观点，虽然看上去十分矛盾，令人有些摸不着头脑，但实际上反映了英国小知女性长期处于自由理想和现实束缚之间的两难境地。

2. 情感和爱情选择充满妥协性

（1）文本的话语分析

①英国女性文本的词汇选择分析。根据福柯的话语理论，在与他人进行交谈言语之时，说话者往往会受到一些原则的系统性支配，从而在词汇和语法两个方面有意识地进行选择。在文学作品中也是如此。比如，在女性文学创作中，女性作家习惯使用一些带有夸张色彩的副词或者形容词。这主要有两方面的原因：一方面，相比于男性来说，女性倾向于使用一些程度副词来对表达的语气进行强化，伍尔夫经常使用"incredibly""transparently""scrupulously""passionately""naturally""vacantly"等；另一方面，女性习惯运用具有夸张色彩的形容词来烘托环境氛围，伍尔夫经常使用"superfluous""venturesome""supported""unworthy""unsuccessful"等。一般情况下，女性尽量避免使用粗俗的语言，如"Hell""dame""shit"等，其语言更为含蓄、内敛、文雅，如"Oh my gosh""My Godness""Oh dear"等。

②英国女性文本的及物性分析。韩礼德认为，及物系统是再现语言的根本，它的作用是把人们在现实世界包括内心世界的各种经验和经历表达成若干种过程，并指出各个过程的参与者和环境成分。而伍尔夫在女性的对话与交谈中的话语运用，一方面体现了女性彼此之间的差异和对话关系，避免了女性主义在进入

理论话语时沾染上父权话语的独白方式，另一方面也表达了女性亲密联合的美好愿望。

（2）文本的人物形象分析

对于英国小知女性来说，她们所追求的是完美的婚姻，建立一种平等的夫妻关系，有一个优秀的丈夫，有一对出色的子女。但是，玛格丽特·德拉布尔（Margaret Drabble）对于婚姻并没有一个美好的憧憬，反倒是满怀忧虑，她的文学作品深刻地揭示了当时英国女性所处的尴尬境地。德拉布尔在她的小说《磨砺》中描绘了一个十分生动的形象——罗莎蒙德，她是一个典型的英国小知女性，从一个懵懂的少女到成为一个成熟的母亲，在这段时期她经历了种种考验，她彷徨、迷茫、不安、恐惧、担忧，她对婚姻充满审视，迎接着一个又一个挑战，并不断地提出疑问，并思考其中的两种选择。一是对立，即与现实社会制度决裂，逃离婚姻的藩篱，寻求另一种生活方式；二是与他人合作，放弃抵抗，回归婚姻家庭，成为一位贤妻良母。罗莎蒙德所面对的难题具有广泛的普适性，对于当时的英国小知女性来说，这些难题也正是她们所遇到的，彰显了英国年轻女性日益成熟和坚定的形象特质。这部小说引发了英国女性读者内心深处的情感共鸣，使得她们也开始审视自己如今的生活，并进行深入思考。

在作品《磨砺》中，女主人公正处于社会变革大潮之中的英国，随着社会的变革，本土传统价值体系受到冲击分崩离析，随着社会价值取向的转变，个人的价值观也因而变得模糊不清，这种巨大落差让很多人不知所措。年轻的知识女性罗莎蒙德，虽然没有传统的负担，但却陷入了一种无从选择的迷茫状态。她的身份认同经历了由传统女性向现代女性的转化过程，这也就是她所面临的困境——如何摆脱父权制的控制以及如何重新建立自我与世界的联系。在男权文化占据主导地位的现代社会里，一名单身母亲会遭受怎样的非议，女主人公十分清楚，她十分清醒地知道作为一名单身母亲，她将会付出怎样的代价，她这种清醒的自我意识的觉醒则是对男权社会的一种反抗。在当时的社会中，英国的女性知识分子仍然受到传统和道德的束缚，无法摆脱，只能在婚姻和家庭的泥沼中苦苦挣扎。然而，罗莎蒙德选择成为一位单身母亲，因为她不愿被家庭所束缚，追求独立与自由，同时，这样也可以满足社会对女性生育义务的要求。她认为，只有通过自己的努力才能获得真正意义上的自我解放,从而摆脱传统父权制思想的羁绊,实现自身价值。

(二)美国小知女性的文学表现

1. 自由精神和独立精神十分强烈

(1)文本的话语分析

美国小知女性作家通常也会使用情态动词,这展现出美国小知女性作家的一种矛盾的、不确定的心理状态。通过观察情态成分在文本中的运用,能够映射出作家内心深处的情感暗示,同时也有助于读者和学者更好地理解作者的言语意图。

(2)文本的人物形象分析

要了解美国小知女性文本的人物形象,就要了解美国的文化与历史,这是文学作品创作的源泉。美国人大多是移民的后代,他们追求自由与民主。女性自由主义的发源地便是美国,因此我们在其文学作品中可以看到很多具备坚韧不拔、独立自由精神的女性。

比如,著名的作品《小妇人》讲述了马奇家的四姐妹的故事,她们蔑视传统礼教,追求自由,面对传统的不合理的要求与限制敢于挑战,敢于违背,并不断奋斗。与19世纪传统淑女的温柔娴静相比,她们洒脱、活泼、有个性,凭借着自己的勤劳智慧勇敢地独立出来,成为自己的主人。四姐妹在追求自身价值实现过程中表现出鲜明的自我意识和独特的性格特征。作为美国小知女性的代表人物,乔在经济上实现了相对独立,不惧困难,自强不息,最终成为一名作家。她坚决维护自己的自主权,不容许任何人干预,同时强烈要求摆脱父母的束缚,独立自主。在美国独特的社会历史进程中,充分展现了小知女性的成长历程,同时,这种追求自由的精神也在她身上得到了充分体现。

2. 地位因素有巨大影响

(1)文本的话语分析

及物性是以交代各种过程及有关的参与者和环境成分来反映语言的概念功能,其中包括六大过程:物质过程、心理过程、关系过程、言语过程、存在过程和行为过程。通过思想意识的支配,作者可以用及物系统中的不同类型的过程来叙述一个场景,其做出的选择透露出重要的文化、价值观或意识形态意义。

在作品中，女性作家在写作时往往会带着一定的态度和立场，她们会有意识地选择词汇，并将其应用在自己的作品中。这些词语既表达了作者自己的思想，又与读者之间存在着某种关联。因此，小说文本的创作过程实质上也是一种意识形态的建构。针对小说作品中不同的人物，作家通常会选择不同的词汇来作为他们不同的角色语言，从而更好地塑造角色，使之更加鲜明、饱满。因此，小说中的词语可以说就是小说作者所塑造的人物形象以及故事情节的具体体现。在小说文本中，不同类别的词汇往往带有不同的特点，名词往往具有抽象性与概括性，形容词则往往感情色彩比较鲜明，加上后缀的职业名词往往地位比较低下。

在小说中，故事的发展过程往往是通过叙述性的文字来展现的，它向读者描绘了正在进行的故事情节，这些情节反映了事物的动态演变，这正是物质过程所能传达的。通过运用物质过程，小说的真实性和客观性得以提升，同时也能够呈现生动的表达效果，让读者沉浸其中。在构建一个语篇时，不同的过程具有独特的语篇意义，因此，要使读者能够正确理解作者要表达的深刻含义，就要合理地组织语篇、选择过程，确定好故事中的人物关系、具体情节等内容。

（2）文本的人物形象分析

在《小妇人》和《觉醒》中所描绘的那个时代，小知女性被剥夺了就业机会、财产权与继承权，她们不能出去工作，没有办法继承自己家族的财产，唯一能够反抗和争取的权利就是爱情和婚姻。因此，在当时的女性文学作品中，多是有关爱情和婚姻的作品，她们在用这种方式对这个不公的社会进行反抗，尽管力量微弱，却决不屈服。在美国，那些出身于上层社会或中产阶级上层的年轻女性更加注重在婚姻和情感方面的实践过程，女性对于爱情和婚姻的追求存在着显著的多样性，这主要与她们的阶级和出身有关。

①地位因素对小知女性关注点的影响。在小说《小妇人》中，乔的家庭背景并不显赫，恰恰相反，其经济条件并不好，四姐妹还需要时常补贴家用，姐妹们没有钱财外出上学，她们主要依靠家庭教育和自学来进行学习，同时，也正是由于女主人公乔的出身比较低微，相比其他人，她没有什么独特性，无法在社交领域展现自己，只能在精神上表现得更加具有反抗性和批判性，这也使得她的形象更加具有批判与反抗精神。乔的创造力和独立精神在当时是独一无二的，尽管家境并不好，但是她可以通过写作为家庭提供经济支持；她喜欢到外面走走、逛逛，

可以尽情地享受自由的空间和时间，她坚守自己的生活准则，不愿妥协于所谓的淑女形象，不愿压抑自己的兴趣去迎合社会规范。这些特点使她成为一位典型的叛逆女性，她的叛逆性格决定了她的爱情选择也具有一定的反叛色彩。在《觉醒》中，艾琳娜的家境较好，拥有更高的社会地位，对于旁人来说，她的婚姻也十分美满幸福，令人羡慕。但是，实际上，她过得并不幸福。艾琳娜在音乐、绘画和文学艺术等方面颇有天赋，但是她的丈夫却只关心自己的金钱和事业。纵使日常生活富裕安逸，但是她并不幸福，反而常常抑郁、压抑、失落。最终，她离开了家庭，独自居住在她租赁的简陋小屋中，以绘画为生，自由而勇敢地追求幸福。她一生都在追求一种精神上的自由，这就是精神上的解放。艾琳娜在社会中拥有较高的地位，生活优越富足，因此她追求的不是物质与精神上的满足，而是一种人与人之间的沟通，她缺乏情感上的慰藉。

②地位因素对小知女性价值观的影响。对于当时的小知女性来说，她们往往局限于当时的时代，当时的社会环境、文化、观念等多个方面都对她们的意识与思想产生了深刻影响，但是乔的价值观却超越了当时的时代，她从事写作，同时担任家庭教师，还与丈夫一同开办学校，这都展现出她独立自主的特点。

在19世纪，女性所能从事的职业并不多见，许多女性仍然被困在家中，担任家庭主妇，但是乔对经济上的独立自主有着强烈的追求，她有着坚定的信念，她认为可以依靠自己的努力去争取自由。她对写作充满热情，毫不吝啬地奉献自己，最终成为一名作家，主动承担起家庭责任，拒绝了劳里的婚姻提议，其成长历程具有划时代的深远意义。艾琳娜与乔又有些不同，她起初并没有经济独立的想法，她热爱艺术，但是不想为了它放弃自己的感情。直到最后，艾琳娜终于觉醒了，她知道自己真正想要的是什么，她最终租下了一处狭小的住所，并独自进行绘画创作，内心安静而平和。艾琳娜的屋子虽然简单狭小，但在她看来，这是一处神圣之所，象征着她的经济独立和精神解放。艾琳娜感受到这间狭小的屋子带来的精神提升，她感到了前所未有的快乐。

③地位因素对小知女性婚姻选择的影响。在《小妇人》中，女主人公乔的小知女性意识十分超前，她认为男女平等，人人平等，在婚姻中女性也应该有选择权。作为一个出身不太显赫的人，她更倾向于选择柏拉图式的精神之爱来维系婚姻和情感。

乔认为婚姻中最重要的是两个人的感情，而不是金钱、地位与权势，她坚定地主张女性在婚姻中要拥有决定权，这一立场从未妥协。针对地位比较高的劳里先生的求婚，她拒绝了，反倒是嫁给了巴尔先生，但实际上这也是她自卑和缺乏自信的表现。当然，这个决定并不是乔仅仅为了彰显自己的自尊和精神追求，更重要的是她在上流社会中无法获得应有的尊重，找不到自己存在的价值。作为生活在下层社会的小知女性，她们在自尊自立的前提下做出自己的独特选择，这也体现了她们对于情感与婚姻的想法与观念。

在作品《觉醒》中的社会背景下，女性没有独立的思想和地位，她们往往是男人的附庸，无法自主地实现自己的意愿和目标。艾琳娜最后去世，是因为她深刻地意识到在当时的环境中，女性没有其他出路，她深刻地融入了女性自我意识的世界，她不愿向现实妥协，只有死亡才能彻底获得解脱。面对爱情，艾琳娜审视自己的内心，敢于追求真爱，跟着自己的感觉走，在这个过程中艾琳娜是自由的，纵使结局并不美好。

第三节　英美女性主义类型小说分析

一、类型小说的界定

要了解类型小说，就要了解通俗小说，对于类型小说来说，通俗小说是它的代表，工业化时代的到来为它的产生提供了良好的生存条件，下面针对通俗文学进行简单介绍。

第一，通常情况下，和其他文学形态不同，通俗文学的主要任务并不是对意识形态进行服务，也并不是为了传播思想或是传承某种文化，其以商品的形式呈现，目的是追求较高的商业效益，获得更高的利润。通俗文学生产与流通是商品经济的产物，而不是单纯的文学生产与销售。在商业利益的直接驱动下，文学产品也具有一定的审美价值，因为只有在满足大多数人的审美趣味的前提下，它才能获得最大的利润。随着社会的发展，人们的物质生活越来越好，迫切渴望着精神文化生活的丰富与充实，因此，通俗文学的产生是符合社会发展趋势的。

市场经济作为一种自我膨胀的经济运作方式和体系，其存在和发展的生命线在于增加投资、扩大生产、拓展市场和刺激消费。在这种条件下，如果没有一定的物质财富积累，就不可能建立起强大的生产力系统。为了实现"自我膨胀"，市场经济必须创造出一个不断扩大的商品市场和不断扩大的消费规模，以满足不断增长的需求。因此，在物质产品市场接近饱和的情况下，精神文化方面的工业化也逐渐提上日程，文化工业化的趋势开始显现。随着社会主义商品经济的发展，人们对物质生活水平的要求越来越高，文化消费也就成为一种时尚，文化消费的需求日趋多样化。随着文化和知识消费的蓬勃发展，通俗文学的读者群体不断扩大，通俗文学的市场也在不断壮大，同时通俗文学的作者数量也得到了大量增加。这些都表明，通俗文学作为社会生活中一种特殊形式的文学形态的存在已逐渐得到确认和承认。因此，一个通俗文学"生产—消费"系统逐渐形成，通俗文学作为一种精神消费商品，在买方市场和卖方市场上得到了快速发展和成熟，并逐步完善。通俗小说作为这一过程的产物，其自身发展的规律必然要受到这个市场运作规则的影响。通俗文学读物作为一种商品，通俗文化消费也就是对通俗文化产品进行购买的行为过程。在商品经济高度发达的社会中，消费的概念不仅限于物质产品的消费，人们还需要进行文化层面的消费，文化消费包括精神上的追求与享受、审美价值取向等内容。当文化消费者想要通过阅读进行消遣，但又不满足于过时、复杂的文学产品时，相应的简单的、符合市场的文学产品就会被制造出来，以满足他们的品位需求。通俗文学之所以成为一种特殊的艺术形式和文化现象，就在于它所提供给读者的不是纯粹的精神享受，而是具有一定商业价值的审美体验。

第二，通俗文学的消费对象主要集中在新兴的中产阶级群体。通俗文艺是由大众传播媒介传播的文学作品，它与精英文艺不同，其读者大多是普通的民众和下层知识分子。通俗作家在创作时必然要考虑到这个问题，因此，他们所关注的重点往往集中在对大众消费者的阅读口味、审美趣味等方面。西蒙·弗里思（Simon Frith）在《通俗文学：来自民粹主义的辩护》中指出："大众文化始终是一种中产阶级文化形式，以中产阶级的关怀为特征。"[1] 中产阶级介于精英分子和大众群体之间，在文化上具有较高文学素养，但又不以文学传承和发展为己任。他们关注文学，但这种关注是以消费，准确地说是以消遣为目的，而不是以严肃

---

[1] 转引自罗钢、刘象愚主编《文化研究读本》，中国社会科学出版社2000年版，第4页。

的价值批判为目的。通俗文学就是以这群新兴的、衣食无忧的中产阶级为主要消费对象，而中产阶级自身也在努力把通俗文学发展为代表他们的文学形式，创造出与其特殊经济地位相适应的文学身份。毕竟每个阶层都有自己的话语权，也有自己的话语体系。

其实当主流文化能以意识传播和批判构建的身份要求大众忠实地接受它的观念时，说明大众还处于一个经济落后、知识蒙昧的弱势地位，缺乏选择，不具备话语权，只能接受自上而下的话语及思想规范，自然不会出现以受众为本位、以消费为目的的文学创作。而文学也因为过分强化的话语身份、权力身份而变得过分严肃、神圣。然而，中产阶级的出现模糊了社会结构的金字塔，模糊了至上和至下两个极端的界限，他们既不甘心做一个驯顺的"被启蒙者"，也不情愿消磨在麻痹和粗俗之中。一个新的经济层必然创造一个新的文化层。他们需要自己的文化、自己的语言，通俗文学也就应运而生，蓬勃发展。

第三，通俗文学还有比较重要的外在形式特征，而这种外在形式特征正是由前两个特征所决定的。概括地说，通俗文学在形式上所具有的根本的稳定性特征，表现为立意的普泛性、语言的通俗性、内容的传奇性、审美功能的娱乐性。

从艺术特点方面来看，通俗文学跟高雅文学相比，具有朴素、普及的特色；从社会作用而言，通俗文学跟严肃文学相比，具有更多的趣味性和娱乐性；从政治意义而言，通俗文学跟贵族文学相比，具有更浓厚的平民色彩和更广泛的适应性。因为通俗文学的接受对象是以文化消费而非文化传承为目的的，是满足读者寻求安慰、愉悦、快感的轻松旅程。它必须以诙谐的语言、离奇的情节、简单的结构、现实的物欲理想来吸引视线，让读者身心得到放松，情绪得到释放，欲望得到虚拟性满足，从而实现消费快感。

如果说娱乐性和通俗性总结了通俗文学的语言特征，那么，其思想内质则是一种对物质欲望的肯定性表达。对物质世界的精神关照是所有文学的共同特征，然而这种关照的立场、态度、结果却构成了不同的文艺种类。通俗文学具有比较明显的娱乐性、广泛的社会基础与知识背景，通常体现当下的社会准则和趣味；而纯文学往往表现出对已有社会原则或文化精神的怀疑、动摇或批判。通俗文学一般是功利性的、再现性的、解释性的，而纯文学的构成方式多数是主题和意象性的。通俗文学发出的信息通常是强化与丰富读者已有的经验，而纯文学则可能破坏、颠覆读者已确立的经验。由此可见，精英话语强调对现实利益和既定价值的距离感、以批判和启蒙为责任，这种现实关怀是对物质欲望的否定性表述；而通俗文学的话语是指向传统和一些确定性的价值。

通俗文学的这些特性反映了其作为一种新的文学形式的独立性。通俗文学为了达到商业利润的最大化，文学制售者必须争取更多的观众和读者，即必须使文学产品具有尽可能大的文学容纳性——这种容纳性不等同于我们所说的文学内涵（对多种文学内涵的接受，构成了文学的容纳性）。这常常要求通俗文学给人提供一种没有争议或尽可能少的争议的内容。他们要产生对群体的吸引力，则势必具有肤浅甚至是枯燥的同质性。这使得在知识分子精英文化与纯粹追求色相的粗鄙文化之间，出现了一些中间形态的文学读物。它是社会经济发达的一种表征，是工业化时代的必然产物。

二、女性与类型小说的历史发展

从历史上来看，包括爱情小说、侦探小说、科幻小说等在内的类型小说往往被认为是保守、肤浅的，而且没有深度、缺乏思想性。评论家将类型小说的广大读者评判为模式化艺术的低级消费者，而那些以女性为主要读者的类型小说的地位就更低下了。正如特里·洛威尔（Terri Witek）在《消费小说》一书中指出，即便是类型小说的评论家也对主要阅读对象为女性的类型小说颇有鄙夷之情。玛格丽特·戴泽尔（Margarete Dezel）对19世纪类型小说开展研究后认为，女性和男性阅读的小说具有不同的价值，而后者的价值更高。

19世纪的主流文学和文学评论家的性别歧视倾向十分明显，女性解放主义者经常遭到恶毒的抨击。这些女性或"新女性"，被形容成一群无性的、性欲冷淡的或性欲过剩的怪物。有趣的是，当时的人们越来越多地将"新女性"与19世纪末颓废堕落、带有女人气的花花公子相提并论，认为他们都是可能导致中产阶级社会灭亡的原因。在当时的批评者看来，两者的联系在于他们都不具备养育孩子的能力，后者因其偏女性化的性取向，而前者则是因其自身缺乏女性特征。评论家用"意识形态生物学"的观点对"新女性"进行攻击（所谓"意识形态生物学"，是指用生物学术语来解释实则由意识形态规定的两性的社会角色，如女人不够强壮，所以不能干男人的活；或者从生物学上来看，女人天生就不如男人聪明），这种言论直到 1894 年还在《笨拙周报》上出现。实际上，无论是女性化的花花公子还是"新女性"，都打乱了主导当时社会的父权意识形态，尤其对男女两性的社会角色、能力和前途的死板界定提出了挑战。由于中产阶级女性在整个 19 世纪对社会平等的诉求越发强烈，代表父权社会的主流意识形态的回应办法就是，将凡是大众的、叛逆的、具有潜在破坏性的，让（男性）中产阶级感到恐惧的社会群体及其意识形态，都一概定义为女性的、低劣的。

从历史角度来看，类型小说的女性主义版本的诞生便有了一种美妙的讽刺性。在政治、心理、美学、文化话语制度等方面都被父权意识认为是女性化的、低等的类型小说，却被女性主义的意识形态所利用和改变。女权主义作家非但不排斥大众文化，相反拥抱大众文化，充分发挥大众文化的传播优势，出版大量的类型小说，将传统类型小说流行化、大众化的文化属性转化为宣扬女性主义意识形态的强大传播工具。如果从传统陋习的文学观念去看，人们会贬低女性作家的地位，嘲讽她们为大众文化的制造者，而女性作家正是要利用这一点来展现她们为自己的天赋和权利正名的过程。她们正是要运用类型小说这种形式，来揭露父权意识的话语结构，以形式的挪用，以近似于讽刺和解构的方式来挖掘父权社会的话语制度，从而达到调侃、挑战和批判的目的。当然，从文学形态和叙事方式的角度来看，类型小说与女性的阅读经验、思维特点、写作方式有着先天的亲和力，女性作家运用的正是这种她们长久以来都熟稔而擅长的文学形式；而她们现代的写作手法则得益于 20 世纪 60 年代的女性主义运用所带来的物质改善和随之而来的后现代主义理论的发展。

三、女性科幻小说

19 世纪，西方女性运动开始兴起；到了 20 世纪二三十年代形成女性运动的第一次浪潮。20 世纪六七十年代，随着黑人民权运动和反战运动的兴起，出现了女性运动的第二次浪潮。女性不再要求在各方面拥有与男性平等的权利，而是从根源上探讨两性的差异，尊重女性特质。20 世纪 60 年代，西方社会进入后工业化时代，经过战后的修复，经济和科学技术出现井喷式发展，快速发展的科学技术给文化生活带来剧烈震荡，各种文化运动应运而生，文化现象彼此碰撞交流。女性和其他长期被边缘化的人群开始登上舞台，并且开始涉足以往由男性一统天下的领域。随着新技术的发展，各种电子产品进入千家万户，其中，电视成为人们生活必不可少的一部分。以往的科幻小说主要以连载小说的形式出现，而电视的出现使各种科幻小说得以搬上银屏，吸引更多的观众。得益于科幻小说的发展、科学技术带来的新媒介和女性思想的传播，女性主义注定在20世纪六七十年代同科幻小说结盟，形成一股新的势力，既为科幻小说注入新的力量，也进一步推进女性思想为广大群众所接受。

在传统文学作品中，科学与情感之间的对立是男性和女性二元对立的延伸。科学更多以一种理性的面貌出现，而理性则是属于男性的特质，与女性的情感特质截然对立。多年来，文坛都是男性独霸的局面，在科幻小说界更是如此，男性话语霸权发挥到了极致。在男性创作的科幻小说中，女性角色即使存在，也只是一个模糊苍白的符号，是男主人公拯救地球赢得的额外奖励。不仅是男性科幻小说，就算在女性创作的科幻小说《弗兰肯斯坦》中，女主人公也只是作为陪衬出现。

这种不平等的局面一直持续到20世纪60年代，被兴起的"新浪潮"运动打破。正是"新浪潮"运动为更多的女性科幻作家打开了大门。"新浪潮"并非局限于科幻领域的一个流派，而是20世纪60年代遍及社会各领域的一场文化运动，这一运动的一个显著特征，就是女性主义的兴起。[1]

在各种运动和新思想的影响下，以往边缘利益群体开始为自己言说，他们意识到布迪厄（Bourdieu）所说的文化资本的重要性，要求得到社会的认可。在他们言说的过程中，新的利益团体重塑文化结构，创造机会让自己的观点得到认可。人们发现，小说中越来越多的女性扮演着积极的英雄角色，有色人种以及其他的边缘人群也越来越多地出现在文学作品中。文学中的这种变化反过来又影响更大范围的文化再生产。如果说男性创造了科幻小说这个文类，那么女性就在此基础上发展了其亚文类——女性乌托邦小说或者恶托邦小说。对于这群激进且聪慧的女性而言，她们需要构想一个同男性世界分离的未来。因为她们觉得，在白人男性控制的世界里，要实现两性平等根本不可能。属于她们的将来必须驱逐具有掠夺性的男性，或是让其全部消失，或是让其保持在一定的距离之外。

---

[1] 吴岩主编：《科幻文学理论和学科体系建设》，重庆出版社2008年版，第376页。

在社会的不同领域，手握权力的人有着不同的表现形式。在商界，权力意味着金钱，或者建立商业市场的能力。而在科幻小说领域，权力则意味着能够接触和了解最新的技术，拥有能够创造并且传播文学作品的能力。到了20世纪80年代，社会的人口结构包含越来越多的女性主义者等群体，她们将自己的生活方式和爱好一同带进大众文化，造成了双重威胁。大量的女性作家进军科幻小说和奇幻故事，威胁并试图取代男性占主导地位的传统文学，这些新团体不仅威胁到掌权者的地位，还威胁到整个群体的权力结构。随着新兴文化模式的侵入，作为文学奠基者的男性突然发现他们在数量上处于劣势，以往所熟悉的文化氛围也开始变得陌生。到了20世纪末，有些评论家高呼科幻小说的终结，并且有评论家从性别政治出发重新对科幻小说的边界和概念本身下定义，这使得科幻小说界躁动不安。

20世纪，女性开始在科幻小说界崭露头角。20世纪70年代是科幻小说协会的"大分裂"时期，在此之前，科幻小说一直由男性主导。直到70年代，特别是80年代早期，女性攻破壁垒，要求在科幻小说领域占据一席之地。男性面对女性对自己领域的"侵略"，自然是拿起武器尽力捍卫自己的"领地"。一些女性作家，如乔安娜·拉斯（Joanna Russ）、麦基·查纳斯（McKee Charnas）和勒·奎恩（Le Guinn）开始频繁作为女性主义批评者出现。早期的女性科幻小说总是被归为乌托邦小说而不是科幻小说，科幻文学界的女性前辈也经常从女性主义历史中"消失"，或者由于其感性而受到批判。罗宾·罗伯茨（Robin Roberts）指出，从20世纪70年代到80年代，很多女性主义作家在青年时都是读流行科幻读物长大的。女性并不是随着70年代女性主义的发展而突然出现在科幻小说领域的。事实上，女性主义在科幻小说协会成立之前曾以多种形式出现。

要理解女性在科幻小说领域中的地位，首先必须意识到科幻小说作为一种亚文类，在20世纪30年代强化了技术英雄主义中的主流父权制。在男性创作的科幻小说中，先进技术、英雄主义等主题向来与男性创造财富的能力密不可分。但大萧条使得男性发财致富的梦想破碎，从而削弱了男性父权力量的根基。在20世纪20年代末到30年代初，男男女女纷纷涌入科幻小说领域，他们发现在科幻小说中，可以通过技术通往美好的未来。更为重要的是，通过大众流行出版物，他们可以恢复在大萧条时期失去的地位和财产。聪慧积极的女性作为职业作家，或者作为活动组织者和读者，积极参与这个新世界的创造。

到了20世纪50年代晚期和60年代，科幻小说协会已经发展成为一个热情好客的组织，吸引了科幻小说爱好者和女性科幻小说作家，让他们在这里找到家的感觉。但是记录显示，女性仍然只是科幻群体里的"少部分"，她们在科幻小说领域获得荣誉的机会比男性少得多。人们认为在20世纪50年代并没有多少女性参与科幻小说协会，这主要是因为人们往往忽视了女性所获得的成就。在很长一段时间里，即使女性参与科幻协会活动，获得的奖项也屈指可数。从1964年开始，在各种名目的活动中只有12位女性嘉宾。著名女性科幻小说作家勒·奎恩也只是偶尔出现在科幻评论中。如果说世界科幻小说协会对于女性科幻小说家的反应过于迟钝，那么雨果奖的反应机制就迅速很多。第一个获得雨果奖的女性作家同其丈夫一起分享这个奖项，不过对于女性作家而言，这也算是一个好的开始。

显然，从20世纪60年代晚期开始，人们对待科幻小说的态度正在发生改变。仔细探究这段时期发生的事情就会发现，几乎所有的事物都在以自己的方式发生改变。20世纪六七十年代是女性科幻小说发展的重要时期。这段时期的女性运动使女性主义思想大规模地传播开来，进入以往压制女性的男性文化中。而女性科幻迷也开始针对男性科幻小说中的"花瓶"形象进行反击。20世纪70年代被称为"大分裂"时代，在此之后，女性终于在诸多方面冲破以往的壁垒。因此可以说，"大分裂"促进了女性在科幻小说领域的发展，使她们逐渐摆脱边缘群体的地位。事实上，1966—1979年，科幻小说和科幻爱好团体所经历的变化比以往任何时期都大。连锁书店数量的增加促进了平装书的流通，吸引了大批读者。而20世纪太空计划的发展，加上人类成功登月，尼尔·阿姆斯特朗（Neil Armstrong）著名的"人类一大步"进一步激发了人们对于太空发展的想象。科幻小说的读者发现，现实生活中的太空探索在科幻作品中早就已经出现。

20世纪后半叶，科幻小说领域变得越来越开放，在"新浪潮"的影响下，吸引了众多"少数群体"。这个具有包容性的领域为女性提供了一个展示自己的空间。女性科幻小说是女性主义同科幻小说结合而绽放的花朵，女性在科幻领域获得了比在其他文学领域更多的话语权。可以说，20世纪70年代的女性科幻小说不是一蹴而就的，它是在几代女性作家的努力下，在各种文化和思想浪潮的交织影响下逐渐发展的。不管是女性科幻小说还是女性乌托邦小说，它们的产生都有其特定的时代背景，而这些作品作为媒介载体，又促进了女性主义思想的传播。

四、女性侦探小说

一些学者认为，关于侦探小说有两个基本假设：第一，它是以男性为基础的小说类型，因为它运用逻辑推理解决问题；第二，它本身是保守的类型，因为它在解决问题的过程中强调了社会等级现状。但仔细阅读这类小说就会发现，这两个假设都是站不住脚的。

从侦探小说的历史来看，侦探小说大致经历了以英国为代表的古典侦探小说的兴起和兴盛，以及美国硬汉派侦探小说对古典侦探小说形象的刷新。有些学者认为，古典侦探小说中虽然有女侦探形象，但她们在探案过程中大多处于男性大侦探的附属地位，在追查凶手过程中经常会陷入险境，需要男性大侦探的拯救（一开始致力于革新的女性侦探到最后往往落入浪漫言情小说的窠臼），而硬汉派侦探小说中偶尔出现的涉及女性的爱情往往把女性塑造成荡妇形象。这些偏见源于对大量女性也通过侦探小说发声这一事实的忽略。事实上，在侦探小说史上，无论是女侦探还是女侦探小说作家的数量都是不容忽视的。一直以来，由于所处历史文化环境的特殊性，女性一直是暴力、社会冲突、受害与自我保护等问题的参与者和关注者，独特的视角总是能使她们具有发出激进之声的潜能。

"妇女解放"这一术语就暗含了它的一些相关政策都是新近发明。尽管女性主义、女性选举权运动以及对所谓"女性问题"的探讨比现代的平等主义早很多年，但侦探小说史上那些闻名遐迩的大侦探（比如杜宾、福尔摩斯以及斯佩德等）无一例外都是男性这样一个事实还是看起来有些奇怪。虽然也出现了一些女性侦探，但她们大多是为了某种"效果"而创作出来的，在其中稍显"异类"，就像那些"盲人侦探""跛脚侦探"或"古怪侦探"一样。毕竟女性侦探总能够引起些许惊讶。但即使是在女侦探人物形象诞生之后的今天，惊险小说中的主人公大部分仍是男性，而非女性。有时候男主人公身边会有一个女伴，而且女伴比男主人公还要强悍，但仔细观察这些小说就会发现一丝丝市场调查的痕迹，仿佛这种处理是作者为迎合市场口味而刻意为之。但即便是在这种处理之中，女性角色也总是显得格格不入。

苏格兰文学史家热尼·卡尔德（Geney Calder）曾在其著作《主人公》（1977年）中提到，侦探小说中的确有一些女间谍、女侦探、女士兵、女游击队员以及女宇航员等，但她们大多数只是男性的复制品或男性的附庸，并没有自己的独特光环、领导力、个性以及更实际一点的职业素养。或许大部分女性喜欢的大部分角色都是男性，这也暗示了一点，即传统上被视为英雄主义的品质一直以来也被大家认同为男性特质。女性解放运动后，女性行为大多与那些与英勇不沾边的商业或政府部门职业相对应。似乎并没有多少人要去挑战或改变那些男性数个世纪以来所树立的那些观念。对于这一现状女性总是毫无批判地照单全收。但在这些可敬的、有用的以及英勇的等总是与男性自动联系起来的正面概念发生改变之前，两性平等只会是一句空话。

犯罪小说、侦探小说等通俗小说却很少被视为能够改变这一现状的文学力量。因此，在侦探作家引入女性侦探这样一个新奇的文学手法时，同时也小心地保留着她们的谦逊和女子本性。最早引入女性侦探的两部小说分别是威廉·斯蒂芬斯·海沃德（William Stephens Hayward）于1861年在英国出版的《一个女侦探的启示录》（*The Revelations of a Lady Detective*）（最初以匿名"Anonyma"出版），以及安德鲁·弗雷斯特（Andrew Forester）于1864年出版的《女侦探》。

《一个女侦探的启示录》的主人公是接近40岁的帕斯切女士（Mrs.Paschal），她来自中产阶级上层，本人也受过很好的教育，从属于大都市的警察部门，以充沛的精力解决了伪造、敲诈、盗窃珠宝和丢失遗嘱等一系列神秘事件。而安德鲁的《女侦探》中的女主人公故意匿名，更像是故事的讲述者。她也从属于大都市警察部门，解决了一些犯罪事件。在小说中，两位女侦探会渗透到男性无法涉足的领域，并运用女性特有的"知识"（如关于缝补衣物），而这些知识恰好又是解决这些案件的关键线索。这两部著作在当时算得上独创，但在今天，随着时间和大众审美的改变，已经稍显乏味。

米歇尔·思朗（Michelle Slung）在其作品《犯罪在她心中》（1973年）一书的简介中曾为文学作品中的女侦探形象给出了一个很好的历史梳理。她一共列举了34位在第一次世界大战之前出现的女侦探形象，其中大部分属于18世纪。塑造这些女性侦探角色时需要特别注意不能因此影响读者的注意力。因此，她们仍旧需要如大众期待一样，保留自身的女性特质。对她们行为的这种限制也成了今天读者对这些作品兴趣的限制。正如米歇尔·思朗所言，作者在创作这些女性角色时似乎并不十分确定，尽管他们一开始下定决心要创作出一些新奇的角色类型（女侦探），但往往随着故事的发展，她们在职业中期就会放弃自己的职业生涯，投入婚姻的怀抱，以向观众展示她们的女性特质。侦探作家麦克唐纳·柏德金（Macdonnell Bodkin）就让他笔下的两位侦探朵拉·梅（Dora Myrl）和保尔·贝克（Paul Beck）一起走入了婚姻的殿堂。这也部分揭示了女侦探在这一职业中的"不成功"。休·格林（Hugh Greene）在其主题为"福尔摩斯的对手"的文集中就曾用数据说明这一问题：在整个文集的整理过程中，只出现了一位女侦探——苏格兰警察厅的莫莉女士（Lady Molly of Scotland Yard）和两位女侦探小说作家——艾玛·奥希兹和L.T.米德（Emma Orczy & L.T.Meade）。

即使在侦探小说的黄金时代，女性已经拥有投票选举权，女性进入侦探行业还是被认为不可想象。事实上，早在1905年就已经有女性在警局就职，如果担任女狱长也算的话，这个日期就可以提前到1883年。而女性行医则可以推算到19世纪中期。尽管女性走出家门从事其他职业已经有一段时间，但女性侦探从数量上来看还是很少，仅有的几位也不怎么讨人喜欢，即使流传至今，也算是侦探队伍中最不出彩的。职业女侦探就更少了。尽管埃德加·华莱士（Edgar Wallace）曾在他众多著作中刻画过两位在警察局就职的职业女侦探，只是莱斯利·莫恩（Leslie Maughan）中途因结婚结束了职业生涯，而另一位则一直担任助手一样的职务。

安娜·凯瑟琳·格林（Anna Katherine Green）是第一位为人所知的女性侦探作家，被称为"侦探小说之母"。格林的创作生涯始于1878年她在美国出版的《利文沃兹案》，这部小说获得了巨大的成功。多年后，格林发表了第二部小说《隔壁事件》（1897年），在这部小说中，格林刻画了一个年老的贵族老处女侦探巴特沃斯女士（Mrs.Butterworth），她思维敏捷，喜欢刨根问底，是阿加莎·克里斯蒂小说中马普尔小姐的前身。

19世纪末随着"新女性"这一文化现象的出现，女性走入新的职场，许多女侦探和女记者的故事一起出现了。以小说《做了这件事的女人》（1895年）闻名的格兰特·爱伦（Grant Allen）在1898年创作了两名女侦探形象：罗伊斯·卡莉小姐（Miss Lois Caley）和护士韦德（Nurse Wade）。在侦探小说中，他并没有像其他社会现实主义作家那样批判社会,而是让两位侦探到世界各地去解决案件。之后,乔治·希姆斯(George Sims)、弗格斯·休姆(Fergus Hume)和哈林·佩基(Harlin Peggy)等创作了更有趣的女侦探形象。与巴特沃斯女士不一样,这些女侦探年轻且富有魅力。她们凭借女性特有的直觉和精确持久的记忆力,成功地解开了一起起案件,是女性侦探凭借女性特质(与所谓男性特有的理性相对)成功破解案件最早的小说。虽然从某种程度上来说女侦探的出现具有进步意义,但从根本上来说,这一扩展类型形式所突出的女性知识特点与男权中心的意识形态是一致的。

20世纪初,女侦探和女性侦探小说作家继续崛起。其中,包德金(Bodkin)在《女侦探朵拉·迈尔》中刻画了一名热情洋溢的女侦探朵拉·迈尔。她会骑自行车,能够用发簪开锁,能够凭借自己的能力独立解开疑案,是爱德华时代独立女性的象征。然而,在1990年创作的《保罗·贝克的战利品》中他又塑造了另一位更有能力和经验,具有风度的男侦探形象。朵拉在他面前相形见绌。包德金最后让他们结婚了。朵拉因为做了母亲而放弃了侦探职业,放弃了她新获得的独立,正式成为保罗·贝克的战利品。这也是这一时期女侦探形象小说的特征:即使能够在侦探领域占有一席之地,但在爱情、婚姻面前,她们总会放弃侦探职业重新投入家庭生活中。

与此同时,大洋彼岸的美国硬汉侦探小说中女侦探形象却很少,但也有少数例外,如雷克斯·斯托特(Rex Stout)的《密切合作》(1937年),到了结婚年龄的多尔·邦纳(Dol Banner)却挑衅般地拒绝讨好男性;威尔·奥斯勒(Will Oursler)的《我发现他死了》(1974年)中的加尔·加拉格尔(Gale Gallagher)则举止冷漠、特立独行,时刻向人炫耀她的小雄马;而20世纪三四十年代女性杂志上的主要女侦探形象,如南希·德鲁(Nancy Drew)和朱迪·博尔顿(Judy Bolton)则都是男子气的女侦探。这些女侦探不是非常年轻就是非常年老,或者干脆就是假小子的形象(人们认知中并不适合结婚的类型),这就避免了女性在结婚或性方面的问题,也免去了女侦探挑战女性文化范式的麻烦。

当代侦探小说创作的一大特点就是女性侦探小说创作的繁荣。越来越多的女性作家开始从事侦探小说创作,她们以系列小说的形式刻画并完善各式各样的女侦探形象,有业余的侦探,有职业的私家侦探,也有警探。这些侦探小说在不同程度上反映了女性在社会现实中所面临的种种问题，以及女性侦探（女性职业）身份所带来的困扰，并通过塑造智勇双全、成功破解疑案的女侦探形象向人们证明，女性也可以在这种"男性化"领域中取得成绩。

五、女性童话故事小说

自从20世纪70年代开始，女性主义评论家对童话故事采取了两种批判立场：一种认为童话故事与父权社会的意识形态是串通一气的，另一种认为童话故事是不同意识形态交锋的场地。女性主义批评家安德里亚·德沃金（Andrea Dworkin）指出，那些最让人耳熟能详的童话故事都强化了父权社会的模式化观点。而另一些从事女性主义童话故事创作和研究的作家和评论家却认为，尽管父权社会对某些童话故事采取了鼓励和推崇的态度，但从更宽泛的范畴来看，仍有不少童话故事彰显了勇敢、积极的女性形象。

在20世纪70年代末期，对童话的批评的一个倾向是，许多批评家开始将童话的阐释作为女性声音和思想的代码。有些批评家从心理分析模式入手，如吉尔伯特（Gilbert）和格巴（Gubar）在1979年、舒利·巴塞拉（Shuli Barzilar）在1999年都发表了相关的研究结果。有些批评家则采用历史研究的角度，如玛丽娜·沃纳（Marina Warner）和希瑟·里昂（Heather Lyons）。在20世纪90年代，对于童话到底是父权意识形态的同谋还是对手的争论一直都在进行，比较典型的例子是安吉拉·卡特（Angela Carter）的研究者对她的《血屋》的不同批评立场。

1970年，阿丽森·卢里叶在《纽约书评》上发表了名为《童话解放》的文章，她明确地指出安德鲁·兰格（Andrew Lang，又译安德鲁·朗格）的那些具有颠覆性的童话是献给女孩子们的一份礼物，因为童话"支持的是弱势群体的权利——孩子、妇女、穷人，反对的是既有的秩序，尽管这经常是以乔装掩饰的方式来表现的"[①]。卢里叶认为，过去很多女性主义者将童话看作男性沙文主义的洗脑工具，而华特·迪士尼公司正是倾向于选择那些有着温顺被动的女主人公的童话。她还指出，在童话中存在着许多积极进取的女主人公，还有许多强势的巫婆

---

① Folktale Liberation, reprinted in Alison Lurie, *Don't Tell the Grown-Ups: Subversive Children's Literature*, London: Bloomsbury, 1990, Chapter 2, pp.16-28.

和继母。由于童话的女性口述传统，女性必然面临相关的家庭关系、工作和生存问题。由于童话不断地被中上层社会的男性所编撰，因此他们在筛选过程中更全面地反映足智多谋和勇敢进取的女性形象，如安德鲁·兰格后期编撰的童话集（主要由他的夫人完成）就是一例。应该说，卢里叶的文章涉及了许多女性主义者争论的议题的雏形。

1972年，玛西娅·利伯曼（Marcia Liebeman）对卢里叶认为兰格的童话是对女性读者的鼓励这一观点提出质疑。兰格在一生中编撰了许多童话故事集，为了让童话故事集能够成为一个系列成功地出版，他不得不四处去搜罗新的故事，这样做的结果自然就是把一些表现积极的女主人公的故事也包括进来了。利伯曼从兰格早期编撰的童话故事集中发现并分析了父权意识形态主导下的性别模式，女性的被动得以称赞，而男性的主动得以宣扬。作为女性主义运动第二次浪潮中对童话故事发起女性主义评论的先导者之一，利伯曼在《我的王子将有一天会到来》中对童话人物的分析，成为20世纪70年代女性主义童话批评的主流。她将兰格童话中的女性人物分成年轻和年老两类。年轻女子如果漂亮而且温顺，那么就会得到报偿。但如果她们模样丑陋，就会被塑造为脾气暴躁的角色。因此，美貌变成了一种值得去追求的道德属性，而那些有幸被选中获取胜利果实的女子是"她们中最最美丽的"。年轻女子大多处于被动状态，等待着拯救和报偿；而她们中有许多人是受害者，这无疑是对殉难的美化。在童话故事的这一套体系中，年轻女子获得报偿所涉及的因素有：外貌迷人、被人拯救、通过（嫁给王子的）婚姻提升社会地位等。与此相反的是，年老的妇女通常很主动，甚至很强大，但她们无一例外都被描述成其貌不扬，甚至是面目可憎。童话中也有少数善良、能干的女性，但她们都是遥不可及、转瞬即逝的仙女，对读者缺乏现实性的激励作用。那些坏女人，不管是妖怪还是凡人，都绝对是丑陋的，而丑陋本身就是对她们的邪恶的解释。利伯曼得出这样一个结论：童话故事为女性读者提供了一个两分模式——年轻的女性被动、温柔、漂亮，年老的女性邪恶、主动、丑陋。由于许多女性主义者认为女性读者在阅读童话故事时，往往都会忽略童话中的离奇、神秘的成分，而将更多的注意力放在与女主人公的认同之上，所以利伯曼对童话故事的女性主义阐释对后来的评论家产生了很大的影响。

安德里亚·德沃金在1974年发表的《女人恨》中，进一步推进了利伯曼的观点。她同样认为童话强化了父权社会的意识形态，格林和佩罗的童话告诉女孩子，女性特质是通过胆怯与害怕来表现的。

德沃金把这种任意施加的法则，看作对反叛或异议的惩罚："对女人的定义有两种。好女人是受害者，坏女人一定会被消灭；好女人一定会被拥有，坏女人一定会被杀死、被惩罚或被废除。"①

在德沃金看来，童话故事并不是让人理解社会或者促使社会变化的武器，而是传播给孩子的寓言故事，让他们开始认真地考虑如何适应社会强加给他们的种种角色，尽管这并不符合他们的心意。

1973年，女性主义评论家李·卡瓦勃拉姆（Lea Kavablum）发表了激进女性主义的评论《灰姑娘：激进女性主义，炼金术士》。她在文中将灰姑娘看成一个女性主义的模范，灰姑娘拒绝与她的姐姐一样采取竞争性的、机会主义的行动，而是巧妙地避开了厨房和壁炉的家务之累。卡瓦伯伦（Kawaburen）认为，灰姑娘将"王子"看成她的内心力量的象征，是一个成功争取到自己的性活动的独立女性。

凯·斯通（Kay Stone）则从20世纪美国社会历史角度分析了童话故事中的性别模式化描写。她在1975年对美国童话故事进行的研究中发现，美国最流行的童话正是宣扬温顺女主人公的那种类型。事实上，在格林兄弟童话故事集中，只有25%（甚至更少）的故事为美国儿童所了解。格林童话中，只有20%的故事表现的是被动的女主人公，但这些故事却占了北美童话的75%。她认为《灰姑娘》的故事之所以广泛流行，是因为女主人公超常的善良和耐心；睡美人和白雪公主则被动到了需要被男人来唤醒的程度；而《牧鹅姑娘》和《六只天鹅》中的女主人公非常纯真，成了野心勃勃的邪恶妇人设计的阴谋的牺牲品。这种被动、善良和耐心的美国角色模式被华特·迪士尼进一步强化。斯通认为，迪士尼选择《灰姑娘》《睡美人》和《白雪公主》这三部电影表现被动而漂亮的女主人公被恶妇所毒害，绝不是偶然的。在迪士尼看来，男主人公之所以取得成功，是因为他们采取了行动，克服了困难；而女主人公已经很完美了，因此她们需要的仅仅是维持原状（一张漂亮的脸蛋、一双小巧的脚、一种可爱的性情）。在《睡美人》原著中，王子趁着睡美人熟睡之际让她怀孕了，而迪士尼却在电影里回避了这一

---

① Andrea Dworkin, *Woman Hating*, New York: Plume, 1974, p.48.

点。因此，斯通认为在美国的20世纪五六十年代，童话故事主要被用来强化父权意识形态，但实际上童话故事中存在着大量独立自主的女性形象，只不过被人们忽略了。

20世纪80年代的童话批评的主要发展不是对童话的评判分析，而是出现了大量将童话和讲述神秘女人（智慧的女人或女神）的神话联系起来的书籍，并出现了分离主义者的立场，即把故事看作象征迷失的女人的声音。派翠西亚·摩纳罕（Patricia Monaghan）的《关于女神和女主角的书》、西尔维亚·布林顿·佩雷拉（Sylvia Brinton Perera）的《女神的发展》、玛尔塔·维格勒（Marta Weigle）的《蜘蛛和老处女：女性与神话》以及芭芭拉·沃克（Barbara Walker）的《女人关于神话和秘密的百科全书》都是这类书籍的代表。

20世纪90年代对童话的分析不是从女性主义者的角度，而是"以女性为中心"，这段时期可以被定义为"后女性主义者"时期。舒利·巴塞拉主张对《白雪公主》进行以女性为中心的心理分析阅读，而玛丽娜·沃纳的书《从野兽到美女：关于童话和它们的讲述者》主张对童话进行以女性为中心的历史分析。可能是因为注意到了这个趋势，伦敦布鲁斯贝利出版社于1990年以《别告诉大人们：颠覆的儿童文学》为标题出版了阿丽森·卢里叶早期散文的选集。

1971年，美国诗人安妮·赛克斯顿（Anne Sexton）发表了《变形》，以诗的形式重写了格林童话（如《小红帽》和《灰姑娘》），并赋予其现代经历的框架。她的诗质疑了这些故事对我们意识的慰藉作用，揭示了它们怎样限制了女性的期待。后来，英国作家坦尼斯·李（Tanith Lee）发表了《龙的秘藏》，之后又发表了《海查地王子和一些其他的奇事》（1972年），都是主要针对孩子的文本。她为成人重写的《红得像血或来自格雷梅姐妹的故事》发表于1983年。1974年，创作了大量幻想作品的美国作家简·约伦（Jane Yolen）开始创作系列童话，包括《对着花哭的女孩，月亮绶带和其他故事》（1976年）、《第一百只鸽子》（1977年）、《织梦者》（1979年）以及《睡丑人》（1981年）。幻想小说、科幻小说和其他推测性质的小说的作家似乎与童话类型产生了共鸣，如乔安娜·露丝（Joanna Russ）的幻想小说《可塔体尼》（1978年）中的一部分内容包含了对《海的女儿》的批评。类似的作品还有1983年厄休拉·勒古恩（Ursula Le Guin）的《妻子的故事》。

1977年，在安·汤姆佩特（Ann Tompert）为孩子们创作了《聪明的公主》的同时，奥尔加·博洛马斯（Olga Broumas）继承了安妮·塞克斯顿（Anne Sexton）的做法，将童话用在她更直率的诗篇《开始于O》中。两年后，安吉拉·卡特在英国发表了《血屋及其他故事》，她的作品中包含了从幻想和哥特小说中借鉴来的推测性的描述。因为其中直白的色情内容，美国1981年版本将其命名为《血屋及其他成人故事》。

在作家们或多或少出于女性主义的目的使用这一类型的同时，出现了许多公开的女性主义组织，如马其赛特郡童话集体于1978年发表了《小红帽》《小猪信》和《白雪公主》；爱尔兰女性主义者童话集体发表了《拉普兹尔》（1992年）、《舞会上的灰姑娘》（1991年）、《玛菲特女士》（1990年）、《疯狂和坏的童话》（1990年）、《哭泣的美人》（1989年）。

一些女性主义编辑也出版传统故事选集，突出颠覆性的女主人公，既面向孩子也面向成人。1980年，阿丽森·卢里叶主编了《聪明的格雷琴及其他被遗忘的民间故事》；1982年，乐迪·科廷·波格列宾（Letty Cottin Pogrebin）主编了《为自由的孩子所作的故事》。女性主义出版社——女英雄出版社发表了《女英雄童话故事》的合订本，第一本由安吉拉·卡特于1991年主编，第二版开始由卡特主编，在她去世后由玛丽娜·沃纳于1992年完成。

第五章 文化视角下的英美文学——生态文学

生态文学历来都是英美文学的重要写作方向，本章对文化视角下的英美生态文学进行概括，包括英美生态文学理论、英美生态文学意象、英美生态文学作品研究。

第一节 英美生态文学理论

一、生态文学概述

（一）生态文学的概念界定

1."自然文学""环境文学""环保文学"

一些文学作品长期以来致力于折射生态环境危机，其创作却远远领先于理论概括，然而这些作品一直默默无闻。当这一文学趋势受到学者关注时，有不少称呼和命名被提出，除了"生态文学"以外，还包括"自然文学""环境文学""环保文学"等不同的说法。

1902年，美国学者弗朗西斯·哈尔西（Francis Halsey）发表了一篇评论文章《自然文学作家的崛起》，首次提出了"自然文学"这个概念。"自然文学"这个概念所蕴含的含义主要来自美国文学中的非虚构性作品，这些作品以亲身经历为基础。约翰·默里（John Murray）是一位美国文学评论家，他在《自然文学论丛》的前言中将"自然文学"描述为散文体的作品。学者程虹延续了这种看法，在其专著《寻归荒野》中也将美国自然文学的范畴界定为"非小说的散文"[①]。"自然文

[①] 程虹：《寻归荒野》，生活·读书·新知三联书店2001年版，第6页。

学"的非虚构性导致小说、戏剧和诗歌等文学形式中描绘环境危机的作品无法被新时期文学创作包括在内,这就不能全面地反映新时期文学创作的现状。此外,需要注意的是,把这种文学思潮用于写实类的报告文学可能会带来负面影响,因为这有可能会削弱作品的艺术深度。

"环境文学"这一概念最早是于1984年高桦在《中国环境报》的副刊《绿地》上提出,她认为"环境文学"是关于揭露破坏环境与歌颂保护环境的创作。[①]这个概念可能会让人误解为生态文学的主题只限于环境生态描写,而无法达到一定的文学的思想深度和艺术境界。更加严重的问题是,"环境文学"这一概念从本质上区分了主体和客体,将人作为主体,将环境视为客体,这两者之间便形成了明显的对立关系。这种区分所揭示的事实是,人类普遍存在着一种根深蒂固的人类中心主义观念。生态文学的批判目标恰恰就是人类中心主义意识,"环保文学"也面临着同样的问题。

2. 生态文学的内涵

在众多的命名中,"生态文学"更加恰当。

"生态文学"(Eco-literature)一词是基于生态学(Ecology)发展而来的,可以从词源学的角度来考察。Ecology 这个术语最早起源于19世纪70年代,最初由德国动物学家恩斯特·海克尔(Ernst Haeckel)所创造。在1931年,赫伯特·威尔斯(Herbert Wells)认为 economics(经济学)是人类生态学的一个分支。这个观点促进了词义的转变,并使得生态学逐渐成为一个更广泛的社会问题。在20世纪50年代,随着西方工业化国家的普及,环境污染开始呈现普遍化的趋势,因此出现了被称为"第一次生态环境危机"的社会问题。因此,Ecology 一词的含义逐渐扩展,主要表示人们对保护环境的广泛关注。1972年,约瑟夫·米克(Joseph Meeker)在他的著作《生存的喜剧:文学生态学研究》中首次提出了"生态文学"的概念。现在,西方的生态文学创作呈现极大的发展势头,而生态文学概念的出现也为这股创作潮流长期无名发展画上了完美的句号。

新概念的内涵并不会立即形成,浮现在人们的思维中,它需要随着时间的推移和时代的进步慢慢地逐渐加深和拓展。就"生态文学"的内涵而言,不少人持有不同的看法,缺乏一致的共识。

---

① 黄轶:《新世纪乡土小说的生态批评》,东方出版中心2016年版,第34页。

（二）生态文学的特征

从生态文学定义的界定我们可以看出生态文学具有如下特征。

1. 对生态危机及其社会根源进行揭示，突出忧患意识

生态文学作家对人类当前面临的生态危机表现出了深切的担忧和强烈的批判态度。他们认真观察并深刻体验到生态危机日益加剧的严重情况。《伐木者，醒来！》这本书是中国的一部生态文学作品。《淮河的警告》揭示了中国经济发展的背景下，人们的无知、贪婪和对生态环境的破坏，这种揭示非常深刻。

生态文学的显著精神特质之一是强调对危机和困境的警醒和关注，是一种忧患意识。几乎每一部作品都从不同角度提出了对于盛世陷入危机的警示，并深入探讨了导致生态灾难的社会根源。

2. 重新审视人与自然的关系

随着生态环境危机的出现，人类中心主义所宣扬的"人是万物的尺度""人定胜天"的理念已经变得越来越不被认同和接受。在表达人与自然关系的时候，这种传统思想已经受到了严肃批判。根据生态文学的观点，人类应将自身视为自然界的成员，与自然界并肩而行，而不是主宰自然界。自然界能够按照规律自由演变而不需要人类的参与，但人类却必须紧密依赖自然环境才能生存。鉴于此，这是生态文学否定狭隘的人类中心主义的观点的原因。

生态文学非常强调人类应该对自然负责，应该承担对所有生物和整个地球生态系统的生存责任，认为这是人类不可推卸的义务。人类需要意识到自己是自然万物大系统的一部分，并对整个系统内各种关系的和谐和平衡负责，这是岁月赋予人类文明的意义。生态文学倡导人类应以生态整体的利益为主，在必要的情况下甘愿做出自我牺牲。在文明的漫长历史中，我们经常看到文明发展常与生态和谐相悖，留下令人唏嘘的荒芜，这是难以言说的悲剧。在 21 世纪的今天，人类比任何时候都能对生态危机的威胁有着越来越深刻的认识，比任何时候都更加警觉。面对这样的前景，生态文学告诉我们必须采取行动，弥补我们和前人对自然界忽视或不在意而肆意破坏环境的冒犯，尊重自然、保护自然、维护自然生态的平衡，这是我们不容忽视的责任。

3. 对生态整体观的推崇

"生态文学以生态整体主义或生态整体观作为指导考察自然与人的关系，它对人类所有与自然有关的思想、态度和行为的判断标准是：是否有利于生态系统的整体利益，即生态系统和谐、稳定和持续地自然存在。"①

生态整体主义认为，我们应该从道德的角度出发，关爱整个生态系统以及其中所有自然存在的事物。除此之外，我们需要意识到自然界所有生物都拥有各自独特的贡献和创造力，因此需要将整个生态系统视为一个完整体系，认为每个物种和生态系统都拥有一定的道德地位。人类应该尊重与自己同属一个社群的其他成员，并且尊重整个社群的存在。奥尔多·利奥波德（Akdo Leopold）在《沙乡年鉴》中呈现了一种土地伦理观，强调了其价值取向。用他自己的话说，"土地伦理是要把人类在共同体中以征服者的面目出现的角色，变成这个共同体中的平等的一员和公民。它暗含着对每个成员的尊敬，也包括对这个共同体本身的尊敬"②。

因为经济主义的影响，人们通常从功利的角度出发去看待人类与自然的关系。因为寻求经济利益，人类一直在不断地掠夺和开采自然资源。生态文学批判的目标就是那些只强调自然资源的经济价值和把自然界视为人类工具，无情破坏自然的经济主义思想和行为。

尽管人类是自然界微不足道的一部分，但我们不可能与自然脱离，只有保证自然系统的健康和稳定，才能确保人类的安全、健康，拥有长期生存和进步的空间。因此，强调生态系统整体性一直是生态文学鲜明的特点。

4. 倡导人与自然和谐共生

生态文学还表现出一种美好的浪漫情怀和对自然和谐的向往。生态文学返璞归真的浪漫情怀主要表现为对家园美好生活的向往，无论是对物质家园还是精神家园都怀有强烈的向往之情。生态文学主张，自然不仅是人类生存的供给者，还是我们的伙伴和朋友。我们依赖自然的物质资源，也从自然的精神力量中受益，因此，实现人与自然、人与社会、人与他人、人与自身之间的诗意和谐，是人类生存的最高的境界追求。

---

① 王诺：《欧美生态文学》，北京大学出版社2003年版，第7页。
② [美]奥尔多·利奥波德：《沙乡年鉴》，侯文蕙译，吉林人民出版社1997年版，第228页。

生态文学家深刻地认识到，如今的人类已经不可能回到古人类时代的生存状态。但是，在现代社会中，人类应当思考如何在科技的车轮滚滚向前的背景下仍能不以牺牲生态自然为前提，与自然和谐共存，并在实践中尽可能地提倡环保消费、友好消费的理念。他们主张人类应该以更加诗意的方式居住在这个星球上，"物与我皆无尽也"。

二、英美生态文学的思想内涵

（一）对人类干扰自然进程、征服自然的权利产生怀疑

梭罗（Thoreau）在日记里质问道："非得把河滨的樱草花移植到山坡上吗？'此地'即它萌芽生长之处；'此刻'即它娇嫣怒放之时辰。设若阳光、雨露降临'此地'，催促它绽放成长，我们应否僭越此地攀折它？可否因为私心而将它移植至暖房去呢？"[①]

在《缅因森林》里，梭罗对登山者渴望征服地球所有高山顶峰发出了谴责。他说："山顶是地球未造完的部分，爬上那地方，刺探神的秘密，考验它们对人类的影响，这是有点侮辱神明的。也许只是胆大妄为、厚颜无耻的人才会去那里。原始种族，如未开化的人，就不会去爬山，山顶是他们从未去过的神圣而神秘的地带。"与之相反，现代人却习惯于认定人无处不在，每一个地方都有人的影响。梭罗模仿大地母亲的口吻对登山者发出警告："这个地方不是为你准备的。我在峡谷里微笑还不够吗？我从未把这块土地作为你的立足之地，没有把这里的空气供你呼吸，让这些石头作为你的邻居，我不能在这里怜悯你也不能爱抚你，但我永远会无情地把你从这里赶到我能宽容的地方。为什么在我没有召唤你的地方来找我，然后埋怨因为你发现我只是一个后娘？"[②]艾特玛托夫在《死刑台》里也痛批了人类把魔掌伸向莫云库梅荒原等人类并不居住的地方，呼吁人类给世界留下一些净土，不要去打扰践踏。

华兹华斯在《泉水》里指出，"对于大自然"，千万不要"做无谓的争斗"。在《劝诫》一诗里他又告诫人们：不要"从大自然的书上把这珍贵之页撕下"，

[①] 陈长房：《梭罗与中国》，三民书局1991年版，第105页。
[②] [美]罗伯特·塞尔：《梭罗集》，陈凯、许崇信等译，生活·读书·新知三联书店1996年版，第715—716页。

不要为了自己的贪欲去亵渎自然，因为"凡现在使你着迷的一切，从你插手的日子起就消失"①！

普里什文在《大地的眼睛》里指出，"我们无条件地认为人类是大自然的'君主'"，我们"利用大自然的财富，使之有益于自己，但还不知道，这是我们在控制大自然呢，还是恰恰相反，是大自然迫使我们服从他的规律"②。

（二）批判工业与科技的不良发展

自19世纪起，人类在工业生产和科学技术领域取得了惊人的发展成就。尽管现代工业和科技飞速发展，但这并不意味着我们对自然的认识已经深刻、对自然的利用已经合理或者我们在适度地增加人类物质财富的同时也能保持自然的可持续性。在许多情况下，工业生产和科学技术的发展妨碍了自然过程，违背了自然法则，破坏了自然之美和生态平衡，甚至消耗了自然资源。在20世纪，人类工业和科技文明以征服和利用自然为目标，造成的自然环境破坏，达到了前所未有的程度。工业化和科学技术的发展已经引起人们对环境和生态系统破坏的重视，生态文学对此表示严重担忧并提出激烈批判。

如果科技和工业的发展失去掌控，其影响可能比政治中心集权还要更加严重，有可能导致人类和生态系统遭遇破坏性的灾难。

生态文学的目标在于揭示当前工业文明和科技文明所面临的重大问题，影响着人类生存与命运，敦促人类去找到适合科技发展而又不摧毁自然的正确道路，并非全盘否定工业和科技的意义。其重点在于引发人们反思并探索可行的发展途径，以实现可持续发展，并构建绿色的工业和科技体系。生态文学在工业和科技方面的批判具有极其重要的价值，原因正在于此。

（三）建立生态责任

每个人作为人类大家庭中的一员，都承担着相应的社会责任。每个人都是自然环境的一部分，因此也有义务履行生态责任。人类是当前生态危机的第一责任人，因此我们必须承担起应有的责任。我们必须采取措施缓解生态危机，直至消

---

① [英]威廉·华兹华斯：《华兹华斯抒情诗选》，黄杲炘译，上海译文出版社1986年版，第114、255页。
② [苏]米·米·普里什文：《普里什文随笔选》，非琴译，百花文艺出版社1992年版，第85页。

除生态危机，恢复生态平衡，保障地球上所有生物物种得以延续、安全、健康地生存，这是人类义不容辞的责任。只有达成恢复生态平衡的使命，人类自身才能在地球上繁衍生息。

华兹华斯专门写了《责任颂》歌咏人对自然的责任，指出"纷杂的欲望已成为负担"，人类的希望又不停地变换，仅仅靠欲望和希望指引人类，仅仅"自己当向导，给自己引路"，往往会"因过于盲目轻信而出错"。相反，责任则出自良知，是"'上帝之声'的严峻的女儿"，是"指路的明灯"，又是"防范或惩罚过错的荆条"。只有责任"威严的律令"，能够"伸张了正义"，"叫人摆脱浮华的引诱，叫世间昧昧众生终止无谓的争斗"。诗人请求责任女神赐予人类"自我牺牲的意志"，使人类"谦恭而又明智"。他又呼吁人类做责任的臣仆，听责任调度，归责任管领，尽心竭力，将自然侍奉。①

第二节　英美生态文学意象

一、田园与荒野的诗意向往

（一）生态文学追求田园与荒野的原因

田园与荒野，是自然具象的典型显现，长期以来一直是人类感知自然的主要地方。田园、荒野的文学描写不仅可以成为现实生态的对照，还可以带给读者一种心理上的回归感，因为田园、荒野的自然宁静和质朴是对城市喧嚣的反动。

田园指代的是乡村生活状态和对天然生态景观的描写。对田园和荒野的描写是人们想逃离喧嚣的城市文明的写照，这不是最早的萌芽，从传统乡土文学就有这个迹象了。随着科技的进步、社会的发展，慢慢地，越来越多的人在城市扎根驻足，在此生活，随之而来的是环境问题，城市生态污染逐渐成为不可忽视的弊病，也因为人们在城市生活，导致人们与自然不再是触手可及的接触状态，这也影响着人们内在的和谐心境，钢筋、水泥的丛林生活逐渐麻木了人们对天、地

---

① ［英］华兹华斯、［英］柯尔律治:《华兹华斯、柯尔律治诗选》，杨德豫译，人民文学出版社 2001 年版，第 240—242 页。

和生命的感觉,快节奏的城市生活使人们失去了和自然相处的和谐和舒适的恬淡心境。因此,作家通过对田园和荒野的描写,抚慰了人们蠢蠢欲动亲近自然的心,展示出一派生机、生态和谐的自然图景。这样的描绘是诗意的、浪漫的,是理想化的世界。它诉说着人与人、人与自然和谐相处的本原,充斥着崇高的人文关怀。

(二)生态文学中的田园、荒野描写与传统乡土文学描写的区别

生态文学对田园和荒野的诗意描写和遥望与传统乡土文学的描写有着本质的区别。

乡土文学中的山水、田园只是作者写作的背景和与城市文明对照的场景,是与淳朴美好的自然人格相应的客体,作者主要彰显的是乡土中的人情美,对乡土自然的写作更多的是对城市文明的简单拒绝,缺乏内在的精神力量和独立的审美价值。在生态文学中,对田园、荒野、原生态的生活方式和生命的自为状态,甚至对贫穷、落后、封闭的生活状态和荒野之地的审美回望和推崇,不仅成为作家对抗工业文明、城市文明、科学技术、享乐主义、物质主义的武器,而且还满足了他们对现实生命缺失性体验寻求补偿的渴求。这里的乡村不是已经城市化和工业化的现代农村,而是传统意义上保持着与大地的血脉联系的自然、缓慢、淳朴、厚重的乡村,是与人类相伴千年却仍不失原初、山野气息的乡村。

在生态作家的眼里,这是人类尚可拯救的依傍、人与自然和谐相处的写真。在传统写作中,乡村、乡土、乡愁一直是很多作家的题材选择,生态文学得以在传统乡土文学的基础上展开对乡村的诗意怀想,很多作家借助传统文学中的乡土题材,融入当代生态意识,使乡村意象在生态文学的表达中成为一个独特的生态文化符号。

(三)田园与荒野意象表达的影响

生态作家刻画的乡村与生态危机形成了鲜明的对比,在这里乡村是一个诗意的、净化心灵的、富有象征意义的美好理想世界。作家意在通过对乡村自然景观的描绘来反思生命存在的真正意义和价值,并从中找寻人类生命意识深处的答案。通过表达对一个可持续发展且宜居的理想家园的向往和怀念,并且呼唤和期待传统文化价值的回归,来点燃人们对这个世界的追求和持续不断的探索。这表现了

人们为了逃避现实而追求心灵的归属和对家园的守护。它指涉了城市与乡村、异化与本真、崇尚物欲与追求简单自然、工业文明与传统农耕文明等不同文化和价值观之间的挣扎和选择。

荒野是一个由自然之道来演绎的世界，田园和荒野都保存着大地的速度，都是人类和其他生命共在的地方，在田园和荒野中人们所经验和获取的一切，都是从大地中生长出来的。"自然首先是价值之源，只是在后来，在第二性的意义上，它才是一种资源。在荒野中，我们是在体验根，这种体验是有价值的。但我们体验的对象，即这些野性的、生发生命的根是在人类出现之前就已在运行自然过程，这些过程给我们以很多价值，而且不管我们是否意识到，它们给我们的益处都一直在我们的生命中起作用。"①

梭罗在《瓦尔登湖》中描述了自己在湖畔过着简朴的生活，并通过与自然中的生命互动来体味大自然的美妙。这些赤诚的叙述和感人的文字启发那些一心追逐名利的人们，让他们领悟到了生活的另一种价值，也触动了使他们能珍惜自然、维护生态环境的情感结点。尽管城市带来的刺激、渴望和物欲享受是乡村生活所不具备的，但人们对乡村生活的向往以及大自然自身的吸引力，使得乡村生活成为人们短暂逃离和调整日常生活状态的有意识的第一选择。梭罗深信，荒野可以帮助人类重拾在文明社会中失落的内在精神，并培养一种对生命深深的敬畏和谦卑之心。

当涉及将乡村和荒野联系在一起的具有诗意的表达时，可能会与强调发展、文明、进步等现代话语步调冲突，就像在艾米丽·勃朗特（Emily Bronte）的小说《呼啸山庄》中所描绘的凯瑟琳和吉卜赛女郎嘉尔曼身上的自然狂野与文明社会之间的矛盾一样。生态文学家关注的是乡村和荒野作为一种价值理念的建构，而非将它们作为一个遮蔽现实的虚幻世界进行描绘。这是一种对生存现实的深度揭示以及对于价值追求的另一种隐含表达。近年来，随着人类对乡村和荒野的不断侵占和破坏，越来越多的作品呈现出自然和人类之间的冲突、紧张和对立，这使得人类正陷入无家可归的状态。"人们必须明白一个道理，有的时候，今天最慢的速度可能正好是明天最快的速度，特别是在对原生态和环境的开发问题上更

---

① [美]霍尔姆斯·罗尔斯顿:《哲学走向荒野》,刘耳、叶平译,吉林人民出版社2000年版,第153页。

是如此,而在对待那些仍处于原生形态的民族、族群的文化样式和类型的时候尤显突出。不少人其实明白个中道理,只是他们经常无法抵御眼前利益的诱惑。"[①]因此,对乡村和荒野和谐生态的坚守也就成为作家生态理想的守望。

二、乡愁意象

(一)乡愁的产生

乡愁是一种与过去有关的情感体验,经常出现在传统艺术作品中,反映着人们怀念家乡的情感。"乡愁"作为一个悠久的主题,孕育出了许多华美的文学和艺术形象,如乡村情感、故土恋情、故乡梦想、离别故乡、怀念家乡、思归乡土、远眺故园、回到故里等。故乡可以指自己出生和成长的地方,也可以是自己内心深处本质的归属之所。躯体的故乡指的是出生、成长、锻炼、塑造的家园;心灵的故乡是一个自然的、纯净的、永恒的归宿,不受外在物质世界的影响。故乡的一切包括山水、风景、老街、老屋、老友以及过去的点滴,因为有真情在此,总是寄托人最质朴的情怀。人们总是喜欢聊起这些过去的事情,不断地从不同的角度去体味过去的故事。尤其是当夜深人静时,思绪如泉涌一般涌现,人们更愿意抒发内心的离愁别绪。

乡愁的发生与个人的身心健康、性格特点以及身处的社会环境密切相关。乡愁的情感更容易发生在成长于乡村的人身上。19世纪的怀旧者就渴望远离城市,渴望沉浸在自然清新的乡村生活中。现代乡愁折射了人们对神话中未能实现的归乡愿望的愁绪,对曾经有着明确的价值观和界限的世界逐渐消失的叹惋,以及对某种绝对存在的精神渴望和怀念之情。这种乡愁也意味着对一个既具有物质形态又包含精神归属感的家园的热爱,以及对想要回归到类似于史前伊甸园的自然和谐状态的向往。乡愁是一种广泛存在的情感问题,其核心在于人们感受到了某种愿望未曾实现的失落。虽然对于这种失落感的记忆模糊不清,但人们又不知道在哪里找寻。

对于大多数人来说,现在是最真实、最重要、最有价值的存在,因为持久的现在内在于永恒的时间。通过对乡土情怀的追忆,人们与现实生活中的分裂得到

---

① 彭兆荣:《旅游人类学》,民族出版社2004年版,第359页。

了和解。在这种和解中，乡土情怀又包含着现实意义的建设性，从积极的角度审视现实，并努力重建人类精神上的本真与统一。

（二）生态文学中的乡愁

人类精神家园也同样离不开大自然。自然不仅赋予了人类各种生命情感，而且也是人类精神文化作用的场所，经过人工改造的自然也就成为人类精神文化的显现和表征，大自然在人类的眼里是何存在、人类以何种方式作用和改造自然、在自然里人类以何种方式生存等问题都与人类精神家园的构造有关，自然是人类肉体和精神双重栖居的家园。

在生态文学的作品中，对乡土情怀和家园的描写是一种对人类思想和本质的探索和回归，是对想象中理想居所的向往，这种描写和表达涉及现实和精神两个方面的思考，追寻的是真正的精神和肉体的家园。因此，生态文学写作中关于乡愁和家园的寻找与呼唤，有助于人类对自然家园的保护和心灵家园的关照，只有不忘家园并致力于守望家园的人才能从虚空中找回自我，无论在哪里都有所依傍，不断审视并确认自己。马丁·海德格尔（Martin Heidegger）从农鞋中看到的是农妇生活的所有，人类从自然中领会到的是对生命存在的承诺和安慰。同样，我们也可以透过自然——人类的家园来审视人类的现实，认真思考人类发展的出路和方向。当自然环境陷入危机并且无法维持生命存在的条件时，人类自然会产生对自身存在的担忧。在这种情况下，自然就是一种反映人类内心和行为多样性的镜子。

（三）乡土怀旧意识的主要呈现

生态文学中存在许多意象，这些意象本身就展示了深刻的生态价值内涵，同时也为生态反思提供了广阔的空间。这些意象包括自然、城市、乡村、荒野、动物和植物等。这些意象所散发的氛围，能够给人带来平静、温馨和归属感，同时也在人们内心深处散发着一种迷幻却真实存在的灵性之光。生态文学所描述的怀旧意象，通过对原始意象的描述，传达出应对当下危机的智慧和启示。

1. 乡野意象

乡野，是人类成长的最初生活环境。在过去，人类的童年时期普遍都是在乡野间度过的。城市的有序总是让人感觉到不近人情的冷漠，让人们逐渐失去了本应纯真无邪的童年。童年该是无忧无虑、充满想象力的，却因城市生活慢慢地磨灭了灵气。当人们回忆乡野下的童年时，他们会意识到文明的偏差和理性的误区。

生态文学家以传统和现代生态思想为基础，探讨了人类与乡野之间的联系。他们将自然乡野的慷慨之美与人类的自私之恶形成鲜明对比，并提醒人们要注意失去再生和自我净化功能的自然可能会形成生态灾难带来的风险和威胁。他们的目标是呼吁唤起人类对自然的感恩之情，提高生态保护意识。作家用真诚的态度与大地和万物进行交流和对话，从中体验、拥抱、感悟和赞美这个世界，并将它们描绘在自己的文字中，为读者带来神奇的魅力。就好像画家保罗·高更（Paul Gauguin）在塔西提岛的夜晚中，感觉到他的心脏跳动有着特别美妙的声音，这个声音与周围的神秘生态和谐融合，是人与自然和谐相处的美妙时刻。

与乡野相关联的自然意象包括大地、生命、丰富、野性、和谐、自由、本色等。自然既是实体，也是本源，所有生命都得益于其广泛的容纳性和无限潜力，自然是所有生命的起点与归宿。生态文学家内心深处充满对自然乡野的虔诚敬畏、感恩之情，他们对现实社会的不满和批判，并不是无端的逃避，而是对逝去的家园的渴望。这种情感不仅是现实意义上的渴望和期盼，更是追寻精神意义上的还乡。

古代的农耕文明似乎与古典诗词紧密相连。在诗词中，我们可以看到丰富多彩的乡村景象，有石涧清泉、落花啼鸟、平湖秋月、古道瘦马、野渡横舟、霜叶染山、黄鹂白鹭、海棠芙蓉、樱桃芭蕉等，这些意象丰富而生动地展现了人们对土地的深情厚谊，也让我们感受到了大自然的美妙与壮丽。文学中常使用乡野意象，强调了人与自然的紧密联系，表达了人对大自然的情感依托，展现了人类与自身生命之间的和谐共存，也展示了对生态之美的深深热爱。乡土文学一直以来都关注着田园渔樵、感时悯农以及恋乡情怀，这些都是其中的传统主题。怀念家乡和渴望回到故乡的情感更真切，反映了更深入地对土地的热爱和对生命与生活的深刻体验。由于其缺乏神话色彩和虚幻性，生态文学更加注重表达人间情感，这也是其一贯的传统特点。因此，当它表达怀乡情感时，它往往选择描绘故乡的日常生活场景和原始乡野的自然美景。这种对乡土文化的怀旧意识不仅有现实基础，也反映了当代社会的特点。

2. 家园的深情呼唤

自从工业革命以来，人们的生活变得越来越孤立、封闭、疏远、疲惫和偏离本真，因而"归乡"和"家园"的文学描写随着时代的发展不断注入新的内涵，除了保留原来的意义外，还表现出反对现代文明和超越尘世束缚的精神意义。

故乡是我们最初的家园，是我们一生的起点。对于故乡的情感，是我们对生命的深刻感悟和珍视，也是对故土的无限眷恋，是对现实无法满足的苦涩，也是在离开故乡之后的懊悔和痛惜。人们想要"还乡"，是因为他们意识到生命是一个从出生到死亡的过程，同时也担忧肉体和灵魂在分离后没有一个归宿。

"还乡"是一个古老而广泛存在于中外文学中的主题，自荷马史诗中奥德修斯率众人返回家园开始，还乡所带来的盼望、向往和情感，一直贯穿于文学作品的描绘之中，这是对家园思念的体现，更是与血脉紧密相连不可分割的。回归故乡路途艰辛，带着沉甸甸的情感，读过《奥德修纪》的人们都能感受到他和他的手下对家园的热爱和执念，了解到只有坚定的信念才能战胜各种困难，引领旅途中的归乡者回到故土。

生态文学以当代生态观念为立足点，发扬传统母题内涵，探究人类与土地、自然、生命、故乡和家园之间的联系，通过生命体验和情感关照，以生态思想、生命意识和审美批判的视角挖掘深层的生态内涵，并赋予其新的文学表达方式。

在面对生态恶化带来的焦虑时，人们对于钢筋水泥所构筑的"家园"拒绝，认为这并非真正的家园，而对于回归本质和诗意状态的渴望，被称为"还乡"。这种追求更多地体现在精神层面上，类似于弗里德里希·荷尔德林（Friedrich Hölderlin）和海德格尔所描述的"返乡"，以及对家园的"筑居"和"照料"。现代人普遍患上"归乡病"的原因，主要在于他们难以适应现代文明的情感方面，同时也对自己生活根源的环境感情深厚。这表明现代文明尚未成功地满足人类内心深处的需求，同时现代社会所承诺的快乐生活也尚未得到充分实现。在今天面临的生态挑战中，没有天神来守护，缺少道德领袖如同奥德修斯和埃涅阿斯带领人们找寻前行之路，同时也没有可以指望的幸福世界可供躲避。

在生态文学语境下，"还乡"和"家园"的意义变得更加重要和艰难，因为它们需要与人类破坏和污染环境的常态进行斗争。重建生态文化的价值观将会是一场漫长而充满挑战的旅程，这使得"还乡"和"家园"具有更多的悲剧元素，与传统的意义存在巨大的不同。生态文学中所表达的对乡土的怀念,给生态话语中的"归家"和"家园"赋予了更加丰富的内涵。

(四)基于问题意识的乡愁描写

尽管乡愁之感和家园之梦几乎贯穿在各个时期的文学作品中,但在生态文学中所展现的乡愁和家园却以一种新的问题意识丰富了传统文学中的乡愁描写。

对家园的呼唤和乡愁的痛苦已经成为当代人一种普遍的心理诉求,一种时代性的和全球性的集体事件。乡愁是一种怀旧,是对已经失去和逝去的追忆和神往,是一种"不在场"而渴望"在场"的情感,是对故乡家园的思念怀想,是对现实的不信任和不适应。在时间和空间的审美距离中,故土家园成为最具审美意义的对象。通过乡愁和家园的表达成为生态乌托邦的构建方式。"换句话说,'家'(或'家园''故乡''故土',等等)已经成为一个现代性问题,只有当现代人在一定程度上疏离了家或者失落了家园时,谈论家的意义才是十分必要和紧迫的。……因此,我们所要讨论的、经由怀旧所能建构的家,就是精神的冀望所在,它必须能给人一种扎根在内心深处、人生有所依附和归宿的感觉。在此意义上,现代人所向往的家与物质存在关系不大。"①

在生态文化层面上,乡愁是因为现实生活与理想世界之间存在巨大的反差,导致人们怀念和依恋传统生存经验。乡愁因对现实的失望和拒绝而成为文化批评的寄托。作家努力探讨的是渴望在现实生活中找到生命意义和安稳归宿的情感。

三、自然的涌现与灵魂的守护

生态问题最直接的表现就是人与自然的关系问题,作为整体的自然范畴和实体的自然现象描写在生态文学中占有重要地位,自然意象也就有了独特的生态表现价值。当谈论自然时,我们通常与地球、生命、繁荣、野性、和谐、自由、自然状态等概念联系在一起。"自然"不仅具有独特的生态内涵和价值,还涵盖了广泛的包容性,成为所有生命和存在的发展基础和背景。大自然是万物诞生和归宿的源头,它为所有生命提供了一个生存和相互协作的环境。此处指的是它不仅是一处人类文化的发源地,也是反映生命状态的参考标准。自然是万物的生命所

---

① 周宪主编:《文化现代性与美学问题》,中国人民大学出版社2005年版,第5页。

在，是符合天地规律的生命次序的自然状态。作为人类物质和精神生活的关键部分，自然与人的生存和进步息息相关。人类最原始的文学产生于与自然的互动中，而生态文化学写作则是逐步形成于人与自然互动的过程中。

自然既是实体，也是本源。"自然在一切现实之物中在场着，自然在场于人类劳作和民族命运之中，在日月星辰和诸神之中，但也在岩石、植物和动物之中，也在河流和气候中……我们甚至也不能用某个现实事物来解释无所不在的自然。它在不知不觉中已经出现，阻止着任何对它的特殊驱迫。"① 那么，应该如何认识和界定"自然"这一概念呢，柯林伍德（Collingwood）在《自然的观念》中指出："在现代欧洲语言中，'自然'一词总的说来是更经常地在集合的意义上用于自然事物的总和或聚集。当然，这还不是这个词常常用于现代语言的唯一语言，它还有另一个意义，我们认为是它的原意，严格地说，是它的准确意义，即本源。……它总是意味着某种东西在一件事物之内或非常密切地属于它，从而它成为这种东西行为的根源，这是在早期希腊作者心目中的唯一含义，并且是作为贯穿希腊文献史的标准含义。但非常少见的且相对较晚的，它也富有第二种含义，即作为自然事物的总和或聚集，它开始或多或少地与'宇宙''世界'一词同义。"②

戴斯·贾丁斯（Des Jardins）指出："这种词义重心的转移意味着一个重大的观念转变：在近代思想中，'自然物'取代了'自然'的位置。"③ 自然一旦成为一种具有消费和使用价值的物体，人们过去对它的神圣感和奇异感也就消失了，自然遭到全面破坏的危机时代也就到来了。在中国古文化中，"自然"更多是从本源上来理解的。如《老子》中的"人法地，地法天，天法道，道法自然"中的"自然"就是在这一层面上使用的，自然是左右所有的大道法则。而"在现代语境中，'自然'一词，首先指向大自然，也就是日月星辰旅行其中、水火石土寄寓其中、花草树木生息其中、鸟兽虫鱼繁衍其中的作为人栖居之地的自然界"④。其实，无论我们是从本源的意义来理解，或是把自然视为一个整体总和来关照，还是将自然视为由无数实体组成的自然物，自然都是我们生存的根据所在。

---

① [德] 海德格尔：《荷尔德林诗的阐释》，孙周兴译，商务印书馆2000年版，第60页。
② [英] 柯林伍德：《自然的观念》，吴国盛、柯映红译，华夏出版社1990年版，第47页。
③ [美] 戴斯·贾丁斯：《环境伦理学：环境哲学导论》，林官明、杨爱民译，北京大学出版社2002年版，第176页。
④ 汪树东：《中国现代文学中的自然精神研究》，黑龙江人民出版社2005年版，第75页。

自然主题的文学作品在中外历代文学中都占据了相当重要的地位。在人类文明的早期阶段，人类的认知水平还比较低，类似于孩童般的懵懂状态。人类对于自我和外部世界的认知还不够清晰，缺乏将自我和外部世界区分开来的能力。因此，人类普遍认为物我不分，万物有灵，认为自然界和人类的生命是相互融合在一起的。在古代神话和传说中，虽然人们相信神可以操纵自然，但是人们的情感和观念是基于对自然的依赖和尊重的基础上建立起来的。几乎所有有关人类起源的传说都描述了人类与自然界、动植物之间紧密的相互关系。因而，所谓征服自然实际上只是一种虚幻的幻想。在现实中，自然不会总是与人类保持人类所希望的"和谐"，它要按照自身的法则来运动和呈现。很多时候，如果仅仅从人类需要和愿望出发来看的话，大自然对人类并不总是仁慈的，它甚至有极为残暴和毁灭性的一面，尤其是自然灾难爆发的时候。当然，自然灾难不等同于生态灾难，自然灾难的直接原因是非人为因素，主要是自然地理运动造成的。当自然灾难爆发的时候，甚至地球本身对自己也是无能为力的。比如，地震和火山爆发，整个世界被强大的力量所控制。当然自然灾难和生态灾难之间也有联系，很多自然灾难往往会伴随和引发生态灾难，这也是人们对自然力充满畏惧的主要原因。"基本上说，在传统的民间社会里，自然力经常被想象、被塑造成为'神'；这些由人类创造出来的又'异化'到人类对立面的'神'给予人类许多的压力和庇护。神话与仪式的一个最重要的主题正是表达这种关系。"[1]据各个族群早期的神话和传说，我们可以看到"自然神"几乎是最为重要和占据主导地位的神明。在古希腊神话中，大自然的神灵，如大地女神、太阳神、海神和森林女神等都是备受人们崇拜的对象。然而，古希腊人对自然既感到敬畏感激，又感到恐惧，也有想要征服的欲望，存在着矛盾的情感纠葛。这代表了早期人类对生态环境的意识。"土地依然是人类立足的根基，河流依然是人类发育的血脉，天空依然是人类敬畏的神灵，草木、鸟兽依然是人类生命亲和的对象……人们对自然既持有疑惧、敬畏的膜拜之心，又怀着亲近、依赖的体贴之情。"[2]由于大自然的气象多变而且没有受到人类干预的限制，因此后来的文艺作品更多地将自然描绘成主观情感的表达方式和象征，把自然视作人类精神特征的代表。

---

[1] 彭兆荣：《人类学仪式的理论与实践》，民族出版社2007年版，第327页。
[2] 鲁枢元：《生态文艺学》，陕西人民教育出版社2000年版，第293页。

在欧洲文学历史上同样有书写自然的传统。早期的神话史诗中不乏大量描写大自然伟力的内容，自然成为人感知自我生命存在的巨大背景和舞台。面对大自然的变化，人们感受到大自然中蕴含和充满了不可知的神秘力量，人在自然面前是无能为力的，只有神灵方能对自然进行干预。早期人类生存资料的获得是没有保障的，只能依靠大自然的赐予，但这个春华秋实、充满生命更替斗争的大自然却激发了人类丰富的想象和无上的敬畏，自然绝不只是食物的来源和外在的环境，而且还是一个神圣的生命体，有着难以想象的力量和意志、丰富的情感和旺盛的生命力。作为它的表象展示的日月星辰、风雨雷电、山川草木和鸟兽虫鱼，无不具有神秘的力量，充满着灵性和神性。它们不仅直接影响着人类的生死存亡，而且决定着人类的命运，人的生命存在是由大自然来决定的，大自然因而成为人崇拜的对象。恩斯特·卡西尔（Ernst Cassirer）指出，原始人的自然观"既不是纯理论的，也不是纯实践的，而是交感的，即一体化的。这表现在如下两个方面：其一，动、植物和人处于同一层次，并不认为自己处于自然等级中一个独一无二的特权地位上；其二，各不同领域间的界限并不是不可逾越的栅栏，而是流动不定的，在不同的生命领域之间没有特殊的差异，一切事物可以转化为一切事物"[①]。当人们依靠自然界提供的物质生活资源维持自身生存时，他们会将这些资源看作自然的慷慨赠予或馈赠。于是，在踏上劳动的征途前，人们会虔诚地向大自然祈求，表达对其庄严的敬仰。在享受收获时，也由衷地感谢大自然的恩赐。对大自然的雄伟神秘和力量，他们没有太多好奇，因为无端地探究和窥视自然的奥秘，同样是对自然的不敬、亵渎。更多的时候，他们只是用心去凝视，坦然接受大自然赐予自己的命运遭际。然而，随着文艺复兴运动和启蒙思潮的深入，自然神秘的面纱被揭开了，文学描写中自然逐渐成为一个可供人类随意改造的对象，人类可以凭借自身的强大力量从自然中获得自己所需要的一切资源库。尽管在浪漫主义作家那里，自然再度获得了自由的文化精神和独立的文学表达，在对工业文明和城市文明的批判中，自然的自由、野性、和谐和慷慨等精神特质在很多作家如卢梭、拜伦、华兹华斯、柯勒律治、雨果和梅里美等的作品中都有表现。然而总体而言，自然在西方文化世界中的地位和角色已经发生了偏移，成为人的异己，可以凸显人类英雄本色和主体精神力量的对象，如同浮士德和鲁滨孙终于在对自

---

① [德] 恩斯特·卡西尔：《人论》，甘阳译，上海译文出版社1985年版，第105页。

然的征服中获得了他们最大的满足一样，自然在人的眼里已经开始变得不自然了，这种不以自然为自然的眼光，是从人类自身生存利害关系出发，站在我者立场上把自然对象化的眼光。人们对于自然的想象能力已经很有限了，不再感到自然是美的，只有在人的主体精神和力量对自然的改造中才会对自然进行价值思考，人们歌颂的是速度、是发展、是机器，是现代的城市景观……自然本来的样子被遮蔽了，失去了它本来的样子，成为人化的、没有神性和生命的自然。

随着工业革命的全面展开，人实现了对自然实践意义上的控制。人类在自身欲望的驱使下，借着科技的力量展开了对自然大规模的入侵，长期以来人与自然的和谐局面被打破，科学助长了人的自大和盲目，曾经充满神性的自然陷入了被随意分割和破坏污染的境地，既不能和昨天重合，也不能为明天提供可能性，人和自然似乎相互依存又相互拒绝，命运紧密相连却又独自演绎。在想象与现实中，生态问题被凸显出来，随着自然生态的恶化，全面生态危机的时代到来，生态文学也正式登场。生态文学力图修正人类对待自然的错误，在新的文化语境下重寻人与自然和谐的途径，在文学中建构现代意义上的生态文学话语，使人们看见自然的真实，看见我们的存在，重新选择我们寄寓自然的方式，我们理解自然并与自然打交道的方式，它旨在改变人们对自然的思维和行为方式，在人／自然、主人／奴仆、文明／落后、征服／利用等话语的对峙中寻找和解的渠道，颠覆这些话语中反生态的取向。

自然是人类生存的依据和最终的归宿，它赋予了包括人在内的各种生命存在的可能性，它的生机与活力直接影响到所有生命体的存亡，人的集体无意识的深处有着对自然的最亲密、最原初与最直接的情感。因此，面对大自然，人们都会涌起一种源自生命的感动和温暖，与自然疏离或看到丧失生命景观的自然时，也必然会萌生出浓郁的乡愁和伤感、忧虑。一旦自然陷入绝境，丧失了对生命和存在的保证时，必然带来人类对自身存在的忧思。此时，自然也就成为一面镜子，映照出人类自身心灵和行为的不同样貌。人类存在的价值不能通过增加物质含量而增长，过度的物质需要和消费反而会使人的精神需要萎缩，因为物质带来的功利、享乐和浪费会耗损和遮蔽人的真正需要。生态文学对自然的表现是在看到自然在生存需要中的不可替代性和生命场景存在的重要性的基础上展开的，是基于对当下现实和历史中的自然的变迁与人类生存的关系而提出的。当然，文学的生态描写并不要求让人回归人类早期的蒙昧和生产力低下的洪荒时代，因为这时的生态意识是基于人的本能而不是清醒的理性认识之上，它意味着人类对自我和世界的认识能力还很低，人还没有拥有自我意识，其实质是将人自身的本质力量和生命力抽取出来投射、附加到自然万物之上，这样的结果导致人对自然的认识陷入了另一种盲目中，只能充满恐惧地拜倒在自然面前，失去自我的生命活力和力量，这并非生态思想观念所倡导的，我们不可能在今天重新为自然披上神秘的外衣，把自然视为绝对的精神主体来压抑人。"在农耕和畜牧的初始阶段，稀少的人类分布于广阔的大自然之中，那时候人类可以说只不过是生物自然界中的一员。然而，由于种种原因和结果，随着人口的增长和密度的提高，人们对于栽培植物和家畜这样的特定的动植物的依存度也随之提高，大自然向着人为的自然或人类的自然加速度地改变。在过去的数千年之间，若干地域变成了人为的自然，人类的自然，其结果演化成为不毛的大地。而且，在现在的地球上，没有人类涉足的自然已经不复存在，但是另一方面，人类依然不能超出作为生物的自然的一员的角色。正因为如此，未来的自然总体上看将会更加成为人为的、人类的自然，而此时的自然，也正好映衬了自身的形象。"①

随着科学技术的不断进步，人类对大自然认识的深化，要求我们今天对自然的描写必然要超越传统而展现出大自然应有的生态精神内核，从中发现和展示人与自然新型的生态关系。今天的自然，已经在新的语境下获得了更加丰富的内涵，成为和谐生态系统的象征，包含和谐、健康、完整、自由、规律和绿色等生态内容。传统文学中生态话语表达极为有限，究其原因主要是人对自然的影响和适应能力有限，人的存在是受制于自然的，自然总体上处于能够自然而然地存在的状态。由于科学的探索对人们思想和方法的支持有限，作家还没有形成系统的生态思想和自觉的生态立场，文学中对自然的态度因关照的眼光不同而有着不同的表现，甚至存在着生态保护与反生态共存的话语。

作为生态文学写作来说，自然写作一直是一个重要的向度，这也是有人干脆把生态文学称为"自然写作"的一个原因，自然在生态文学写作中获得了较传统文学更加丰富的精神和文化内涵。"我们将穿过喧嚣纷争的'现场'，去寻究那种

---

① ［日］秋道智弥等编著：《生态人类学》，范广融、尹绍亭译，云南大学出版社2006年版，第27页。

更本源的隐藏于问题背后或底层的因素。通过对人何以会有自由的追求的追问，最终到大自然这一更深远的境域中去探究自由的真正源流与更深的基础究竟何在。它曾经'在场'，而现在却被历史、文化、利益和理念一层层严密地遮蔽起来，使人们越来越忽略它的存在。"① 自然具有一种独立于人之外的价值，它具有"如其所是"展现自己的特征，可以让我们体会到一种自在生成之美。自然是一个流动的过程，在自然的演进中不断上演着生命诞生、繁衍、毁灭和彼此争执的情景，它是人类最早的情感和智慧之源，因为人类的生活原本就是在自然中的生活，人的内心具有对自然和自然状态的亲近感。人的幸福感的获得是不能缺少生命的自然性满足的，即使受到文化的巨大改造后，人类同样在追求生命的自由舒展。

四、城市与异化的焦虑

城市和城市生活描写的意义在于它能够让我们很快进入生态危机的现实语境中，它所揭示的属于现代人的生活方式代表了我们这个时代物质和精神的主流导向，城市中的大多数人是被城市所左右的，个体在互不相识的人群和车流中被簇拥着往前走，人们在城市里拼命工作，也拼命享受。其实，城市与乡村一样，同样是人的一种存在，两者之间根本不存在谁高谁低或谁好谁差的问题，关键是立足于人性的本然矛盾状态。城市生态和乡村生态是相互依存在一起的，是人类生活的两种基本状态。确实，任何文化都不可避免地存在着充满破坏性又具有建设性的欲望和享乐因素，正因为有了它们，文化才能不断裂变、斗争，在彼此的消长中推动着文化的更新、发展。人类不能失去的是自我反思、批判和纠正的能力，历史的真实不能被田园的虚幻所遮蔽，乡村和城市中同样充满需要抚慰的生命。然而，站在生态现实的角度来关照，由于城市人口的集中膨胀，城市工业文明对自然的巨大改造和城市工业生产带来的各种环境问题，使城市生态污染的加剧程度和人与自然关系的异化程度都远远超过了乡村。因此，城市成为作家表达现实生态危机境况的一个重要意象。

过去，人类主要居住在乡村原野，而今天，在发达国家只有不到20%的人居住在乡村，其余的都集中在城市。现代文明的一大表征就是城市化规模和速度

---

① 储昭华：《大地的涌现》，中国社会科学出版社2003年版，第3页。

的加剧。城市是现代文明成果集中展示的地方,它代表着人类社会一个个大大小小的经济、文化中心,显示了人类力量对自然最有成效的改造。同时,城市也是自然生态被破坏得最彻底的地方和污染最严重的地方,传统乡村田园生活是在大自然中的生活,在这种与大自然保持亲密关系的生活中,人只是大自然的过客,人的需要也很有限,而现代城市却是一个特意制造非自然生活的场所,人们的生活主要靠技术而不是靠自然来控制,城市也是与污染有关的技术被研发和制造的中心,城市制造了一种与自然相对立,充满竞争、虚无和焦虑,与生命的自然状态相冲突的文化。城市每天生产大量的生活垃圾、污水和废气,城市对资源的需求和消耗是惊人的,或者说,城市生活的正常运转是靠资源和技术来维持的,城市自我的生态系统是极为复杂又是极为脆弱的,城市的生物圈大大缩小,到处是坚硬规则的人造物。生态文学对城市的描写主要是通过文化反思去追问生态灾难的缘起,在对城市生活的描写中去展示无法自洁的城市生态系统及其对异地生态的掠夺和破坏,对人类没有控制的科学技术展开批判并通过生态灾难带来的毁灭性破坏进行预警。"城市最具破坏力之处是它切断了人与自然的连接。我们住在人造的环境里,与自己挑选出来的动植物为邻,自认逃离了自然的局限,天候与气象对我们不再有直接冲击。我们所吃的食物大半经过盒装处理,既看不到它源于土地,也不曾目睹处理过的鲜血、羽毛与鳞片。我们忘记生活用水与能源的来处,也不知道垃圾与污水去向何方……都市人远离了乡村的真实世界,失去了在自然求存的技巧,变得呆滞、傲慢与迟钝。"[1]因此,城市也成了生态恶化的聚集地和发源地,代表了科技和理性对自然的彻底"祛魅"。然而,事实上城市承载的是时代的风尚和流行的样式,生活和行走在一个什么样的城市,是今天很多人衡量自我价值的重要标准。城市带来的激情、欲望和享受是偏僻落后、简单的乡村不能替代的,城市是他们现实的家,他们只能生活在现实而不是理想中。由于城市是一个地区经济、文化的中心,拥有便捷的交通、发达的经济以及优越的医疗、教育等机构和设施。因此,人们厌恶城市,又离不开并享受城市,城市化尽管是生存和文化上的"异乡",但具有不可抵挡的诱惑,如同在城里打工吃尽苦头的祥子,却永远不肯再离开城市。对乡村田园的向往,只是他们日常生活状态

---

[1] [美]大卫·铃木、[美]阿曼达·麦康纳:《神圣的平衡》,何颖怡译,汕头大学出版社2003年版,第33—34页。

的短暂溢出和补偿调剂，很少有人能真的像陶渊明那样"守拙归园田"。因此，在城市生态的困境面前，城市人的内心是极为矛盾、惶惑的。

城市对自然环境的感知力极为贫弱，因为它是一个由人类制造的由非自然的物体所包裹的生活空间，城市生活的主旋律是在高楼阻滞的狭小自然空间和不断变换纷繁的人际空间，城市是生产发明各种非自然物的中心和力量，也是导致生态污染、环境恶化的主要来源，同时城市还是最缺少环境自洁能力的地方。城市改变了人们对环境的感觉和适应环境的能力。飞机、汽车所产生的噪声不断地冲击着人们的感官，空气污染使人们咳嗽和流泪，机场、车站和道路的拥挤造成许多悲剧和焦虑，人与人之间的空间变得越来越狭窄。人们必须很快适应周围环境的残暴改变，必须很快改变过去习惯的生活方式，但这种适应总赶不上环境改变的速度。在这里，新鲜的空气是不受欢迎的，空气必须受到空调器的过滤，天气变化的消息被封锁了。在这里，每个人要依靠电梯出行，行动是如此不方便，人们再也不可能随时到户外呼吸新鲜空气。在有些大楼里，堂而皇之的门厅和警惕的门卫使得无论哪个房客都不能期望一个不速之客的忽然访问，贵客突访造成的惊喜再也不可能了。城市剥夺的，不仅是自然的资源，而且还包括整个文化资源。在城市人造技术环境的扩张中，人们对自然的感觉和选择被人为的虚假和舒适所破坏，他们的生活不再与大自然发生太多的联系，他们不再有对大自然的神秘敬畏和依恋，不会在季节和天色的变化中去操持着生计和忙碌农作物的收成，他们的感受被同化和整齐化了。这实质上是对来自生命和土地真实感受的扼杀：不仅带来环境的污染和资源的浪费，还会让人彻底丧失从大自然中获得的生命感和知觉能力。因为在人发生的所有变化中，最深刻和最不容易理解的变化是土地、气候以及生长着的生物的失去。这些东西传达给人的不仅是美好的外部自然，还有人对其自身的认识和感受。人们对自身生态需要的感知越来越少。

更重要的是，很多人已经习惯了这种剥夺。城市在成长的过程中没有让人类的心智得到健康成长，城市在制造自然污染的同时也制造了大量的文化垃圾和精神污染；城市凭借着强大的科技显示了对科技和力量的崇尚；城市遵循的是竞争的法则，在所谓公平、公正的面纱下，其实是对人的自由本质和情感世界的剥夺；城市用时尚、享受、富裕和发展等话语以及闪烁的霓虹构建了自己的神话，在表面的魅力下瓦解和吞噬了人类对传统生活和大自然的记忆和留恋，让人类在城市中成为异化者。正如本雅明（Benjamin）在《发达资本主义时代的抒情诗人》中所引用的恩格斯对伦敦城市居民状态的描写那样："如果在这座城市的主要大街上挤上几天，就会看到，伦敦人为了创造充满他们城市的一切文明奇迹，不得不牺牲他们人类本性中的最优良部分；有多少徙居于这座城市的人由之成了无用的人并被挤到了下层。……就在那街道的拥挤当中已包含着某种丑恶的、违反人性的东西。……谁也没有想到要去看一眼他人。所有这些人越是聚集在一个小小的空间里，每个人在追逐个人利益时的那种可怕的冷漠，那种不关心他人的独往独来就愈让人难受，愈使人受到伤害。"①因此，对作家而言，没有比城市更好的形象可以有如此的集中代表性来表现现代生态全面危机的境况，他们在城市中发现了与生态问题联系在一起的绝好题材，可以通过对城市的书写去恢复人们对世界的感知。城市更多地承载了文明，而文明容易将本真间接化，人们很难透过层层面具而一窥其真。当然，城市在这里和乡村一样，并非一个具象实体，其象征性远远超过了它的实指性。

与城市生态书写相对应的，是各种各样的异化形象。所谓异化，是对常态的变形和扭曲，它既指向肉体的异化，也指向灵魂、精神的异化。当代科技在生物工程上所取得的巨大成就让人们在感奋的同时满怀忧虑，基因的改造和变异所引发的潜在危险可能导致人类和整个地球生态系统的毁灭。此外，在各种化工材料和核技术的生产使用过程中，只要稍不注意就会给人类、地球及地球上的各种生物带来可怕的灾难，发生环境的急剧恶化和基因的突变。"当人经过近代科学和近代哲学的双重努力而成为物本主义和欲望主义的人时，必然要指向对自然世界和人自我的双重征服、改造与掠夺，这种双重征服、改造与掠夺的现代表现形式具体展开为三个方面：一是全面发展科学和技术；二是无休无止的繁荣经济，使整个人类社会和生活商品化，其最后形态是人的商品化和物品化；三是人完全异化为空心的物和对物的生产者与消费者，人为物的生产和消费的主体，又成为物的生产和消费的对象。"②作家主要通过由于环境污染、不受控制的生物技术和过度膨胀的欲望所导致的生态灾难，来表现被恐怖的自然环境笼罩和可怕的异化物所充斥的世界，作品的整体基调都充满着恐怖、孤独和绝望，如俄罗斯作家达吉

---

① [德]本雅明：《发达资本主义时代的抒情诗人》，王才勇译，江苏人民出版社2005年版，第122页。

② 唐代兴：《生态理性哲学导论》，北京大学出版社2005年版，第75页。

亚娜·托尔斯泰娅的《斯莱尼克斯》中成为废墟的莫斯科和长出鸡冠、尾巴、三条腿、独眼、狗样的人类，德布林的《山、海与巨人》中狂妄的人类企图利用技术把格陵兰的冰山融化后获得洁净的水，结果却自掘坟墓：冰山下一大堆古生物的尸身彼此胡乱纠缠、搭配在一起复活了，奇形怪状的怪物恶狠狠地向人类扑来……

生态文学的异化不等同于西方现代派文学中的异化，尽管两者在手法上都采用变形来强化形象的象征和隐喻效果，都具有文化批判和危机意识的特征，都是对生命本源迷失状态的揭示。但现代派文学中的异化主要表现的是个体生命在现实激烈竞争和紧张生活中的主体感受，突出的是人与人关系的冷漠隔绝，是金钱和物质对人的异化和扭曲，是社会作为异己力量对个体生命的挤压，是人对生命感知能力和现实应对能力的丧失，如卡夫卡的《变形记》和尤奈斯库的《犀牛》就是其中的代表。生态文学中的异化描写则主要呈现盲目的科技、工业污染和核辐射等生态问题带来的巨大危害，凸显的是现实生态话语的迫切，是对现实潜在生态危机和灾难的想象。

第三节 英美生态文学作品研究

一、英国经典生态文学与作品研究

（一）彭斯诗歌的自然意识与生态价值

华兹华斯与柯勒律治1798年携手合著的《抒情歌谣集》一直被文学界认为是英国浪漫主义诗歌的真正崛起，华兹华斯1800年撰写的《〈抒情歌谣集〉序言》被看成英国浪漫主义诗歌运动的宣言，但是我们也不可否认，在早于两位诗人之前的苏格兰大地上已经有一位农民诗人罗伯特·彭斯，用他特有的淳朴自然、极富乡土气息的语言，一扫18世纪古典主义、伤感主义的沉闷忧郁的诗风，表达了对现存秩序的鄙视、对未来平等社会的向往和热爱大自然、劳动人民的浪漫主义自由情怀，诗人的自然情结与其诗歌中那浓郁的乡土气息，为19世纪浪漫主义的发展带来了一股强劲的清风。

第五章 文化视角下的英美文学——生态文学

综观彭斯诗歌，采用苏格兰方言、选择劳动人民生活题材以及他的诗歌命题，无疑证明了彭斯是《〈抒情歌谣集〉序言》中诗学思想的最先实践者，只是他没有用理论的形式表达出来，同时因为当时还是18世纪理性时代古典主义文风比较强势的时候，人们当然对这一新的文风不够重视罢了。实际上，作为一个地地道道的农民，彭斯具有普通农民身上最自然淳朴的品格，他不愿与当时虚伪做作的社会风气、华丽浮躁的诗歌风格同流合污；同时，他对普通劳动人民生活的深切了解，对与之朝夕相处却日渐被工业化发展破坏的大自然的悲悯、热爱之情，使其一生创作了几百首反映苏格兰劳动人民生活、劳动、习俗和思想情感的歌谣。彭斯在1786年出版的《主要用苏格兰方言写的诗》和另一个浪漫派诗人布莱克1789出版的《天真之歌》、1794年出版的《经验之歌》，均已较早地表现了强烈的关注人文、关注自然的浪漫主义情怀。由此，彭斯和布莱克一样被认为是英国浪漫主义诗歌运动的先驱之一。

彭斯是18世纪后期英国诗坛上的一颗耀眼新星，被誉为苏格兰有史以来最杰出的农民诗人。彭斯出生于苏格兰西南部一个贫穷农民家庭，由于家境困难，彭斯从小开始田间劳作。繁重的田间劳作不仅没有消磨诗人满腔的诗情，反而使他更加亲近和理解劳动人民的生活与情感、更加热爱和悲悯与之朝夕相处的大自然。同时，劳动之余，彭斯大量阅读苏格兰诗人和英国作家的作品，如休姆的哲学、弥尔顿的《失乐园》以及荷马、莎士比亚等人的作品。1786年他出版的《主要用苏格兰方言写的诗》受到读者的热烈欢迎。随后，他被邀成为爱丁堡的座上客，还骑马到边境及北部高原地区游历，凭吊13世纪抗英英雄华莱士的故乡和布鲁士击败英军的古战场。这次游历使彭斯大开眼界，不仅赋予他强烈的历史感和民族自豪感，而且更重要的是使他有机会领略大自然的美好风光并汲取北部高原民间曲调的丰富养料。可以说，彭斯的创作有着坚实的生活内容和深厚的民间基础。彭斯认为，大自然所赋予他的创作灵感和激情，比矫揉造作的生硬学问更重要，也更自然，无论是写政治，还是表达爱情、友情和大地之情都离不开他那浓浓的乡土情怀。彭斯的诗歌不仅体现了强烈的人文关怀，更重要的是彭斯较早地把人与自然的关系提升到人与人关系的伦理高度上，这种充满智慧的自然意识正是英国浪漫主义诗歌重新得到学界关注的原因，为生态危机下的今天的人们价值标准的重新确立提供了思考。

1. 自由之树

彭斯一生写了许多歌颂革命、自由、平等和反对专制的杰出政治诗歌,虚伪与做作、暴政与特权是他抨击的对象,自由与平等、自然与朴实是他追求的品格。诗人用"自由之子"赞颂为自由和尊严而战的人们,用"自由之树"来歌颂自由力量的不可阻挡。彭斯写作政治诗歌有其深厚的历史、社会原因,美国独立战争和法国革命的思想、情感气候,启蒙运动宣扬自由、平等、博爱的精神,使得当时的文学与政治、诗歌与革命紧密地结合起来。作为社会底层的农民诗人,理所当然地对当时的社会状况有着特殊的敏感。他满怀激情讴歌美国人民争取独立的革命战斗精神,并积极拥护"暴君被打得屁滚尿流"的法国革命。在《华盛顿将军生辰颂》中他写道:"你们来吧,自由之子,哥伦比亚的后裔,英勇而自由,在危险的时刻你们仍奋勇前驱,你们珍爱并敢于保持人类的尊严!"可见,诗人将自由视为多么重要的人类尊严啊,为尊严而战乃是最值得称颂的。

"树"在普通人眼里只不过是遮阴挡阳的自然之物,而在彭斯笔下却蕴意深刻。在《自由之树》中诗人写道:"但是恶人们总不爱看到/美德的作品欣欣向荣,/心毒的显贵诅咒这棵树苗,/见它成长就泪流满胸。"树的绿色象征着宁静和自然、象征着美好事物的郁郁葱葱和欣欣向荣,树的成长隐喻着人类争取自由力量的强大,而所有这些却都是"恶人们"不愿看到的,更是"心毒的显贵"诅咒的对象。彭斯祈求古老的英格兰也能种上象征自由、平等、博爱、和平这棵"美名远扬"的"法兰西树",但遗憾的是整个英国却找不到这样的树。这里,诗人既表达了渴望自由、平等生活的愿望,又有力地鞭挞了英国上层的暴政,把代表自由、平等与博爱的法国革命比作一棵吐故纳新的绿树,可见诗人对自然、自由的倾慕之情。

在《罗伯特·布鲁士向班诺克本进发》或《苏格兰人》中,彭斯用最朴素、生动的语言表达了反对一切暴政、热爱自由的爱国热情,读起来真实自然、铿锵有力。他这样写道:"打倒骄横的篡位者!死一个敌人,少一个暴君!多一次攻击,添一份自由!动手——要不就断头!"[①]1795年,彭斯又采用苏格兰民歌中叠句的手法写了蔑视王公贵族、坚信人类平等、渴望自由明天的《不管那一套》:

---

① 侯维瑞主编:《英国文学通史》,上海外语教育出版社1999年版,第256页。

国王可以封官：

公侯伯子男一大套，

光明正大的人不受他管——

他也别梦想弄圈套！

管他们这一套那一套，

什么贵人的威仪那一套，

实实在在的真理，顶天立地的品格，

才比什么爵位都高！

好吧，让我们来为明天祈祷，不管怎样变化，

明天一定会来到，

那时候真理和品格

将成为整个地球的荣耀！

管他们这一套那一套，

总有一天会来到：

那时候全世界所有的人

都成了兄弟，不管他们那一套！①

彭斯在这里表达的是对现存秩序的鄙视和对未来平等社会的向往，提出真正可贵的品质是"实实在在的真理，顶天立地的品格"和"全世界所有的人／都成了兄弟"。什么王位、爵位，什么贵人威仪，在诗人眼里都是虚无粪土，最终必将让位于"实实在在的真理，顶天立地的品格"。也难怪美国近代思想家拉尔夫·爱默生（Ralph Emerson）感慨地说道："《独立宣言》和《马赛进行曲》，作为强有力的宣扬自由的文件都比不上彭斯的诗歌。"② 彭斯政治诗歌的魅力不仅源于诗人乐观、豪迈的民主主义精神，更是源于他那实实在在的农民品格、真实自然的创作风格。

2. 爱情玫瑰

彭斯短短三十七年的一生创作了370多首抒情诗，这些诗歌以描写和歌颂爱情、友谊、大自然和劳动人民的生活与情感为主题思想，它们真诚、热烈、奔放，

---

① 黄宏煦：《英国浪漫主义诗人抒情诗选》，江苏人民出版社1988年版，第64页。

② 侯维瑞主编：《英国文学通史》，上海外语教育出版社1999年版，第256页。

不加任何外表的矫饰，是诗人发自内心坦率而又热烈的声音。正如彭斯写作政治诗歌有其深厚的历史、社会原因，这些真挚、热烈的爱情诗同样有其特殊的时代和社会背景。当时的英国长老会掌管着苏格兰基督教，奉行加尔文教的教规，在恋爱婚姻习俗方面戒律森严，对人们的精神生活横加干涉和限制，并冠以道德的罪名。彭斯坚决拒绝资产阶级贵族长老的伪善信条和拘泥道德，追求自然自由、开放热烈的爱情，他的爱情诗读起来感情真挚自然、铿锵有力、清新脱俗。

彭斯的爱情诗，从其命题到具体描述、从歌颂少男少女的初恋之情到老妇白翁的黄昏之恋、从情人相见的欢乐到家人离别的痛楚等都与自然密不可分，各种复杂心绪和感觉均被诗人用最普通的自然形象和最朴素自然的语言表达出来。"玫瑰"与"青草"象征最纯洁美好的爱情，"高原"与"麦田"代表着远离工业文明污染的诗意境界。总之，自然是美好的，爱情只有在自然的境界里才彰显纯洁和珍贵。

呵，我的爱人像一朵红红的玫瑰，
六月里迎风初开；
呵，我的爱人像一支甜甜的乐曲，
演奏得和弦又合拍。
我的好姑娘，你有多美，
我的爱就有多么深；
亲爱的，我要永远地爱你，
直到大海干枯水流尽。
直到大海干枯水流尽，
直到太阳把岩石化作灰尘；
呵，亲爱的，我将会永远地爱你，
只要我一息犹存。
再见吧，我唯一的爱，
让我们暂时分离！
亲爱的，我一定要回来，
哪怕是远行千里万里。①

---

① 黄宏煦：《英国浪漫主义诗人抒情诗选》，江苏人民出版社1988年版，第66—67页。

这是彭斯爱情诗中最著名的一首。自古以来，玫瑰花在文人的笔下永远象征着纯洁和美好。诗人用《一朵红红的玫瑰》作题来歌颂爱情，一下子使得爱情高贵脱俗的品质跃然纸上。"我的爱人像一朵红红的玫瑰，/六月里迎风初开""我的爱人像一支甜甜的乐曲，/演奏得和弦又合拍"。我们闻到了六月里迎风初开的玫瑰花的芬芳，看到了姿容姣美、超凡脱俗、品格高贵的心中爱人；听到了一支甜美悦耳的乐曲，想到了爱人那滋养心田的内心温柔。接着，诗人用大海的永恒、岩石的坚贞，用空间的广大和时间的长远来讴歌真正爱情的永恒和坚贞。最后，"亲爱的，我一定要回来，/哪怕是远行千里万里"，写出了真正的爱情能经受岁月考验、风雨侵蚀而不朽的自然品格。

（二）济慈诗歌的生态思想

1. 生态关注

约翰·济慈（John Keats）生活在英国19世纪早期，济慈的生命尽管短暂，却经历了近代欧洲发展史上一段富于伟大思想且有些悲天悯人的时期。从1816年发表第一部诗集《恩底弥翁》到最后去世，济慈的创作生涯只有短短的六年，然而由于时代和个人等多种因素，济慈的诗歌呈现出卓越的社会关怀、自由情怀和艺术魅力。可以说，如果仅从表层上研究济慈诗歌的审美和政治趋向而忽略其内在的关注自然生态、人文生态的精神的话，那就如同我们研究华兹华斯只看到其歌颂自然景物、流连于山山水水而忽略其对人性异化、对人类良性生态受到威胁的忧思一样。综观济慈的生活经历，我们不难发现，是个人生活的悲苦和时代危机的现实促成了济慈诗歌的生态关注。

济慈1795年生于伦敦一个马厩主家里，1804年父亲坠马身亡，1810年母亲因生活所迫出逃流亡在外，回来又因病离开人世，1818年，他的小弟弟托马斯病死，而年轻的济慈在照料弟弟的过程中也不幸染上了当时的不治之症肺病，从此，他遭受着病痛折磨和家境贫寒的双重负担。济慈的爱情也是苦涩的，他曾经对乔治亚娜情有独钟，但是，家庭的变故让他对现实抱有强烈的戒心，过于强调精神恋爱使得他与乔治亚娜擦肩而过。后来，济慈对布劳恩的爱情虽然非常强烈，但他脆弱、敏感、多疑的性格以及他每况愈下的身体注定了又一次的爱情悲剧。同时，作为诗人的济慈，在1816年发表了第一部诗集《恩底弥翁》后获得的不是批评家的赞誉，而是社会各界保守势力对他作品中表达的民主思想的冷嘲热讽和恶意攻击。对济慈来说，生活是痛苦的，命运是残酷的，但是他并没有被厄运压垮。他在给赫西的信中说，天才诗人不能靠法律和教条来抚养，只能靠自身的感觉和留意成熟起来，达到一种自我拯救。贫困和疾病造成了他命运的悲惨，但从另一方面来说，它们也同时培养了济慈异常敏锐的感觉，致使他的听觉、视觉和味觉都非常发达。因此，可以说，正是由于贫困和疾病阻止了济慈在现实世界里创造他生命的价值，但也是它们成就了他在艺术殿堂里的辉煌。人生不幸造就的丰富、敏感的艺术感觉驱使着他在自然中捕捉万物各种细微的生命现象，来体现他那现实苦难与理想世界的断裂。《秋颂》中的蜜蜂、忽起忽落的小虫、呼哨的知更鸟和呢喃的燕子以及《夜莺颂》中的夜莺，与彭斯的"小田鼠"、布莱克的"病玫瑰"和柯勒律治的"信天翁"等有惊人的相似之处，诗人们均表达了对工业社会下人类对大自然的强势掠夺，对处于被动地位的自然万物的同情和无奈。不同的是济慈还有另一层含义，那就是象征自己虚弱多病的身体在面对自然的千变万化时的脆弱。由此，笔者认为，济慈笔下的这些弱小生命具有双重含义。这双重含义也许在《今晚我为什么大笑》中给予了更直接的表白：

说吧，我为什么大笑？啊致命的苦痛！

啊黑暗！黑暗！纵然徒劳我也要呜咽着

问遍苍天冥府和我自己的心灵。

我为什么大笑？我知道这躯体中孕育的

幻想遍布天国的每一个角落；

但我却愿在今晚悄然离开尘世，

现实的华盖已被扯得又碎又破。①

这里，诗人自己身体状况的痛苦不言而喻，同时，诗人对现实的极度失望和无奈也跃然纸上。

对自然的关注是英国浪漫主义诗人的诗学传统，济慈对自然的偏爱不仅来自他个人的生活苦难，而且与他生活时代的生态危机更是密切相关的。英国浪漫主义诗人的自然转向不只简单地受法国大革命的影响，历史上很多先例证明，政治

---

① 黄宏煦：《英国浪漫主义诗人抒情诗选》，江苏人民出版社1988年版，第157页。

危机的爆发源于生态危机，反过来又会加剧生态危机。在《浪漫派、叛逆者及反动派：1760—1830年间的英国文学及其背景》一书中，玛里琳·巴特勒（Marilyn Butler）印证了生态的失衡给英国造成的灾难性社会后果："1815年至1819年，英国动荡不安，严重的暴力大概比法国大革命期间任何时期更有一触即发之势。"① 同时，通过翔实的例证，她认为把在此间写下的最著名的诗作，"说成在相当程度上逃避现实是有误导性的"②。同时，历史学家、自然学家也都证实了18世纪末19世纪初全球气候的异常，1816年甚至被称为欧洲历史上"没有夏天的一年"。在这样一个政治危机和生态危机共存的多变时代，诗人济慈的作品自然就带上了关注生态、关注社会伦理的现实性特征。《夜莺颂》的开头这样写道：

我的心头压着沉重的悲哀，痛苦的麻木
注入了全身，就像饮过毒汁，
又把满满的一杯麻醉剂仰首吞服，
于是向着列斯的忘川河下沉：
这并不是因为我羡慕你那幸福的好运，
而是你的快乐使我太欣喜，——
你呀，轻翼的森林之仙，
在满长绿荫、
音调优美、阴影无数的山毛榉，
正引吭欢歌，尽情地赞颂着夏季。③

诗人一开始就向我们描述了夜莺的世界与现实世界的矛盾与断裂。诗歌中的"我"的处境与夜莺（"你"）欢快的世界形成了鲜明的对立："我的心头压着沉重的悲哀"，反衬了"你"的"欢欣"；"你那幸福的好运"更加突显了"我"的痛苦；"你"是"轻翼的森林之仙"，自由飘飞于绿色丛林，而"我"则陷于人生的迷雾，"向着列斯的忘川河下沉"；"你"已经在歌唱着温暖的夏天，而"我"却还在寒意料峭的春日。这两个对立而又难以调和的世界深深地隐埋在"我的沉重的悲哀"

---

① [英]玛里琳·巴特勒：《浪漫派、叛逆者及反动派：1760—1830年间的英国文学及其背景》，黄梅、陆建德译，辽宁教育出版社1998年版，第216页。
② [英]玛里琳·巴特勒：《浪漫派、叛逆者及反动派：1760—1830年间的英国文学及其背景》，黄梅、陆建德译，辽宁教育出版社1998年版，第242页。
③ 黄宏煦：《英国浪漫主义诗人抒情诗选》，江苏人民出版社1988年版，第165页。

的"aches"一词中,并贯穿全诗的始终。"aches"一词多义,可指"痛苦",又指"渴望"。诗人一方面用之指代这个现实世界给他带来的"痛苦",另一方面又用来象征对夜莺所在的那个理想世界的"渴望"。现实的世界越是痛不欲生,对理想的世界就越是渴望至极;反之,在"渴望"与"痛苦"之间,诗人就像在饮鸩止渴:"饮过毒汁,/又把满满的一杯麻醉剂仰首吞服。"饮鸩不能止渴,吞服鸦片也不能根治痛苦,这无疑暗示着理想世界与现实世界矛盾对立的无奈。诗人就在这两个世界的撕扯挤压中忧心如焚,因此他渴望饮"一口葡萄的佳酿",因为"只要一尝便想起了花神和绿野的风光,/还有阳光下村民的欢乐、颂歌和舞蹈"。为什么诗人要借助饮酒?为何诗人要用"想起"二字?春天的世界难道不是春意盎然、阳光明媚、春花烂漫、生机无限吗?鲜花、阳光、春日、杏花吹满头以及载歌载舞的场景为什么只能靠酒来"想起"呢?这是不是暗示了它们在现实生活中的缺失?那为什么现实生活中会缺少这些在我们看来非常平凡的事物呢?当这些习以为常、我们熟视无睹的东西都散失的时候,我们才会备感珍惜,才会明白它们的真正价值。而当这些东西都真正失去的时候,生态平衡的破坏程度也就可想而知了。"花神和绿野的风光"只能在记忆里寻找了。"绿色"是生命的颜色,没有了绿色也就没有了生命。而"阳光"也是万物生长之必需,对人来说,需要阳光的温暖;对植物来说,需要阳光的滋养;没有了阳光,怎么能见到"花神"?没有了"绿色""阳光"和"花神",怎么会有村民的舞蹈,生命的欢歌?这里明显暗示了一个缺乏阳光与绿色的世界,这是一个生态遭到严重破坏的世界,这也许正是对1816—1818年正在经历着严重生态危机的欧洲的影射。面对"这里人们呆坐,听着彼此的悲叹怨嗟;/瘫痪的老人只有几根残存的白发在摇晃,年轻人变得苍白,消瘦,夭折"的现实,诗人不禁发出"去吧!去吧!我要和你一同飞去"的呐喊,梦想着没有死亡和黑暗、只有永生和歌声的夜莺世界:"不朽的鸟呀,你将与世长存!/苦难的人们相继消逝,你的歌声依然。"然而,随着夜莺歌声的逐渐消逝,诗人又从美好的幻境回到了痛苦的现实中。可是,他却对自己刚才经历的心理变化感到十分惊讶和困惑:"那究竟是幻觉,还是一场觉醒的梦?/夜莺的歌声已经消逝:我是醒着还是睡着?"

2. 生态理想

如果说济慈对生态危机的关注隐含在诗的现实世界与理想世界的断裂中的

话,那么,济慈对于生态和谐的期盼与颂扬则是直接地表达在他的诗歌里。无论是《颂诗》里"你们坐在极乐世界的草地上谈笑,草地上只有狩猎女神的小鹿啃着青草;/你们与天庭的树木窃窃私语,多么优雅自在,多么无拘无束",还是《幻想》中"尽管严霜相逼,她仍会带给大地已经失去的美丽;/她会一起带给你夏日所有的欢娱;/她会从露湿的草地,多刺的树枝上带给你五月的蓓蕾和花朵的芬芳;/她会静静地,神秘地偷出所有堆积如山的秋令的财富",无不张扬着诗人对大自然的热爱,对生态和谐的期盼。"草地""小鹿"和"花朵"这些象征着自然、纯洁和美好的自然之物无数次地出现在济慈诗歌中,这难道不说明诗人渴望着远离工业文明污染的田园宁静生活吗?而表现这种宁静、和谐境界的最佳作品当数诗人在1819年9月写下的《秋颂》:

雾气洋溢、果实圆熟的秋,
　你和成熟的太阳成为友伴;
　你们密谋用累累的珠球
缀满茅屋檐下的葡萄藤蔓;
　使屋前的老树背负着苹果,
　让熟味透进果实的心中,
使葫芦胀大,鼓起了榛子壳,
　好塞进甜核;又为了蜜蜂
一次一次开放过迟的花朵,
使它们以为日子将永远暖和,
因为夏季早填满它们的粘巢。
　……①

诗歌开头以各种果子为描写对象给我们展现了一幅悦目的农家丰收在即的秋景。"果实圆熟的秋""累累的珠球/缀满茅屋檐下的葡萄藤蔓""葫芦胀大""甜核""日子将永远暖和",宁静、丰硕与富足的农家幸福在恬然的自然生态中展现。接着诗歌的第二节开始写人,"伴着谷仓""背着谷袋""随意坐在打麦场上""让发丝随着簸谷的风轻飘";有时候,为花香所沉迷,卧倒在收割一半的田垄,让镰刀歇在下一畦的花旁。开仓、打麦、捡穗、运粮、在田垄边美美地打盹、看榨

---

① 王佐良:《英国浪漫主义诗歌史》,人民文学出版社1991年版,第286—287页。

果架上徐徐滴下的酒浆。庄稼人秋收后的喜悦与幸福充溢在字里行间，还有什么比这种生活状态更悠闲自在、更让人神往呢？与《夜莺颂》里瘫痪、白发摇晃的老人，苍白、消瘦的年轻人形成了强烈对比。《夜莺颂》里是一幅现实与理想断裂的惨景，而《秋颂》则带给我们一幅生态和谐的美景。接着，诗人用"云""胭红""田野"描述了乡村傍晚美丽的秋景，又用"蟋蟀""知更鸟""群羊""燕子"的"歌唱""呼哨""哞叫""呢喃"带我们走进了一个美妙的秋的音乐世界，让幸福的人与这美好的景完全消融在一起。这就是诗人的生态观，一种万物诗意栖居的自然伦理观。济慈从秋写到春，又从春写到秋，有早晨和中午丰收的喜悦和迷醉，又有傍晚的悠闲与自在，从累累果实的葡萄架下到夕阳胭红涂抹的田野、老树、河流，人的精神经历了怎样一种清醒、一种摆脱所有尘世纷扰的解放！收割是人的最原始的行动之一，而收割的所得——特别是精神上的丰足则是人的文化能有的最高成就。那么，诗人济慈又是怎样如此快地实现了从现实冰冷的《夜莺颂》到和谐自然的《秋颂》的转变呢？也许我们可以从诗人写给友人的信中找到答案。1819年8月，济慈写给友人芳妮的信表达了他对生态环境正常化的欣喜：

连续两个月的好天气对我而言是最大的幸福——不再有冻红的鼻子，整天打冷战的身体，只有清新空气里的静心思考。拿一张干净的毛巾，打一盆净水，一天可把脸擦上十来遍，无须过多锻炼，只需每天散步一英里[①]。我最大的遗憾就是因身体不够好，在距离海边这么近的地方住了两个月还不能游泳。——不过，我还是非常陶醉于这种好天气的，它应该是我能够拥有的最大福气了。[②]

可见，在济慈看来，人的幸福的最根本的东西应该是好的天气、纯净可洗可游的水和没有污染的锻炼环境。因此，贝特认为，《秋颂》不是逃避政权文化破裂的幻想，而是对人类文化如何在与自然联系并相互影响中发挥作用的深思。就济慈而言，他自身与其所处的环境的关联以及与构成社会的人之间的关系都是密不可分的。

---

① 英里：1英里为1.609 344公里。
② 许德金、刘江：《〈秋颂〉：生态女性主义和谐的浪漫乐章》，《外语与外语教学》2007年第6期，第5页。

二、美国经典生态文学与作品研究

（一）梭罗的生态散文

亨利·戴维·梭罗（Henry David Thoreau），1817年出生于马萨诸塞州的康科德城，哈佛大学毕业后当过工人和教师。1845年他在瓦尔登湖滨拥有了一小块土地，过着简单纯朴的乡间生活。他曾协助爱默生编辑评论季刊《日晷》。崇尚自然和崇尚自由，这是梭罗一生中的两个十分明显的特点。他认为每一种自然现象都是某种精神现象的象征物，自然界本身就是神对人的启示，人只需凭自己的直觉，就可以从自然界获得指导自己行动的真理。

1.《梭罗日记》

《梭罗日记》14卷，是对上帝创造的大自然的享受、感知、沉思与领悟，是与大自然的一同呼吸和一同言说。关于独处，梭罗说，为了独处，他发现有必要逃避现有的一切。他要找一个阁楼，一定不要去打扰那里的蜘蛛，根本不用打扫地板，也不用归置里面的破烂东西；关于真相，要对大自然进行一次恰如其分的研究，感知其真实的意义是多么必要。有一天真相会成长为真理；关于诗人，并非自然通过他说话，而是自然与他同在；关于爱，在深水里，在树林和牧场的高空以及大地的心脏，爱是万物从事的工作和生存的状态；关于赠予，不要急于将自己的东西施舍出去，受施者的承受能力有强有弱，但要干净利落地赠予……在大自然面前，什么都无须保留；关于从容与自由，印第安人的魅力在于他自由，从容地处于大自然之间。他是大自然的居民，而不是客人，穿戴也来自大自然，宽松而得体；关于顺服上帝，"我工作绝不是为自己，而是为上帝，那总不会有错。我将耐心地等待微风吹起，照大自然所限定的那样生长。人的命运绝不能靠理性去探究，因为人无非是平庸之辈……我无法说服我自己。上帝一定能说服。我能计算出一个算术的难题，却解决不了任何道德问题。一定要顺从天理，万不可逆天而行，用防腐药保存尸骨是一种违背天地的罪行，违背上天是因为上天已召回了灵魂，已解除了它的义务，违背大地是因为本来属于大地的尘土被挪为他用了。常常喜乐，常常感恩，常常赞美，今晚我带了一个苹果放在口袋里，直到现在我拿出手绢来，都带着一股令人愉快的芳香……"在吃这份引起感悟的食物之时，自己的胃口显得微不足道了，吃东西变成了领圣餐，成为一种交流的方式、一种忘我的修行、一种血液的融合、一次在人间圣餐桌上的就座；因此它不仅解除了春日的干渴，还为天地万物祝福。每一种自然形态——棕榈叶、橡实橡树叶、漆树和菟丝子都是无法阐释的至理名言。关于荒野生活，在某个时候过一回原始的荒野生活很有益，借此终于知道了什么是生活必需品以及社会以何种方式进行供给。大自然的安排本身存在着某种秩序。关于假的知识和真实的生命，他听说有一个有益知识普及协会，据说知识就是力量或诸如此类的东西。而在他看来，同样需要成立一个有益无知普及协会，因为我们吹嘘的所谓知识中大部分只是华而不实的自欺欺人，这使我们失去了真正无知所具有的长处。人的无知有时不仅是有益的，而且是美好的，而人的知识与丑陋比起来却常常显得更坏和更没有用处……我们往往聪明得像毒蛇，而不像鸽子那样温和善良！一位单纯而幸福的农民给梭罗的启示是：愚昧和大智之间没有多少分别。

2.《瓦尔登湖》

1845—1847年，梭罗在康科德附近的瓦尔登湖畔住了26个月。1954年出版的《瓦尔登湖》在1985年《美国遗产》杂志所列"十本构成美国人性格的书"中位居榜首。爱默生说："梭罗是一位天才……更是一位了不起的作家，写出了本国最好的书。"[①]

《瓦尔登湖》崇尚简单的生活，"根据我自己的经验，我觉得只要有少数工具就足够生活了，一把刀，一柄斧头，一把铲子，一辆手推车，如此而已；对于勤学的人，还要灯火和文具，再加上几本书……大部分的奢侈品，大部分的所谓生活的舒适，非但没有必要，而且对人类进步大有妨碍……最明智的人，生活得甚至比穷人更加简单和朴素"[②]。真正的哲学家，"要这样地爱智慧，从而按照了智慧的指示，过着一种简单、独立、大度与信任的生活。解决生命的一些问题，不但要在理论上，而且要在实践中"[③]。建造一间足够一个人舒心生活的房屋，其实不需要过多的花费，"我有了一个密不通风，钉上木片，抹以泥灰的房屋，十英尺[④]宽，十五英尺长，木柱高八英尺，还有一个阁楼，一个小间，每一边一扇大窗，

---

① [美]亨利·戴维·梭罗:《湖滨散记》，王光林译，作家出版社1998年版，序。
② [美]亨利·戴维·梭罗:《瓦尔登湖》，徐迟译，沈阳出版社1999年版，第12—13页。
③ [美]亨利·戴维·梭罗:《瓦尔登湖》，徐迟译，沈阳出版社1999年版，第13页。
④ 英尺：1英尺为0.304 8米。

两个活板门,尾端有一个大门,正对大门有个砖砌的火炉"。所用材料:木板8 035元(多数是旧板),屋顶及墙板用的旧木片4元,板条1.250元,两扇旧窗及玻璃2.43元,一千块旧砖4元,两箱石灰2.4元,头发0.31元,壁炉用铁片0.15元。一个人日常所需的食物也不是很多:"食物,在后来的将近两年之内,总是黑麦和不发酵的印第安玉米粉、土豆、米,少量的腌肉、糖浆和盐;而我的饮料,则是水。""一个人可以像动物一样吃简单的食物,仍然保持健康和臂力。""我发现一个人如果要简单地生活,只吃他自己收获的粮食,而且并不耕种得超过他的需要,也不无餍足地交换更奢侈、更昂贵的物品,那么他只要耕几平方米的地就够了;用铲子比用牛耕又便宜得多。""关于素食和简单食物,我相信每一个热衷于把他更高级的、诗意的官能保存在最好状态中的人,必然是特别地避免吃兽肉,还要避免多吃任何食物的……大食者是还处于蛹状态中的人;有些国家的全部国民都处于这种状态,这些国民没有幻想,没有想象力,只有一个出卖了他们的大肚皮。""如果有人能教育人类只吃更无罪过、更有营养的食物,那他就是人类的恩人。不管我自己实践的结果如何,我一点也不怀疑,这是人类命运的一部分,人类的发展必然会逐渐地进步到把吃肉的习惯淘汰为止。"①

人类不需要很多劳动,更不需要劳民伤财的浩大工程,"我仅仅依靠双手劳动,养活了我自己,已不止五年了,我发现,每年之内我只需工作六个星期,就足够支付我一切生活的开销了"②。"说到金字塔,本没有什么可惊奇的,可惊的是有那么多人,竟能屈辱到如此地步,花了他们一生的精力,替一个鲁钝的野心家造坟墓……城里有过一个疯子要挖掘一条通到中国去的隧道,掘得这样深,据说他已经听到中国茶壶和烧开水的响声了;可是,我想我绝不会越出我的常规而去赞美他的那个窟窿的。许多人关心着东方和西方的那些纪念碑,想知道是谁造的。我愿意知道,是谁当时不肯造这些东西,谁能够超越乎这许多烦琐玩意儿之上。"③

人应该安静享受美好时光,"在一个夏天的早晨里,照常洗过澡之后,我坐在阳光下的门前,从日出坐到正午,坐在松树、山核桃树和黄杉树中间,在没有打扰的寂寞与宁静之中,凝神沉思,那时鸟雀在四周歌唱,或默不作声地疾飞而

---

① [美]亨利·戴维·梭罗:《瓦尔登湖》,徐迟译,沈阳出版社1999年版,第210—211页。
② [美]亨利·戴维·梭罗:《瓦尔登湖》,徐迟译,沈阳出版社1999年版,第65页。
③ [美]亨利·戴维·梭罗:《瓦尔登湖》,徐迟译,沈阳出版社1999年版,第54页。

过我的屋子，直到太阳照上我的西窗……我在这样的季节中生长，好像玉米生长在夜间一样……这样做不是从我的生命中减去了时间，而是在我通常的时间里增添了许多……我并没有完成什么值得纪念的工作。我也没有像鸣禽一般地歌唱，我只静静地微笑，笑我自己幸福无涯"①。安然无虑，与大自然融为一体，是智慧与合乎天理的生活，内在幸福无可比拟，"我的屋子是在一个小山的山腰，恰恰在一个较大的森林的边缘，在一个苍松和山核桃的小林子的中央，离开湖边六杆之远，有一条狭窄的小路从山腰通到湖边去。在我前面的院子里，生长着草莓、黑莓，还有长生草、狗尾草、黄花紫菀、矮橡树和野樱桃树，越橘和落花生"②。"我的宁静只有涟漪而没有激荡。"③

大自然的恩赐不可测度，"在任何大自然的事物中，都能找出最甜蜜温柔、最天真和鼓舞人的伴侣……当我享受着四季的友爱时，我相信，任什么也不能使生活成为我沉重的负担……能跟大自然做伴是如此甜蜜如此受惠，就在这滴答滴答的雨声中，我屋子周围的每一个声音和景象都有着无穷尽无边际的友爱"④。感谢太阳，感谢丰收，感谢大地的内在秘密，我们接受它的光与热，同时也接受了它的信任和大度。应关心所有的生命，关心我们的丰收，关心地上的飞禽走兽。

（二）缪尔的生态随笔

约翰·缪尔（John Muir），11岁前在苏格兰一个小镇度过，1849—1860年，在美国威斯康星州中部生活，进威斯康星州立大学读书，大学毕业后，转入"荒野大学"，开始了"终身的漫游生活"，周游加拿大，美国东部、南部、加利福尼亚州和阿拉斯加州。1903—1904年，他游历了日本、中国、印度、澳大利亚、新西兰等国。1911—1912年，缪尔游历了非洲。

约翰·缪尔是美国最早的环境主义者，一个真正融于自然的人，世界环境保护先驱，被誉为"康科德最后的信徒""心醉神迷的梭罗""大自然的推销者""荒野先知""宇宙的公民""美国自然保护运动的圣人"和"美国国家公园之父"。在约翰·缪尔的影响下，罗斯福总统任期内批准创建了53个野生动物保护区、

---

① [美]亨利·戴维·梭罗：《瓦尔登湖》，徐迟译，沈阳出版社1999年版，第109页。
② [美]亨利·戴维·梭罗：《瓦尔登湖》，徐迟译，沈阳出版社1999年版，第111页。
③ [美]亨利·戴维·梭罗：《瓦尔登湖》，徐迟译，沈阳出版社1999年版，第125页。
④ [美]亨利·戴维·梭罗：《瓦尔登湖》，徐迟译，沈阳出版社1999年版，第127—128页。

16个国家纪念保护区和6个国家公园。在美国土地上，200多个地方以约翰·缪尔的名字命名，如缪尔森林、缪尔海滩、缪尔冰川、缪尔小径等。2005年1月，加利福尼亚州发行了以约翰·缪尔和约塞米蒂为主题的加州州币。作为植物学家、地质学家和冰河学家，约翰·缪尔领导了保护约塞米蒂山谷的运动，并影响了当时的美国总统罗斯福及其继任者威尔逊的环境政策。约翰·缪尔创建的自然保护组织塞拉俱乐部，现已成为领导全世界环境保护运动的组织之一。他常年游走于自然山川之间，他热爱茂密的森林，热爱充满原生态复合生命的荒野，热爱大自然的每一种生命和气息。今天，无论世界的哪个角落，约翰·缪尔都是环保主义者的精神支柱。

1. 热爱荒野

托马斯·莱昂（Thomas Leon）说，缪尔对美国自然散文的发展有三点贡献：在继承梭罗荒野理论的前提下，他扩大了荒野概念的范围，把荒野冒险的经历包括在内；强调动感与和谐；面对当时所处的环境，增添了一种新鲜而强劲的抗争基调。与梭罗不同，梭罗熟悉、热爱和关注瓦尔登湖温和宁静的自然，而缪尔经历的是更为粗糙和严酷的自然，在内华达山脉风餐露宿，穿越加利福尼亚中央大峡谷，在布满冰碛的阿拉斯加冰川草甸经历生死考验。荒野是缪尔神往和探索的地方，荒野经历是其写作的主要内容。面对威斯康星纯粹的荒野时，他的心在接受洗礼，"威斯康星的旷野是多么神奇啊！春光明媚的时候，每一样东西都是那么新鲜纯洁，自然的脉搏正强劲、神秘地和着我们的脉搏一起跳动！年轻的心、新的树叶，花朵、动物、清风、小溪和波光粼粼的湖泊一起在欢呼"[①]！约塞米蒂公园的野花铺天盖地，"当加利福尼亚尚未垦殖的时候，那里是整个大陆上鲜花最为烂漫的地方……州中的主要谷地繁花似锦，虽然一百朵花中的九十九朵已被除去，但它仍是一片花团锦簇，比起伊利诺伊和威斯康星那美丽的大草原或南部诸州的热带草原来要远为茂盛。早春的加利福尼亚，是一块平坦、均匀的紫金色花毯，花朵密密层层，绵延400多英里长"，"更为趣意盎然的则是山地那浓郁而变幻莫测的鲜花"[②]。

---

① [美]约翰·缪尔:《在上帝的荒野中》，毛佳玲译，哈尔滨出版社2005年版，第38—39页。
② [美]约翰·缪尔:《我们的国家公园》，郭名倞译，吉林人民出版社1999年版，第95页。

2. 大自然是神圣的

与爱默生、梭罗一样，缪尔也是用心热爱大自然的恩赐，用灵魂感受大自然的神圣。爱默生把自然视为精神的象征，在缪尔心中，大自然是上帝的面影，是上帝的圣殿，是上帝的福音。塞拉山，"像西奈山一样神圣……它们就像是上帝的福音一样不可出售，也是无价的。这是上帝赐予人间的天堂。这里宁谧至极，仿佛青草都不再被拂动……大自然的一切与我们是如此的契合，好像是我们的部分和母体。阳光不再盘旋于我们头上，而是在我们心中照耀。河流不再从我们身边流过，而是在我们的身体里流过"①。内华达山脉的夜晚，"地平线环饰着一道有无数尖塔的松墙，一棵棵松树整齐地排列着，那是阳光写下的特定符号，是神圣的象形文字"②。"瀑布为朦胧的白练，庄严而热切地吟唱着自然最古老的恋曲。群星透过树荫向下张望，似乎想与白色的流水一同歌唱。我将永远铭记这迷人的白昼和夜晚，并感谢天主赐予这永恒的礼物。"③一段旅程的结束总是让他对造物主上帝充满感激，"我翻越了在天主所有的造物中无疑最灿烂、最动人的光之山脉，它的光辉令我沉醉，我快乐而感恩地祈祷，盼望再次得见它的美丽"④。缪尔的心在无比美好的大自然中完全打开，与自然完全融合，"每天清晨从沉睡中醒来，快乐的植物和所有大大小小的动物朋友，甚至岩石，似乎都在呼唤：'醒来吧，醒来，感受快乐，来爱我们，与我们一同歌唱。来吧！来吧！'感受着营地内小树林的安详和浪漫迷人的美，我回顾着过去的六月，这是我生命中最非凡的一个月，我获得了真正而神圣的自由，摆脱了所有束缚，永恒而不朽。在这过去的六月中，万物似乎同等神圣，灿然闪耀着天堂纯洁而安详的爱的光芒"⑤。

3. 以万物为友

缪尔行走于大自然，以树木、岩石、溪水为伴，以野草、野花、飞鸟、星空为友，全身心融汇于自然的生命团体中。松鼠自觉为山岭的主人，想把外来的人和狗赶出自己的领地；悠闲的大熊也懂得欣赏约塞米蒂峡谷的美景；体形小巧的水鸟无惧大瀑布的轰鸣，悠然自得于飞流之间；优雅的鹿在林间漫游；快乐的蚂

---

① [美] 约翰·缪尔：《在上帝的荒野中》，毛佳玲译，哈尔滨出版社 2005 年版，第 2 页。
② [美] 约翰·缪尔：《夏日漫步山间》，周莉译，人民文学出版社 2006 年版，第 12—13 页。
③ [美] 约翰·缪尔：《夏日漫步山间》，周莉译，人民文学出版社 2006 年版，第 30 页。
④ [美] 约翰·缪尔：《夏日漫步山间》，周莉译，人民文学出版社 2006 年版，第 171 页。
⑤ [美] 约翰·缪尔：《夏日漫步山间》，周莉译，人民文学出版社 2006 年版，第 41 页。

蚌在山巅奏响乐章；牧羊人的狗为了追求自己的爱情而与主人展开争执；留恋于瀑布飞泉间的小鸟们唱着柔美的歌曲，"这些小小的诗人整日聆听着流水的歌声，呼吸着乐章，因为激流和瀑布周围的空气也充满了旋律"①。

4. 展现大自然的无限美丽

"一个阳光明媚的早晨，我从帕契科山口顶端向东眺望，一道极美的风景展现在我眼前。""在我脚下是平坦的鲜花盛开的加利福尼亚中央大峡谷，大峡谷像一个阳光普照的大湖，有四五十英里宽，五百英里长，开满了黄色的野菊。从这个巨大金黄色花床的东部边界隆起的就是高大的塞拉山脉，有数英里高，色彩斑斓，绚丽四射，它似乎不是笼罩在光线中，而是完完全全由光线本身组成的，就像天国城市的一道墙。由山顶蜿蜒而下的是一条珍珠色的雪带，其下是一片蓝紫相交的条状阴影，标划出森林的边界；顺着山脉底部则延伸着一条玫瑰色的宽带，所有的颜色，从蓝色的天空到黄色的山谷，如我们在彩虹中所见的那样平滑均匀地相互交融在一起，构成一堵美轮美奂的光墙。"②在新世界的"橡树林空地"未开垦之前，花草满地，美不胜收。被叫作"女士便鞋"的黄色、玫瑰色、白色的小花、草粉兰、朱兰、绶草和蝴蝶草，"各式各样的紫菀像无数的小星星，与金枝、太阳花、雏菊和各种各样的鹿舌草一起盛开，而在草地有树荫的边缘，许多羊齿植物成层状和瓶状伸展着枝叶"③。威斯康星州的橡树在夏日里是鸟类的天堂，它们在此求偶、筑巢、孵蛋以及养育幼鸟。无与伦比的优山美地美景，宏伟圣殿一般的石壁"立足于小树林和草丛之间，昂首向天，群芳簇拥于脚下，沐浴在潮水般的阳光之中，白雪、瀑布、山风、雪崩以及云朵映衬着他们，歌唱着，环绕着，年复一年。无数长着翅膀的小生灵，鸟儿、蜜蜂与蝴蝶，都带来了活泼的生机，令空中震荡着和美的乐音"④。风是大自然的呼吸，"天空的澄澈无可比拟。风如此轻柔！如此安静的气流几乎不能称作风，而是自然的呼吸，在柔声抚慰每一个生灵"⑤。

---

① [美]约翰·缪尔：《夏日漫步山间》，周莉译，人民文学出版社2006年版，第41页。
② [美]约翰·缪尔：《优山美地》，周剑、朱华、林东威译，漓江出版社2009年版，第2页。
③ [美]约翰·缪尔：《在上帝的荒野中》，毛佳玲译，哈尔滨出版社2005年版，第66—67页。
④ [美]约翰·缪尔：《优山美地》，周剑、朱华、林东威译，漓江出版社2009年版，第5页。
⑤ [美]约翰·缪尔：《夏日漫步山间》，周莉译，人民文学出版社2006年版，第22页。

参考文献

[1] 江滨主编:《英美文学》,天津大学出版社2016年版。

[2] 张佩、方映、范成功主编:《英美文学》,天津大学出版社2011年版。

[3] 范凤祥、宫玉波主编:《英美文学》,大连海事大学出版社1997年版。

[4] 罗丹婷:《英美文学与翻译实践研究》,北京工业大学出版社2021年版。

[5] 田兆耀主编:《英美文学经典名著选读》,东南大学出版社2021年版。

[6] 屈平编著:《英美文学教程与作品赏析》,原子能出版社2020年版。

[7] 张晓丽:《英美文学赏析新视野》,吉林大学出版社2020年版。

[8] 张业春:《英美文学与教学研究》,中国纺织出版社2018年版。

[9] 张忠喜:《英美文学与翻译研究》,吉林出版集团股份有限公司2018年版。

[10] 朱晓萍:《英美文学的语言审美与艺术研究》,北京工业大学出版社2020年版。

[11] 刘莉、姚冬梅、吴海中:《现代视角下的英美文学研究》,中国财富出版社2020年版。

[12] 周淞琼:《英美文学与翻译研究》,西安交通大学出版社2017年版。

[13] 倪楠:《全球化语境下英美文学与英语教学的交融研究》,吉林出版集团股份有限公司2021年版。

[14] 苏焕莉:《文化研究视野中的英美文学》,四川大学出版社2019年版。

[15] 黄心群:《文学理论与英美文学教学研究》,北京工业大学出版社2018年版。

[16] 李维屏主编:《英美文学研究论丛27》,上海外语教育出版社2017年版。

[17] 聂宝玉:《英美文学叙事理论研究》,西安交通大学出版社 2017 年版。

[18] 段晓霞:《英美文学意义与人文思想研究》,吉林出版集团股份有限公司 2018 年版。

[19] 李维屏主编:《英美文学研究论丛 24》,上海外语教育出版社 2016 年版。

[20] 崔筱溪:《英美女性文学研究》,吉林出版集团股份有限公司 2018 年版。

[21] 王慧:《英美女性文学理论及作品赏析》,北京工业大学出版社 2021 年版。

[22] 黄驰:《英美女性文学的艺术价值与美学探讨》,吉林出版集团股份有限公司 2020 年版。

[23] 张迎春:《女性意识影响下的英美女性文学研究》,中国书籍出版社 2022 年版。

[24] 项红梅、何明烈:《英美现当代女性文学研究》,煤炭工业出版社 2018 年版。

[25] 魏淼:《历史视角下的英美女性文学作品研究》,北京工业大学出版社 2017 年版。

[26] 李维屏主编:《英美文学研究论丛》,上海外语教育出版社 2019 年版。

[27] 李维屏、宋建福等:《英国女性小说史》,上海外语教育出版社 2011 年版。

[28] 王琼:《19 世纪英国女性小说研究》,安徽文艺出版社 2014 年版。

[29] 梅丽:《当代英美女性主义类型小说研究》,复旦大学出版社 2013 年版。

[30] 王红丽:《英美女性小说创作探究》,四川大学出版社 2018 年版。

[31] 沈伟伟:《以中国文学为支架的英美文学教学探索》,《大众文艺》2023 第 9 期。

[32] 段学慧:《简析文化差异对英美文学翻译的影响》,《哈尔滨职业技术学院学报》2023 第 2 期。

[33] 张琳:《新媒体环境下英美文学创新汉译路径研究》,《汉字文化》2023 第 3 期。

[34] 朱学博:《跨文化视角下英美文学语言特点探讨》,《中国民族博览》2022 年第 24 期。

[35] 李栋梅:《跨文化视角下英美文学的影响因素与翻译策略》,《中国民族博览》2022年第23期。

[36] 钱秀荣:《英美文学跨文化意识养成的意义研究》,《中国民族博览》2022年第23期。

[37] 薛燕:《探析英美文学作品中的典故翻译策略》,《中国民族博览》2022年第23期。

[38] 纪靓:《探讨英美文学的精神价值及现实意义》,《中国民族博览》2022年第23期。

[39] 孙奇:《多元文化环境下的英美文学作品赏析教学研究》,《安徽电气工程职业技术学院学报》2022第4期。

[40] 毋小妮:《英美文学翻译中的美学特点及价值分析》,《汉字文化》2022年第23期。

[41] 王丹:《英美文学在高校英语教学中的价值及利用途径分析》,《英语广场》2022年第34期。

[42] 徐多毅:《语言输入输出理论与高校英美文学教学策略研究》,《郑州师范教育》2022年第6期。

[43] 曾真:《认知诗学视野下的英美文学教学方法研究》,《英语广场》2022年第32期。

[44] 陆欣、罗静悦:《素质教育背景下英美文学课程教学模式探析》,《哈尔滨职业技术学院学报》2022年第6期。

[45] 乔英亮:《试析关于英美文学的精神价值及现实意义》,《中国民族博览》2022年第21期。

[46] 薛燕:《英美文学陌生化语言的特点研究——以〈尤利西斯〉为例》,《中国民族博览》2022年第20期。

[47] 李栋梅:《跨文化视角下英美文学作品语言艺术分析》,《中国民族博览》2022年第19期。

[48] 郝俊雯:《文化差异下的英美文学作品翻译研究》,《江西电力职业技术学院学报》2022年第9期。

[49] 虞舒璇:《英美文学在高校英语教育中融入研究》,《海外英语》2022年第18期。

[50] 韩乐:《英美文学作品的语言运用及其关联性语境分析》,《文化学刊》2022年第9期。

[51] 杨琴:《跨文化视角下英美文学作品中的典故解读》,《鄂州大学学报》2022年第5期。

[52] 张德珍:《跨文化视角下英美文学的影响因素与翻译策略》,《佳木斯职业学院学报》2022年第9期。

[53] 张璋:《英美文学作品语篇评价的语用功能维度分析》,《北京城市学院学报》2021年第5期。

[54] 张琛:《跨文化视角下的英美文学作品英汉翻译研究》,《海外英语》2021年第19期。

[55] 明媚:《浅谈英美文学作品中的女性形象》,《英语广场》2021年第25期。

[56] 王英梅:《从英美文学中窥探西方现代化进程》,《英语广场》2021年第21期。

[57] 王磊:《英美文化差异对英美文学评论的影响分析》,《中国民族博览》2021年第12期。

[58] 郝健:《从〈岛〉看英美文学作品中的女性人物形象》,《今古文创》2021年第18期。

[59] 樊林波:《英美文学作品的鉴赏方法研究》,《今古文创》2021年第12期。

[60] 苏姗姗:《新媒体视域下英美文学教学模式创新》,《文学教育(下)》2020年第8期。

[61] 王继红:《英美文学作品的语言运用及其关联性语境》,《英语广场》2020年第20期。

[62] 宋铮铮:《跨文化视野下的英美文学教学研究》,《海外英语》2022年第11期。

[63] 贾惠茹：《例谈英美文学中的象征主义》，《文学教育（上）》，2022年第5期。

[64] 韩乐：《英美文学作品视阈下的关联隐喻分析》，《中国民族博览》2022年第14期。

[65] 周雪峰：《跨文化视角下英美文学作品的语言特点研究》，《文化学刊》2022年第4期。

[66] 白秀花：《探讨英美文学的精神价值及现实意义》，《中国民族博览》2022第7期。

[67] 徐斌：《基于审美传统和文化气质的角度探究英美文学》，《江西电力职业技术学院学报》2022第3期。

[68] 曹玉洁：《混合式英美文学教学评价机制与外延设计》，《林区教学》2022第3期。

[69] 徐斌：《语境文化对英美文学翻译的影响探微》，《湖北开放职业学院学报》2022第5期。

[70] 夏弦、胡雅玲：《解读中西方文化差异下的英美文学作品翻译》，《文化创新比较研究》2022第8期。

[71] 兀子钦：《探究跨文化视角下英美文学作品的语言艺术》，《文化学刊》2022第2期。

[72] 刘美丽：《基于女性形象的英美文学作品女性意识分析》，《新纪实》2022年第1期。

[73] 郭敏敏：《跨文化视角下英美文学语言特点探讨》，《漯河职业技术学院学报》2022年第1期。

[74] 符玉玲：《形成性评价在英语专业英美文学教学中的应用研究》，湖南师范大学硕士学位论文，2017年。

[75] 吕含笑：《19世纪以来英美文学中的暗黑婚姻之比较研究》，辽宁大学硕士学位论文，2017年。

[76] 马石子:《英美澳三国小知女性形象的比较研究》,东北师范大学博士学位论文,2014年。

[77] 孟心灵:《读者反应批评理论与英美文学阅读教学》,山东师范大学硕士学位论文,2008年。

[78] 赵云利:《英美文学作品中模糊语言的翻译》,山东师范大学硕士学位论文,2007年。

[79] 黄苹:《女性主义文学观的美学解读》,曲阜师范大学硕士学位论文,2007年。

[80] 林树明:《多维视野中的女性主义文学批评》,四川大学博士学位论文,2003年。

[81] 黄强:《英美文学中的女性作家与女性意识》,《光明日报》2020年7月30日第13版。

[82] 韩晓萌:《中华文化在英美文学中的传播》,《天津日报》2014年2月12日第16版。

[83] 杨泽文:《解读英美自然文学的魅力》,《巢湖晨刊》2009年4月20日第12版。

[84] 史跑跑:《英美文学:审美传统和文化气质分析探究》,2021年10月26日,https://baijiahao.baidu.com/s?id=1714650973746183112&wfr=spider&for=pc。

[85] Hua Yurou, "The influence of context differences on English and American literary translation", *Frontiers in Educational Research* Vol.5,2022.

[86] Wenjuan Liu, "A Study of British and American Literary Works from the Perspective of Language Attrition—Taking the Scarlet Letter as an Example", *Lecture Notes on Language and Literature* Vol.5,2022.

[87] Wang Cong, "A Literary Review of Neorealism in British and American Literature", *International Journal of Literature and Arts* Vol.10,2022.

[88] Rui Luo, "On the Applicaction of English and American Literature in College English Teaching", *Advances in Educational Technology and Psychplogy* Vol.5, 2021.

[89] Hong Juan Li, "Interpretation of the Anglo-American Literary Works Translation under Chinese and Western Cultural Differences", *Advanced Materials Research* Vol.3470, 2014.

参考文献

[85]Rui Luo, "On the Application of English and American Literature in College English Teaching,", Advances in Educational Technology and Psychology Vol 5, 2021.

[86]Hong Juan Li, "Interpretation of the Anglo-American Literary Works Translation under Chinese and Western Cultural Differences," Advanced Materials Research, Vol.3470, 2014.